目次

二百十番館にようこそ

1

　あれよあれよという間に、俺は親に捨てられてしまった。

　文字通り、物理的な意味で。それはもう、すがすがしいほどあっさりと、かつ見事なまでの手際で、ゴミのようにポイ捨てされた。

　貴様らそれでも血がつながった実の親か、我が子が可愛くないのか、鬼か悪魔かーっ……と、天を仰いで呪いの雄《お》たけびを上げたいところだが、実はあまり堂々とはそうできない事情がある。

　義務教育はとっくの昔に終えていて、と言うか既に未成年でさえなく、まあ正直に言って二十代もそろそろ終わりが見えてきたよという年齢であること。そしてもう一つ。

　俺がネトゲ廃人の自宅警備員、要するに無職のニートだってこと。

　大学生だった頃には、まさかこんな日がやってくるとは夢にも思っていなかった。

　それまで順風満帆《じゅんぷうまんぱん》とまではいかなくても、さしたる失敗もなく、そこそこやれていた人生だった。だから就活だって、どうにかなるさと楽観していた。まあ、何とかなるんじゃね、くらいに思っていた。

とことん、甘かった。

今にして思えば、自分にとりたてて、どういう仕事をしたいのかというビジョンが皆無だったのがいけなかったんだろう。

そりゃ、給料は高い方がいいよね、とか、おっ、この会社はよく知ってる、とか、その程度の意識でしかなかった。「ここがいい」と決めたら、即面接だとか試験だとかに進めるものだと思っていた。これは高校生の頃、自分が東大はおろか、早慶《そうけい》に入れるような頭も持っていないことはわかっていても、「まあ、ＭＡＲＣＨ《マーチ》くらいなら余裕で行けるでしょ」などと、お気楽に考えていたことの繰り返しなのだった。それでも大学は、マーチのちょい下くらいのところに滑り込み、「まあ、ほぼマーチと言うか、同程度？　十分十分」と満足していた。入学した大学の卒業者就職先一覧を見ると、結構名の通った企業に潜り込んでいる先輩も大勢いた。

だから、自分だってもちろん、「そちら側」に行けると思っていた。自分は選ぶ側なんだと、能天気にも考えていた。

ところが現実は、どうにもうまくいってくれなかった。

情報解禁と共に、イナゴの群れのように襲い掛かる就活生を、企業はばっさばっさとふるいにかけていく。ムチャクチャ手間暇のかかるエントリーシートだのウェブテストだので、俺はいともあっさりふるいの目から零《こぼ》れ落ちていった。ようやく面接までこぎつけたとしても、やたらと圧の強い質問だの態度だので、自尊心をガリガリ削られた。その挙句《あげく》が〈お祈りメール〉一本ですべての苦労があっさり水泡《すいほう》に帰《き》す。〈この度《たび》は弊《へい》社《しゃ》にご応募いただき〉に始まり、〈残念ながら、今回は〉と続き、〈今後の益々《ますます》のご活躍をお祈り申し上げます〉で終わる例のアレだ。ほんと、テンプレートでもあるんじゃないかってくらい、似たような文言ばかりで飽き飽きした。どれだけお祈りされたって、場を与えられなきゃご活躍なんてしようがないんだよと、メールを見るたびに心がすり減っていった。

お前なんかいらないとばかり、どの会社からも歯牙《しが》にもかけられないこと。今までのあれやこれやを何ひとつ認めてもらえないこと。それは、俺なんかには何の価値もないのだと、虫けらも同然なのだと、眼前に突き付けられるってことだ。

マジできつかった。

所詮《しょせん》俺には一本通った芯もなけりゃ筋もなく、硬い種もなかったらしい。ガリガリすり下ろされ、ひたすらすり減り、そしてただ減り、後にはどろりと液状化した自分が残っていた。

お祈りされ続けることに疲弊した俺が逃げ込んだのは、ネットの中の、仮想世界だった。

オンラインゲーム、いわゆるネトゲである。

最初のうちは、むしゃくしゃしていたのもあって、武器でゾンビだの敵だのを倒して得点を競うみたいなやつを好んでやっていた。出会いがしらの敵をヘッドショットで仕《し》留《と》めたりすると、スカッとした。有名どころのRPGにも色々手を出してみた。しょっぱなちょっと面倒くさいと思った操作方法だのシステムだのも、ひとたび覚えてしまうと、自分でもヤバイと思うくらい、がっつり嵌《はま》ってしまった。

完全に逃避だったと、今でも思う。朝、もしくは昼、起きて最初にやるのが、パソコンを起動させることだった。とにかく暇さえあればお気に入りのネトゲにログインする日々だった。就活のエントリーシートを完成させるつもりでパソコンに向かっても、気が付いたら気の置けないネトゲ仲間とグループチャットしていたりした。

ゲームなら、頑張れば頑張っただけ、レベルが上がっていく。手ごわいボスをやっつければ達成感もあるし、レアなアイテムを手に入れれば「やったー」と喜びもする。現実のしょっぱさに比べ、よっぽど充実していた。

ネトゲはすり潰される寸前だった俺の心を救ってくれた。それは、間違いない。

だが、俺の足を大いに引っ張ってくれたのもまた、ネトゲだった。ネトゲは俺から睡眠を奪い、自由な時間を奪い、ついでに小遣いの大半も奪い、そして就活生として難敵に挑み続ける気力を奪っていった。

もちろんゲームは何も悪くない。悪いのは、俺だ。俺がクソださのクソ雑魚《ざこ》だったってだけの話だ。

結局俺は〈新卒〉という最強のはずのカードを、みすみす失ってしまった。そこからやおら公務員を狙ってみたり、また民間狙いに戻ったり、紆余曲折《うよきょくせつ》を繰り返し続けた。むろんその間も、ゲームだけは毎日ログインし続けていた。親が応援してくれていたのは就職浪人一年目までで、その後は両親の俺を見る目は非常に冷ややかになり、かけられる言葉もだんだん刺々《とげとげ》しくなっていった。

こんなはずじゃなかった。どうしてこうなった。人並みに、フツーに、当たり障《さわ》りなくやってれば、特に大きな問題もなく、皆と同じように生きていけるはずなのに。少なくとも今までは、それで全然オッケーだったのに。

なのに今じゃ、ただただ日々は無為に過ぎ去り、何ひとつ達成できずに終わる。誰も俺を認めてくれない。誰も俺を必要としてくれない。

それが、今のリアルだ。

ところがひとたびパソコンを起動させ、お気に入りのゲームにログインしたら……。

途端にたくさんの仲間たちから、挨拶の声がかかる。仲間内では俺はちょっとした顔で、各種のお誘いで引っ張りだこだ。さっそく仲間たちと冒険の旅に出て、レアなアイテムを手に入れては興奮し、難敵をあの手この手で倒しては爽快感に浸る。皆からはこの上なく頼りにされ、「明日も絶対来てくださいよ」と念を押される。

人は……いや、そんな風に一般化するのはだめだろうな。俺は、いつだって易《やす》きに流れてきた。常に、楽な方を選ぶ。「楽」は文字通り、「楽しい」のだ。

色んなゲームに手を出してきた俺だが、今、一番嵌っているゲームは〈エンドレストーリー〉、通称ES《イーエス》だ。剣士だの魔法使いだのが出てきたり、ダンジョンを攻略してモンスターや敵ボスを倒したりするところはよくある異世界ファンタジーものなのだが、そのシステムが一風変わっている。

まず選べる職業が七種のみ。これは相当に少ない方だと言えるだろう。そして職ごとの性別は固定されている。キャラメイクはある程度自由にできるが、年齢や体格が限定されているため、そこまで突飛《とっぴ》なお遊びはできない。何しろ髪の色まで固定なのだ。そしてここが肝心な点だが、ゲーム途中での転職はできない。最初に剣士を選んだら、クリアするまで剣士のままなのだ。

こうした基本システムを、「今どき自由度低すぎ」と嫌う向きは多かった。かく言う俺も、最初は「キャラ少なっ」と驚き、これはハズレだったかもなあと少々失望した。しかもオープニングが終わってスタートしてみたら、せっかくこだわってキャラメイクした自キャラが、似ても似つかぬ子供でずっこけた。主人公の少年時代から物語は始まっているのだ。

けれど次第に俺はゲームの物語世界に没入していった。小さな町の中で、やんちゃな男の子が興味に任せて様々な場所を探索し、色々な人に出会う。ただそれだけなのに、無性にわくわくした。やがてとある場所で謎の少女と出会う。色々あって二人で地下水道でのミッションをこなし、見事モンスターをやっつけた頃には、すっかりこのゲームに夢中になっていた。

少年が剣士を目指す理由も実に丁寧に描かれている。師匠を見つけ、ここでようやく剣の使い方、つまりは操作方法を学ぶ。ここまでの少年編がすべて、チュートリアルみたいなものだったのだ。そして主人公を理解し、共感したところでようやく本編のスタートだ。ESを簡単に説明するなら、きめ細《こま》やかかつ奇想天外《きそうてんがい》な脚本に裏打ちされた、ストーリー特化型ゲーム、といったところか。面白い本を読むように、早く次のページをめくりたくなる。そして読み終えても、何度でも再読したくなる。そんな物語だ。

このゲーム、最終的には七人のすべて異なる職の戦士を集めてラストダンジョンに向かうわけだが、リリース間もないころにはこれが実に大変だった。俺が何となく剣士を選んだのは、パッケージイラストの真ん中に主人公っぽく描かれていたからだ。そして考えることはみな同じと見えて、配信当初のES世界において、一番人気は間違いなく剣士だった。次いでイラストでいかにもヒロインっぽく美人に描かれた魔法使い、その次あたりは可愛い女の子で支援職好きが選ぶ聖職者、いかにも主人公のライバルっぽいデザインの槍《やり》使い、といったところか。むくつけき大男のおっさんキャラである斧《おの》使いや、道化じみたふざけた衣装で怪しい仮面をつけた吟遊詩人《ぎんゆうしじん》なんかを最初から選ぶプレイヤーはごく少数だった。

当然の結果として、ラストダンジョンに行くパーティが組めないという事態が発生することになる。最速クリアを目指していた連中は、思いがけないところで足踏みを強《し》いられることになった。ネットの交流掲示板では、「なんだこのクソ仕様は」、「ゲームバランス悪すぎねー？」などの声が多く上がっていた。新規プレイヤーを見つけては、「吟遊詩人でやりなおさね？　今なら大人気になれるよ？」などとしつこく説得するような所業に及ぶ者もあらわれた。これは交流掲示板でも問題行動として話題になっていたが、長くは続かなかった。被害者（？）らしきプレイヤーの「いやでも、別に恨んでないし。きっちり養殖してもらって超速でラスダンまで行けたし、それになんつっても吟遊詩人のあの秘密……おや？　こんな時間に誰か来たようだ」だの、「いやー、斧やって良かったっす。俺は未《いま》だかつて、クマ系オヤジにこれほど泣かされたことはないっす」だのという書き込みが相次いだためだ。

どうやらこのゲームは、不人気職・キャラにも感動的だったり、あっと驚くような仕掛けがあったりする、力の入ったシナリオを用意しているらしい、ということにプレイヤーたちは気づき始めた。剣士でプレイして、クリアすればそれでお終《しま》い、というものではなかったのだ。

ゲームのシステムとしては、一つの職でクリアしたのち、同じキャラクターで二周目、三周目というのも選べるし、新たな職で再スタートというのも選べる。前者は最初のプレイから経験値やレベルをそのまま引き継いだ、いわゆる〈強くてニューゲーム〉という状態になる。後者はレベル1からのスタートとなるが、既に大きな流れはわかっているため、無駄のないゲーム運びができるから、クリアに要する時間は短くなる。そして最初のプレイで剣士には使えない武器やアイテムなどを手に入れていた場合、そのまま取っておけば後にそのアイテムを使用できるキャラに持たせることができる。まだレベルが低いうちに、分不相応な武器や防具を持つことができるのだ（装備条件に一定のレベルが必要なものもあるが）。ただし、初期設定のままではアイテムを所持できる数が極端に少ない。それを増やすには、衣装アバターなどと同じく課金が必要となる。

俺はとにかく金がないから、課金は極力避けたかった（それでもまったくの無課金とはいかないいが）。複アカウントで倉庫代わりのアバターをこしらえたりもしたが、それにも限界がある。それで仲間を募《つの》って、「次は俺、斧をやるから、吟遊詩人よろ」などと調整しあい、その相手にアイテムを託す、なんてこともやるようになった。これは見ず知らずの他人に現金を預けるも同然の行為だが、ネトゲの世界でなら、それだけ信頼できる仲間が作れてしまうのだ。

ＥＳは、数で攻めなきゃクリアできないような敵もダンジョンもないから、仲間といっても気楽なものだった。ソロで行けるダンジョンも多く用意されているし、特定の職業向けのダンジョンもある（もちろんそこでしか見られないストーリーもある）。ラストダンジョンも、初期はともかく何周もしているプレイヤーが増えてくると、案内所で登録しておくだけで簡単に行けるようになった。もちろん、お馴染《なじ》みのメンツも増えてくるから、フレンド登録した者同士でふらりとモンスターを狩りに行くこともできる。古参になると積極的に初心者支援をする者も出てくる。かくいう俺も、その一人だった。それですべての職業でクリアすることはもちろん、同じ職業を何度も繰り返したことによって、ＥＳがやり込みによって新しいイベントやダンジョンが発生するタイプのゲームであることを知るに至る。クリア後にも新たなシナリオが追加され続け、まさしく〈終わりなき物語〉というタイトルに偽りなし、であった。ＥＳに全クリはあっても完クリはないと言われる所以《ゆえん》である。つい最近も、新しいキャラクターが追加されて話題になった。これがまた、実にうまい具合に既存のストーリーに絡《から》んでくるのだ。

一つの壮大な物語を、様々なキャラクターの目を通して新たな発見と共に味わうことができる点や、その物語自体が感動的だったり、わくわくするようなものであったり、個々のエピソードが非常によくできていたりするのが口コミで広まり、プレイヤー人口はじわじわと増えていった。爆発的な人気ってわけじゃないけど、コアなファンがついて離れない……そういうタイプのゲームへと成長していった。

2

——さて。

ここまでのくだりで、もういい加減うんざりしている人も多いと思う。ESを知っている、プレイしている人間には今更な説明だし、オンラインゲームなんて興味ないよという向きには、延々と意味不明なことを読まされている気分にもなるだろう。そもそも、こんな自分語りをここまで読んでくれる人がどのくらいいるか、わからないけれど。

だが、俺にとってはこのゲームが、世界のすべてだったのだ。就職活動という隠れ蓑《みの》は早々に破け、やることと言えばパソコンの前に座ってゲームにログインし、お馴染みのメンツと狩りに行くか、もたついている初心者に声をかけて色々手伝いをしてやるか、だ。どこからどう見ても立派なニートで、しかもネトゲ廃人だ。ゲーム内で初心者支援をやっては感謝され、人の役に立っていると悦に入っていた、ただの自宅警備員だ。

だから、捨てられた。しかもやたらと計画的に、用意周到に。

始まりは、一通の手紙だった。オフクロが神妙な顔で部屋まで持ってきて、「すぐに開けなさい」と急《せ》かすように言った。その頃には俺に届く手紙なんて、母校からの寄付金のお願いだとかダイレクトメールとか、そんなものばかりになっていたから少し驚いた。そして封筒をひっくり返してみて二度驚いた。なんと弁護士事務所から俺宛ての親展郵便だ。さらに驚くべきは、その内容だった。

なんと亡くなった伯父《おじ》が俺に、遺産を残してくれたのだという。それも孤島に建てられた館《やかた》を丸々一棟。ついては手続きが必要なので、弁護士と共に現地へ来てほしい、と簡潔に書かれていた。

なんじゃそりゃ、ミステリー小説かよと、もちろん俺は色めき立った。ＥＳでも全ステージクリア、全職種クリアの条件で追加されるマップに、絶海の孤島があった。船で漂着した浜辺から、遠く怪しい古城が見える。だがそこにたどり着くまでには、妖精の森だの、古代生物の湖だの、またいくつもの冒険が……と、ボーナスイベントにしては大変に豪華、かつ充実していて、大いに満足したものだ。

それはともかく遺産相続だ。思えば今までいいことなんてこれっぽっちもなかった人生だったけど、これは降ってわいた幸運と言えるだろう。なんとこの俺が不動産持ちだ。即売りしてもいいし、誰かに貸してもいいかもしれない。そしたらケチケチせずにゲームにもどーんと課金できるじゃないか？

俺はうっきうきで弁護士に連絡を取り、その翌週にはなんといきなり問題の島に赴《おもむ》くことになった。現地での手続きとやらを、急いでしなきゃならないらしいのだ。どうだとばかりオフクロに報告したら、「そんな不審者みたいな頭で遠出するつもり？　道中ずっとお巡りさんから声をかけられまくるわよ」と散髪代をくれた。それで渋々《しぶしぶ》、美容院に向かった。家から少し離れていて、値段が安めで、夜遅くまで営業しているところを選ぶ。

担当してくれたのは若い女の子で、長らくコンビニ店員以外の若い女性と口をきいていなかった俺は少し緊張した。

「わあ、すごい。山籠《やまご》もりでもしてたんですか？」

伸び放題だった髪をつまんで無邪気に尋ねられ、こんな奴の髪なんか触らせてすみません、と卑屈な思いでいっぱいになる。

「うんまあ……で、今度島に行くことになって……」

むさくるしいニートがもじもじしてもキモイだけだったろうに、美容師さんは「へえ、島ですかーっ！」と弾んだ声を上げた。「いいですね、島。泳げるし、お魚とか、おいしそうだし。あー。私も南の島とか、行ってみたいですー」

心底羨《うらや》ましそうに言われ、ほっこりすると同時に、確かに、と思った。長らく、海とか自然とかリゾートとか、そういうものとは一切無縁の日々を過ごしてきた。最後に海で泳いだのはいつだっけ、と思う。俺は大学でも高校でも友達同士で海に行ったりするようなキャラじゃなかったし、家族旅行でだって、もしかしたら小学生の頃に行ったのが最後じゃなかろうか。

俺は弁護士さんと島に行く荷物の中に、海パンを入れとこうと心のメモ帳に書き留めた。たぶん、高校の時の水泳の授業に使ったやつがまだどこかにあるはずだ。

まあそんな、浮かれる気持ちが半分、久しぶりに遠出する不安に、それが初めて会う弁護士なる人物と同行であることに対する気後《きおく》れや何かがもう半分（ぶっちゃけ、ヨソのオジサンが怖かった）、といった塩梅《あんばい》で、俺は運命の日を迎えた。

駅で待ち合わせた弁護士さんは、痩せて神経質そうな顔をしたおっさんだった。高校の時の数学の先生に、どことなく似ていた。そこまで威圧的な感じじゃなくて、ほっとする。時は金なりとばかりにせかせかと名刺を手渡され、挨拶もそこそこに新幹線に乗せられた。ろくに会話もなく気まずいまま昼近くになり、無言で幕の内弁当を差し出された。どうもとお礼を言ったら「親御さんから交通費と食費をいただいていますので」と事務的に返された。なんだ、それならもっと肉っけの多い弁当が良かったのにと思ったけれど、黙ってもそもそと食った。

その後、肩を叩かれて目覚めた俺は、まるで刑事と護送犯みたいな感じで移動や乗り換えを繰り返し、ついに船に乗った。小さな船だったけれど、結構人でいっぱいだ。膨《ふく》らませた浮き輪を抱えた子供が、嬉しそうにはしゃいでいる。暑い中、ぴったりくっついているカップルもちらほら。大学生くらいだろうか。そういえば世間は夏休みに入っている頃合いだ。釣竿やアイスボックスを抱えたおっさん仲間もいたりして、船の中は夏色リゾート気分にあふれていた。遊びに行くわけじゃない俺まで、なんだか気持ちが浮き立ってくる。

三十分くらいしてアナウンスと共に着岸する。船窓から覗《のぞ》くと、建物がごちゃごちゃと並んだ、割と賑やかそうな町が見えた。商店とかホテルっぽいものも見える。忙《せわ》しなく動き出す乗客に続いて立ち上がったら、灰色仕事モードの連れから、「まだです。座っていてください」と注意された。他の乗客は全員降りてしまい、俺と弁護士だけが残った。この時点で若干の不安はあったものの、まだまだ気分は浮かれていた。

次の島は、すぐ目と鼻の先だった。最初は小さく見えるけど、距離があるのかなと思っていた。けれどそんなことはなく、どれほど近づいても島はとてもちっぽけだった。しかも港には小さな船着き場があるばかりで、建物と言えば、公衆トイレくらいの大きさの小屋がぽつんと建っているだけだ。その近くに、一台の軽トラ。目につくのはそれくらいのものだ。

その軽トラが、ゆっくり船の方に近づいてきた。船を降りながら、弁護士が軽く会釈《えしゃく》する。運転席からよっこらしょと降りてきたのは、日に焼けた白髪頭のじいさんだった。

「やあ、いらっしゃい。ちょっと待っとってなー。荷物を積み込むから。ああ、兄ちゃん、ちょっと手伝ってー」

いきなりの命令口調に、なんで俺がと思ったが、弁護士から「今日、泊めていただくタイさんです。宿泊費はいらないと言って下さっているんですし、荷運びくらいは手伝うべきでしょう」と言われ、しぶしぶ船着き場に積まれた段ボール箱を軽トラの荷台に運ぶ。二個目をよいしょと持ち上げたとき、弁護士が近づいてきて、「それでは、私はこれで失礼します」と軽く頭を下げた。

「え、もう帰っちゃうんですか？」

「私の仕事は、あなたをこの島まで送り届けて完了です。必要な書類はもう整いました し、残る手続きはこちらですませます」

「……ああ、そうなの？」

俺はぼんやりとした相槌《あいづち》を打つ。

確かに長い道中、乗り継ぎの待ち時間を利用して色んな書類に署名したり判をついたりした。

そうか、もうこれでお別れか。この無表情な弁護士に親しみなんて全然覚えていなかったから、寂しいとか残念だとかってわけじゃない。けれど、言いようのない不安を感じていた。波打ち際でちゃぷちゃぷやっているような人間が、いきなり足の立たない波間に連れていかれたみたいに。

別に泳げない子供ってわけじゃない。そのままぶくぶく海水に沈むってわけじゃない……のだけれど。

弁護士は鞄から黒い書類ケースを取り出して、俺が抱えた段ボール箱の上に無造作に載せた。

「それでは、もう船が出る時間なので」

それだけ言って、彼はすたすたと桟橋《さんばし》を歩いて行った。折り返しの船に乗るのは、彼一人であるらしい。

荷物を運び終えた時に振り返ると、船はゆっくりと桟橋を離れていくところだった。

3

「――弁護士さんから話は聞いとります。伯父さんからの遺産相続だってねー、はえー、兄ちゃんあっこで何すんの？」

田井《たい》、と名乗ったじいさんは、軽トラを運転しながらそう尋ねてきた。

「ナニ、と言いますか……どんな建物かも知りませんし」

「いやあ、でっかい建物だよねー。あっこだったら、島のもんみんな泊まれちゃうねー」

聞くと島の総人口はわずか十七人なのだそうだ。思っていたよりだいぶ少ない。でもまあ確かに、それだけの人数が一度に泊まれるのなら、〈館〉と呼んでもいいのかもしれない。

田井さんは、さっそくその館に案内してくれるという。

栈橋から島の中心部に行くと集落があり、海沿いに右方向に向かうと俺の〈館〉に辿《たど》り着くのだそうだ。

「えっちらおっちら、歩いたって行けますよー」と田井さんは笑う。自転車なら三十分くらいでひと回り出来てしまうような、ごくごく小さな島らしい。

しかし道中、見事に何もない。右手には海が、左手にはこんもりとした茂みがあるばかりである。

「あの、店とかってあるんですか?」

心細くなって尋ねたら、「あることはあるけどねー」と田井さんが笑った。「都会から来た人には物足りんだろねー」

ということは、スーパーはもちろん、コンビニだってないのだろう。

親からは、『せっかくだから何日か泊まってきたら?』と言われていた。『ちょうどいいバカンスじゃないの』と。

一瞬嫌味かいなと思ったが、母の丸い顔はにこにことほほ笑んでいた。息子に訪れた幸運が、純粋に嬉しかったのだろう。

別荘みたいに使うのもありかもな、と思った。両親を俺の〈館〉に招待してやれば、ちょっとは親孝行になるかもしれない。

「この島って、海水浴とかできますか?」

海パンを持ってきているのを思い出し、一応、聞いてみる。

「砂浜はないねー」あっさり田井さんは言った。「磯遊びならできるけどねー。母島《ははじま》に行けば、いい海水浴場があるよー。引き潮の時は、歩いて渡れるしねー」

「マジっすか?」

「うん、ほらあっこ」と指さす先に、島が見えた。定期船で乗客がほとんど降りて行ったあの島だろう。船に乗っていたような、ファミリーとかカップルとかに交じって一人で海水浴する勇気はさすがにない。

「あれ、母島って言うんですか」

「そう呼んでるよー。そんでこっちが子島《こじま》。もとはつながっていたんだろうね、島の間は遠浅でねー、船も危なくて通れないよー」

見た感じ、二つの島をたとえるなら、スイカに生えたキノコ、といったところか。スイカが母島で、キノコが子島。ただしキノコの柄《え》の部分は水面下にある。母島の港は本土に面したところにあり、子島の港は島間の浅瀬を避けて左にまわりこんだ場所に作られている。

「その代わりねー」と田井さんの説明は続く。「潮が引くと何とか歩いて渡れるようになるんだよー。母と子をつなぐ道だから、へその緒《お》なんて呼ばれたりする」

よそ見運転をしながら、田井さんはカラカラと笑った。

「──アンビリカルケーブル！」

思わずそんなことを口走り、田井さんに怪訝《けげん》そうな顔をされた。ゲームのチャットでなら説明不要のオタクネタも、日常生活で繰り出したら痛いだけだ。

その時、前方に白い建物が見えてきて、俺はことさらに弾んだ声を上げた。

「あっ、もしかして、あれですか？」と岬の上を指さすと、「そーそー。一人で住むにはちょっと広いねー」と冗談ぽく返された。

段々に迫ってくる建物に、俺はわくわくと目を凝らす。そしてすぐ、「あれ？」と思う。なんだか、思ってたのと違うのだ。

初《しょ》っ端《ぱな》、「白い」と思った外壁は、どちらかと言えば鼠色《ねずみいろ》に近い。それも、薄汚れた感じの。そして全体の形は、やけにシンプルだ。完全な直方体であり、それはこちらが近づき、見る角度が変わっても同じことだった。この建物の設計者はきっと、見た目のカッコよさとか、余分な装飾とかには一切興味がなかったのだろう。機能性と、おそらくはコスト面のみに気を配った、清々《すがすが》しいまでに無駄のないただのハコだった。

印象としては、学校とか病院（それも公立の）みたいな感じ。いやそれだって、イマドキはもっと洒落《しゃれ》てないか？

軽トラを玄関わきに寄せながら、田井さんが言った。

「ここはね、研修センターとして建てられたんだよー」

「研修センター？」

「社長さんの会社のね、ああ、兄ちゃんの伯父さんだったね、この度はご愁傷様《しゅうしょうさま》だったねー」

「ああ、いや……伯父とはあんまり……」

亡くなった伯父は母の実兄だが、母とは年がひと回り以上も離れていた上、実家に寄り付かない放蕩《ほうとう》息子であったため、母でさえ付き合いはティッシュのように薄かった。親戚皆が誰も知らないうちに事業で成功し、そして独身のまま、先日病気で亡くなった。会ったこともなかったから、別段何の感慨もなかった……弁護士から手紙が送られてくるまでは。

両親が葬儀に出かけていたことは知っていた。来るかとは聞かれなかったし、こちらから行くとも言わなかった。伯父は余命宣告を受けていたから、動けるうちに会社を畳み、できる限りの身辺整理を行ったのだと後で聞いた。自分の葬儀や墓まで手配済みだったそうで、『何もやることはなかったわ』と母は言っていた。母方の祖父母は既に亡くなっているし、他にきょうだいはいないから、葬儀に駆け付けた親族はごく少ない。が、会葬者の数は驚くほど多かったらしい。そして残された財産は、呆れるほど少なかったそうだ。『兄さんらしいと言うか……お医者様の言葉が間違っていて、もっとずっと長生きしたらどうするつもりだったのかしら』と唯一の相続人だったはずの母は苦笑していた。母自身、バリバリのキャリアウーマンだから、自分が相続する分がごくわずかだったことに対する恨み節は含まれていない。そして唯一の肉親を喪《うしな》ったことにたいする悲嘆も。自分の母親ながら、本当にサバサバしていると思う。

「一頃《ひところ》は毎年若い人たちがいっぱい来て、この島もにぎやかになったもんだがねー」

田井さんは懐かしそうに言った。田井さんは伯父から建物の管理を委託されていたらしい。彼によると、研修だけでなく、保養所のような使われ方もしていたそうだ。「まあ、研修はともかく、わざわざ好き好んでこの島に泊まる人は少なかったけどねー。母島の方にちゃんとしたホテルがあるし、海水浴をするには船に乗らんといかんから、不便だしねー」

ふーん、そうなんですかーとうなずきつつ今や俺のものになった建物を見上げる。

二階建ての鉄筋コンクリート造りだった。築年数は二十年近くと、そこそこいっているものの、外壁に目立った劣化はない。海に面したこちら側が正面なのだろう。各部屋にはささやかなベランダと、申し訳程度の庇《ひさし》が取り付けられていた。

改めてつくづく眺めても、〈館〉という感じでは全然なかった。まあ、そりゃそうだよな。自社の社員向け、あくまで内向けの施設だったんだから。設備が整っていて、手入れがしやすければそれでいいのだろう。それにしてももうちょっと何か……とは思うけれども。

「さー、中を案内するよー」

田井さんが鍵束を取り出した。おおっと生唾《なまつば》を飲み込んだけれど、建物の中身は、外見から想像できる通り何の変哲もないものだった。玄関に置かれていたスリッパに履き替え、正面のドアを開けるとそこは広めのロビーみたいな場所だった。隅の方に折り畳みの長机と椅子が積まれている。いかにも事務的な代物《しろもの》だ。

「ここが研修室兼食堂。その奥が厨房《ちゅうぼう》、その隣に風呂とトイレね。厨房の水は飲めるけど、他は雨水だから、濾過《ろか》しないで飲むのはやめた方がいいね」

「雨水って？」

「屋上に大きな雨水タンクがあるんだよ。島では真水は貴重だからねー。集落の方にもため池がいくつかあって、畑とか風呂とかはみんな、そっちを使っているよー」

「厨房の水は、どこから引いているんですか？」

「山の方に水源があってねー、でもこの水は貴重だから、無駄に使わないようにねー。水道代も高いしねー」

「はあ」

「ああ、そうそう。風呂場には地下水をくみ上げるポンプもついているよー。雨水が足りなくなった時のためにねー。少し塩気があるから飲み水には向いていないけど、風呂とかトイレとかには問題ないし」

「なるほどー」

俺は適当に返事をする。他にも電気だのガスだのの説明を聞きながら、そうか、光熱費のことを忘れていたなと思う。気軽に来て泊まったりするためには、少なくとも基本料金はずっと払い続けることになる。田井さんの説明だと、どうも料金自体も全体的に高めっぽい。

——親に頼んだら、払ってくれないかなあ……。我が家の別荘として、毎年夏休みとかに泊まりに来ればいいし。

そんなことを考えながら、今度は個室を見て回る。どれも同じような造りだったから、すぐに飽きてしまったけれど。

入って突き当りがベランダ。両サイドに作り付けのベッドが一つずつ。つまり研修時は二人部屋だったということだろう。ベッドと言っても作りは低めのロフトみたいな感じで、要するにただの板だ。上にマットレスを敷いて使うのだろう。ベッド下に簡易な収納ボックスと、入り口脇に作り付けのクローゼットがある。風呂やトイレは個室にはない。風呂は一階に一つ、シャワールームが一つ、トイレは各階にあるので、それを皆で使っていたのだろう。

「好きな部屋を使えるねー」

と田井さんに言われ、あははと笑う。ベランダの前に立ち、思う。仮に家族でここに遊びに来たとして、俺、何をすればいいんだろう、と。

窓の向こうには、どこまでも青い海と島影が見える。俺にとっては、パソコン画面に映し出された異世界の風景よりも現実感のないものだ。

伯父には申し訳ないが、俺は急速にこの建物への興味を失いつつあった。リアルとは、なんとつまらないんだろう。のっぺりとして面白みのかけらもない、ただの入れ物じゃないか、これは。

田井さんが各部のメンテナンスだの掃除法だのを説明しだして、面倒くさい思いがピークに達した。

——これはもう、即売りでいいかもなあ。持ってても、手間暇と金がかかるだけっぽいし。わざわざ少なくない時間と交通費をかけてまで泊まりたいか、ここ？　だけど不動産を売るって、どうすればいいんだろう……。

胸の内でそんなことを考え出した時、田井さんが思いもよらないことを言い出した。

「それで兄ちゃん、引っ越しの荷物はどんくらいだー？　あんまし多いようなら、手伝いを頼まにゃならんが」

「——え？」

思いがけないことを言われ、俺は固まった。

「いやあ、遠慮はいらんよー。弁護士さんから頼まれているんだ。兄ちゃんにここの説明をすることと、明後日《あさって》運ばれてくる兄ちゃんの引っ越し荷物を運んでやってくれってね。これも仕事だよー」

田井さんは顔の皺《しわ》に埋もれるように笑い、ぽんと自らの胸を叩いたのだった。

4

田井さんの軽トラが、集落の中をガタガタと走り抜けていく。

開けっ放しの車窓越しに入ってくる強烈な西日が、体の片側をじりじりと焼く。暑いはずなのに、俺の内部は冷たいものでひたひたと満たされていく。

スマホで家電《いえでん》と両親の携帯に連絡を入れてみたが、どれも繋《つな》がらなかった。不在とか電源が切れているとかではない。番号自体が使用されていないものであると、無機質なアナウンスが告げるばかりなのだ。

信じられなくて再度かけてみようとしたところで、スマホの充電が切れてしまった。島に来るまでの道中、あまりにも暇だったためにゲームばかりしていたのが良くなかった。

まあ、宿に——田井さんの家に着けば、電源もあるだろうからそれまでの辛抱とは言える。だが、もう一度かけ直したところで、信じたくない現実に直面するだけなのではないか？

もうずっと、冷や汗が止まらない。

俺の焦《あせ》りをよそに、軽トラは実にのんびりと、島で唯一の商店や郵便局や個人宅を回り、荷台に乗った荷物を配達して回った。行く先々で島の人たちに紹介されたが、引きつった笑いしか出なかった。郵便局では（これが見た目はただの民家だった）、局長のじいさんから値踏みするように見られ、おばあちゃんからは「ハタチくらいかしら？それとも高校生？　この島の平均年齢がぐっと若返っちゃうわねー」と嬉しそうに言われ、本当の年齢を告げる気にもなれなかった。

ようやく田井さんの家に着き、「ここを自由に使っていいよ」と六畳の和室に通された。もとは息子さんの部屋だったそうだ。そこで真っ先にやったのは、コンセントに充電器をぶっさすことだった。通話できるようになるのを待ちかねて、弁護士の番号にかけてみる。イライラするような時間の末、ようやく出た相手は「はい、どちら様？」と不愛想《ぶあいそう》に言った。俺の番号は登録していなかったものらしい。俺が名乗ると、平坦な声で「ああ」とだけ言われた。

「あのっ。引っ越しって何なんですか？　親のスマホ、どっちも繋がんないんですけど。家の電話も……」

「ご両親はスマホを解約し、ご自宅は売却して引っ越されました。お渡しした書類の中に、ご両親からのお手紙がありますのでそれをお読みください」

「引っ越したって、どこへ。俺、どうすりゃいいんだよ」

「依頼人のプライベートな事柄に関しましては、守秘義務がありますのでお答えしかねます。今後の方針についてのご相談でしたら、事務所の方にどうぞ。有料で承ります」

取り付く島がないとはこのことだ。絶句しているうちに、用件は終わったものと判断されたらしく、いつのまにか切られていた。

俺はのろのろと、奴に渡された書類ケースを開く。不動産に関する重要書類の下に、白い封筒があった。表に俺の名があり、ひっくり返すと「父母より」と書かれていた。

一枚目は母からだった。

就職することを諦めてゲームばかりしていた俺に、自分たちが定年退職した後はどうするつもりかと尋ねたら、「オヤジとオフクロは高収入だから年金も多いでしょ。俺一人くらい養えるって」とほざいたことに、著《いちじる》しく失望したと書かれていた。あまつさえ、「オヤジとオフクロが死んだって、俺一人っ子だし、遺産とか保険金とかもらえるし。家もあるから最悪売ればいいし。それもなくなったら、生活保護あるしー」などという正気を疑う発言をしだすにおよび、これは親として、あえて突き放すべきだと痛感した。そんな折、長らく音信不通だった兄から連絡があり、会いに行ったら余命いくばくもないとのことだった。俺のことを聞かれて愚痴ったら、「そういうことなら」と島の建物を譲ってくれることになった。「どうせ売ることもできなかった負動産だしね」と兄が言っていたとおり、不動産としての価値は無いに等しいから、売ろうとするだけ無駄。建物は古いけれど手入れはしてあるので、充分もつそうです。親に頼らず、自分の力で道を切り拓《ひら》きなさい……とかなんとか、母のかっちりした文字で書かれていた。

震える手でめくった二枚目は、父からの手紙だった。しかしそれは、

「まあそういうことだ。母さんが言いたいことを全部書いてくれたから、特に付け加えることはない。武士の情けで当面の生活費を入れといた。あとは自分で何とかするように」

と、わずか三行の走り書きだった。

俺はがっくりとうなだれた。

父からも、母からも、見捨てられてしまった。ちっぽけな離れ小島に、文字通り捨てられてしまった。

自業自得とは言え、大きな衝撃だった。何だかんだ言って、親というものは子供が可愛いものだろうと、甘えたことを考えていた自分は度し難い。とはいえあっさり俺を捨てた両親のことが、どうしても恨めしかった。

その夜、田井さんの奥さんの心づくしの手料理も、ろくに喉を通らなかった。息子さんの部屋に戻ると、俺は抜け殻のように布団に横たわった。恨み言《ごと》と後悔の念を、延々

と口から垂れ流すだけの存在となり果てていた。そんな自分のつぶやき声に交じり、「ニャー」という声が聞こえた。見ると窓の網戸の向こうに、茶トラの猫がいた。

思わず近づいて網戸を開けると、猫はするりと入り込み、布団の真ん中にゴロリと寝ころぶ。

港でも集落でも、猫をよく見かけた。もしかしたら島民の数よりも多いんじゃないかってくらい。そして皆が可愛がっているらしく、この島の猫は人をまったく恐れない。手を伸ばして毛をなでると、さざ波のように表皮が動き、猫はゴロゴロと喉を鳴らした。温かくやわらかな生き物に触れているうちに、たまらなくなって俺は猫を抱き上げ、ぎゅっと抱きしめた。そして声を上げて泣いた。もう若くもない、ほぼおっさんである男が。みっともなく身も世もなく、迷惑そうな猫をぎゅっと抱きしめて、ただおいおいと泣いた。

5

引っ越しの荷物は、ほとんどが俺の部屋にあったものだった。もっともベッドとかタンスなんかの大物家具は含まれていない。代わりに布団袋があったし、衣類は作り付けのベッド下に収まるサイズの衣装ケースに詰め込まれていた。自転車を一緒に送ってくれたのは、正直ありがたかった。母の字で〈食料〉と書かれた箱を開けたら、レトルト食品や乾麺、缶詰の類《たぐい》がぎっしり詰まっていた。他に、十キロの米袋と、炊飯器もあった。島に捨てられはしたものの、これなら即座に飢え死にするようなこともなさそうだ。洗濯機と電子レンジは、元々研修センターで使っていたであろう物が残っていた。古いものだが壊れてはいなそうだ。冷蔵庫は業務用の大き目サイズと、家庭用サイズのと二つもあった。とりあえず小さい方の電源を入れた。

当面の衣食住の心配がないとわかりほっとしたが、それより重要なことがあったのを思い出す。

この島って、ネット環境はどうなっているのだろう?

パソコンはちゃんと、荷物の中に入っていた。しかしインターネットに繋げられないのなら、ただの重たい箱でしかない。

島でスマホは一応使える。が、不安定かつ遅い。屋内をくまなく探したが、モジュラージャック的なものは見当たらなかった。今どき何でだよと思ったが、確かにムダを極力省《はぶ》いたコスト重視のこの建物を見るに(白い洋館ならぬ、白い羊羹《ようかん》みたいだ)、研修にしか使わないのであれば必要無いと判断されるのも止む無しという感じだ。当然通信料もかかってくるわけだし。そもそも島自体ネットが使えない(少なくともオンラインゲームを快適にプレイできるレベルでは)という可能性も……認めたくはないがだいぶ大きい。

ネット環境と切り離されてしまったら、俺にはもう何も残らない。廃課金勢には遠く及ばないにしても、少なくはない金をかけ、やり込みまくったゲームのデータも、すべておじゃんだ。そこそこ知られたハンドルネームも、もう何の意味もない。

成人してからこの方、俺は人生の大半を、ゲームの世界で過ごしてきた。この三日間ログインできていないというだけでも、ログインボーナスがもったいなかったとか、新しいイベントが来てたかもとか、イライラと考えていた。それがまさかのネット環境さえない離れ小島に住む羽目になるなんて。

——こんなんもう、死ぬしかないじゃん。

絶望とともに、そう思う。俺が絶壁から飛び降りて死んだら、両親はちょっとは後悔するだろうか。哀しんでくれたり、するのだろうか。

保育園くらいから成人したあたりまでの、家族の思い出をしみじみと反芻《はんすう》し、また少し泣きそうになってから、まてよと思った。別に今すぐ、断崖絶壁めがけて走っていくこともないじゃないか。

弁護士から渡された書類ケースには、郵便貯金の通帳と印鑑が入っていた。中身はきっかり五十万円。父からの、〈武士の情け〉だ。

これだけあれば、さっさと島を飛び出して、ネカフェ暮らしでも当分は持つんじゃね？　いよいよ金が尽きてきたら、ゲーム仲間にちゃんと挨拶して、アイテムなんかもプレゼントしたりして、みんなから感謝されてから死んでも遅くないんじゃね？

それからふと、もう一つの可能性に気付く。この島でも、もしかしたらインターネットが使えるのかもしれない、と。今現在、俺の〈館〉にはつながっていないだけで。

ここまで小さく人口も少ない島だと、望み薄だろうなとは思いつつ、念のために確認することにした。田井さんの電話番号は聞いていなかったので、直接チャリで向かう。アップダウンが多いのできつい箇所もあるが、それでも歩きよりは断然速い。

「いんたあねっと？」

田井さんの第一声は、もうその先を聞かずともわかるようなイントネーションだった。

「ああ、はい……わかる人、いませんか？」

田井さんは「ううん、こんぴゅーたーねえ」とつぶやいてから、「そういうのは若い人じゃないとなあ……白須《しらす》んとこの孫なら、わかるかなあ」

なんだ若者いるんじゃんと、勇んで白須家に連れて行ってもらったら、その〈孫〉は半白髪の枯れた感じのおっさんだった。五十代後半くらいに見える。ちょうど畑仕事から戻っておやつを食べていたところだそうで、俺もおよばれにあずかった。腰の曲がったちっちゃいおばあちゃんが、お茶うけに漬物と羊羹を出してくれる。

「ネット？　回線来てるよー、この島」

羊羹をもぐもぐやりながら、白須のおっちゃんがあっさり言った。

「え、ほんとですか！」

喜びのあまり、俺は渾身《こんしん》のガッツポーズを繰り出した。良かった、諦めなくて本当に良かった。

「うん。母島に海底ケーブル引くときに、ついでにこっちにも引っ張ってもらえたー。普通ならさー、この程度の集落しかないし、難しかったんだろうけど、近いし遠浅だしで、工事もそんなに大変じゃないからって。ほら、この島さー、医者がいないからさー。母島の方に立派な病院があるから、普段はそんなに問題じゃないんだけどさー、やっぱり海が荒れたりするとねー、船出せないとさー」

この島はそんなに方言は感じないけれど、やたらと語尾を伸ばすしゃべり方をする。ついつい つられて、「そうなんですかー」と合いの手を入れる。

「そんでさー、遠隔医療ってのののために、診療所にパソコンが置いてあるってわけ。つっても使えるの、俺しかいなくてさー、俺が倒れた時のために、兄ちゃんも覚えてくれると助かるなー。俺、普段は昼間、母島で仕事だしねー」

「そ、それはもちろん覚えますがー、つまりその、ネット回線が診療所にあるってことは、そこからケーブルを引っ張れば俺のとこでもネット使えますよね？」

「そりゃ、工事を頼めばできるだろうけど……だいぶ金、かかるんじゃねー？」

「ネットに繋げないと、俺、死ぬんで」

「おー、そりゃ大変だー」

白須さんは団扇《うちわ》で顔を扇《あお》ぎながら、のんびりと笑った。

6

それから三週間ほど経過した。

あれこれ必死で奔走した結果、俺は快適なネット環境を手に入れることができた。これだけの努力ができるなら、なぜそれを就活で発揮しなかったかと自分で突っ込みたくなるが、これはもう、すっぱり次元の違う問題なのだ。

ともあれ、苦労の末にネット回線を繋げられたことは、大いなる喜びだった。もう長いこと、リアルでこんなに嬉しかったことはないくらいだ。そして俺はもちろん、その歓喜の門をくぐり、すぐさま非リアルの世界に戻っていった。

こんなに長くゲームから離れていたことはかつてない。久々に自分のパソコンでログインした時には、「ただいま」とつぶやき涙したほど感動したものだ。

だが一方、大きな不安があった。

親からの〈武士の情け〉（という名の手切れ金）は、今や半分にまで減っていた。

五十万円は、言うまでもなく大金だ。島に来て間もないころ、折に触れては通帳を取り出し、考えていた。この島でひっそりと、爪に火を点《とも》すようにして切り詰めて生活していけば、一年くらいは問題なく生きていけるんじゃないか？　と。なんといっても家賃はかからないわけだし。

やっぱり死ぬのは怖かった。痛かったり、苦しかったりするのは勘弁してほしい。細く長く生きてさえいれば、もしかしたら今後、状況が変わることもあるかもしれない。親が改心して迎えに来てくれるとか、はたまた親が死んで、遺産相続があるとか。

そう思い、自分を慰めていたのだ。

それが一ヵ月も経たないうちに半分だ。ケーブルを引くための工事代が大きいが、それまでの間に辛抱できなくなって船で本土に行き、ネカフェでゲーム三昧《ざんまい》の日を過ごしたりもした。また、ラーメンとか牛丼とか食べまくった。インスタント食品に飽き飽きしていたのだ。憂《う》さ晴《ば》らしがしたくてつい酒も飲んだ。今にして思えば愚かだった。後悔しても後の祭りだ。そんなことに貴重な金を使うくらいなら、ゲーム内のアイテムとか強い装備とかが買えたのに。馬鹿なことに金を費やしてしまったと臍《ほぞ》を噛む。

何はともあれ、環境は整った。ネットさえあれば娯楽には事欠かないし、いつまでだって引き籠っていられる。粗食にだって甘んじるつもりだ。だがそれでも、二十五万円ではそう長く続かないことくらいは俺にもわかる。何もしなくても腹は減るし、喉も渇く。水道光熱費だって島では割高だと聞いている。年金は支払い免除してもらいっぱなしだが、健康保険はそうもいかない。大枚をはたいて引いたネット回線の通信費もかかるし、格安ＳＩＭとは言えスマホ代も月々かかる。その他細々《こまごま》とした消耗品代だってかかるのだ。その上、固定資産税というラスボスも控えている。こればっかりは、無職だろうが搾《しぼ》り取られるのは確定だ。本当に現代日本では、生きて呼吸をしているだけでも月々金がかかる仕組みになっている。何とかして現金を手に入れないと、あっという間に行き詰るのが目に見えている。

ネットが繋がったので、元からやっていたゲーム攻略サイトとか、ＹｏｕＴｕｂｅのゲームプレイ動画のアップとかも再開してみる。こんな小銭程度じゃ、焼け石に目薬みたいなもんだけど。

もっと根本的な解決策はないものか……。

この期《ご》に及んで、就職するという発想は俺にはない。自分には無理だと、トラウマレベルで思い知らされているから。そもそもこの島に、雇ってもらえそうなところもないのだから。しかしそうすると、籠城消耗戦となり、そう遠くない未来に詰《つ》みとなる。

――待てよ？

一人でこんなでかい建物を維持しようと思うから詰むんであって、人間が増えればどうだろう？　個室はたくさん……二十一もあるんだから。

もちろん、普通に入居者募集をかけたって、人が集まるわけはない。今どき風呂トイレ共同、そもそも所在地が離島、ネット環境だけはあります――こんな物件にもし入居してくれる人がいるとすれば、それは引き籠りのオタク・ニートの類くらいのものだろう。定年退職後の独居老人という線も考えたが、病院もない、交通機関が定期船だけなんて環境は、もともと住んでいたならいざ知らず、年寄りには過酷すぎる気がする。第一、移住してきた後で寝たきりになられたりしても困る。生活習慣も違いすぎて、トラブルが起きるのは目に見えている。

その意味で言えば、俺は体育会系の連中とも、リア充のチャラ男とも共同生活はできない……断じて。しかし同じニート同士なら、ギリやっていけるんじゃなかろうか。互いに干渉せず、踏み込まず、特殊な嗜好《しこう》にもお互いさまと目をつぶり、けれど力も金も無いなりに補い合うような感じで。一人一人は弱くても、数がそろえばそれは立派な〈力〉だ。

我ながら、素晴らしいアイデアだと思った。問題は、どうやってニートを、〈館〉を維持する仲間を集めるか、だ。俺もそうだったが、ニートってやつらは実家にフジツボのごとくへばりついている。こっちに来いよなんて誘っても、梃子《てこ》でも動かないに違いない。

ならば訴えかけるべきは、へばりつかれている岩の方だ。俺の哀しい実例が物語っている通り、ニートを厄介払いしたがっている親御さんはきっとたくさんいる。もしかしたら、ニートの数と同じほど。

俺は自分の中で、即座に210番計画を立ち上げた。二と十でニート。しょうもないダジャレである。ついでに、俺の〈館〉も〈二百十番館《にひゃくじゅうばんかん》〉と名付けることとする。

俺はサイフの中に入っていた、二枚の名刺を取り出した。一枚はあの弁護士のものである。彼に電話したら、若干迷惑そうではあったものの、一応話は聞いてくれた。もし、俺のケースと似たような依頼があったら、こっちに送り込むよう勧めてくださいと伝えたら、「あー、ハイハイわかりました」と全く心のこもっていない返事があった。

もう一枚は、島に来る前に行った、美容院のものである。担当してくれた奈菜《なな》ちゃんという子が、帰り際に「最近作った名刺です。また来てくださいねー」とくれたものだ。多分もう二度と行くことはないだろうと思ったが、女の子からもらった貴重な名刺なので捨てずにとってあった。すごく気さくな感じの子だったから、電話する勇気も持てた。思った通り、彼女は実に気軽に、二百十番館を紹介するパンフレットを店に置いてくれると請け合ってくれた。美容院なら、不特定多数の人の目に留まるだろうから、まさにうってつけだ。

これ以上リアルの人間に働きかけるのは、社会人経験ゼロの俺には荷が重かった。とりあえずパソコンとプリンターを駆使して、簡単なパンフを作成し、それを弁護士事務所と美容院に送り付けておいた。これだけで、俺はやり切った思いでいっぱいだった。

あとはブログでも作って、宣伝すればいいか……。来てくれた人の受け入れ態勢も整えなきゃいけないな。共用部分の掃除とか、炊事とか、当番制にして果たしてちゃんと回るだろうか……。

二百十番館の未来に思いを馳せつつ、俺にはほかにもするべきことがあった。ゲームにログインしてイベントをこなすことはもちろん必須だが、ほぼ毎日、チャットの餌をもらいに行く必要があったのだ。

チャットとは、茶トラのメス猫だ。田井さんのところに泊めてもらった時に仲良くなって、別に誰の飼い猫でもないとのことだったからそのまま連れてきてしまった。一人で広い〈館〉に住むなんて寂しすぎるから、これ自体は仕方がない。夜なんて、〈館〉の周囲は真っ暗闇なのだ。どう考えても、一人きりは怖い。

チャットは別に嫌がりもせず、〈館〉の中外を自由に行き来していた。しかし連れてきてしまった以上、責任をもって餌をやらなきゃならない。

それで紹介してもらったのが、安康《あんこう》さんだった。近隣の海で漁をして半世紀以上という、ベテラン漁師さんである。お願いして、彼から雑魚を分けてもらえることになっていた。島の人たちはみな、何かしらのギブアンドテイクで彼から魚を手に入れていたけれど、俺は提供できるものがない。手が足りない時に手伝ってくれりゃあいいよという言葉に甘えさせてもらっている。

実は俺は、料理ができる。両親が共稼ぎで帰るのが遅かったから、小さなころから包丁は握っていた。とは言っても全然大したことはない。ネットで見つけたお手軽レシピで適当に作るくらいだし、魚料理なんてせいぜい切り身をムニエルにするか、サンマを塩焼きにするかくらいのものだ。捌《さば》くのも刺身にするのも、どう頑張ってもできそうにない。

しかしせっかくの無料食材なので、ネットで「雑魚　食べ方」で検索し、自分用には唐揚げ、ムニエル、塩焼きを作ってひたすら食べていた。チャット用には塩なしで焼くか蒸すかしたものを、丁寧にほぐしてご飯に載せてやる。面倒だったが、小骨が喉に引っかかったら大変なので、頑張った。残った骨や頭はあら汁にして俺が飲む。揚げて骨せんべいにしてもうまい。ちなみに野菜は、白須さんの畑の草抜きをすることで、分けてもらえるようになっていた。うまくいけば卵だってもらえる。おかげで食生活に関してだけは、だいぶコスト削減できている。

朝、安康さんが漁から戻ってくる頃合いに、ザルを持って港で待っていたら、島の猫たちも集まってくる。うちのチャットも自転車の前かごに乗せて、ちゃんと連れてきている。チャットだって仲間に会えなくなるのは寂しいだろうから。

今朝はずいぶん遅いなと思ってから、気づく。今日は母島の市場が休みだから、本土の市場に直接卸《おろ》しに行くと言っていたっけ……。

まあ今日は別にゲームのイベントもないしと、猫たちをもふもふ触ってのんびり待っているうちに、安康さんの漁船が近づいてくるのが見えた。しかしすぐに異変に気付く。乗組員は安康さん一人のはずの小さな船に、別の人影が見えるのだ。

貫禄ある体形のオバサンが一人。全体の印象が小学生の時の担任教師にそっくりで、俺はそっと身を縮めた。あれはとんでもなく怖いクソババアだった。そしてその陰に隠れるように、細身で小柄な若者がいた。心もち青ざめた生っちろい顔、パソコン用と思われるメガネ、散髪に行きたてのような頭。

船を寄せながら、安康さんが塩辛声《しおからごえ》で言った。

「よお、坊主。向こうの港に坊主のお客さんがいたから、乗っけてきてやったぞ。定期船の時間までは、まだ一時間以上あったからな」

安康さんのそんな言葉を聞かずとも、また、迫力ある中年女性の、

「良かった、あなたが責任者なのね。事前予約が必要だとも書いていなかったから、直接来ちゃったけど別にかまいませんよね？　うちのヒロくんが住むにふさわしいところかどうか、しっかり見学させていただきます」

という妙に上から目線の言葉を聞かずとも、わかった。

あの若者の、どんよりと死んだような目。諦めきったような無表情。瘦せているのになぜか締まりがないように感じさせる体つき。

彼は……ヒロくんは間違いなく俺の仲間だ。俺と同じく、捨てられる為に、この島にやってきた。

そして……。

俺に次ぐ、二百十番館の二番目の住人になる男なのだ、と。

7

見学から実際の入居までは、わずか一週間ほどだった。

ヒロくんは二十六歳で、学業においては幼いころから神童の誉《ほま》れ高く、地域で一番の進学校を卒業し、何と大学は日本一偏差値の高いところだということだ。

これはヒロくん当人ではなく、引っ越しに付き添ってきたヒロくんママによる積極的な情報提供だった。何しろヒロくん本人は一言もしゃべらず、こちらの質問に対しては、うなずくか、小さく首を振るか、イエスノーで答えられないことだと聞こえないくらいの小さい声で何やらぼそぼそとつぶやくか、なのだ。「え、何？」と訊き返していたらヒロくんママが割って入り、「ああ、そのことなら云々《うんぬん》かんぬん……」と、はきはきとしきぱきと答えてくれる。勢いに気圧《けお》されながらも、「あの、ヒロくんに聞いているんですが……」と言うと、般若《はんにゃ》のごとき形相《ぎょうそう》で、「この子はシャイなんです！　無理に話させないでください」と詰め寄られた。

「本当にみんな同じ。この子は人一倍繊細なだけなのに、みんなして寄ってたかってずけずけと……この子は人見知りだから最初だけ、私の手助けが必要なだけなんです」

と舞台女優みたいな声量で朗々《ろうろう》と言い放つ。この時点でもうだいぶビビりながら、

「あの、みんなって……?」ともごもごとたずねると、相手はくわっと目を見開いた。

「みんなですよっ! 学校の教師も病院の先生も、そんな子が、コンビニの店長まで! うちのヒロくんはあのT大を出ているんですよ。そんな子が、果てはコンビニのアルバイトなんてしてあげようというのに、何様だっていうのかしらね、もちろん後で本社の方に苦情は言っておきましたけどね」

そのあともねちねちくどくど色んなことを言っていた。ひとまとめにしてしまうと、こんなにも優秀なヒロくんが正当に評価されないこの世の中はおかしい、間違っている、ということらしい。

その怒りを（理不尽にも）俺に向かってぶちまけられる形になり、正直恐怖でオシッコをちびりそうになったけれども、思わず言ってしまった。

「でも、この島に捨てていくんですよね」

学校にも病院にも、果てはコンビニのバイト面接にまで、オカンが出張って声高にスポークスマンを務めてしまう……そんなのいい年した男にとっては——いや、女にとってもかもだけど——苦痛でしかないだろう。

俺はヒロくんが気の毒でたまらなかった。彼が極度のコミュ障《しょう》になったのは、間違いなく母親のせいだ。人とまともに話もできなければ、どんな面接にだって受かりっこない——たとえ、どれだけ頭が良かろうが、日本一の大学を卒業してようが、だ。

散々我が子をコントロールしておいて、優秀に育ったと悦に入《い》り、卒業後にお荷物になったとたん、ポイですか。

俺自身は騙されてここに連れてこられたから、自分の両親には面と向かって文句を言う機会もなかった。文句を言いにくい負い目もあった。その分、目の前のこの母親には、怒りとも憎しみともつかない思いがこみ上げてくる。その結果絞り出されたのが、捨て台詞《ぜりふ》みたいな一言だけだったってのが、俺のどうしようもなくザコなところだけれども。

ヒロくんママは俺の精一杯の嫌味にも、顔色一つ変えなかった。少し離れたところにいた自分の息子にちらりと視線を走らせ、ごくごく小さな声で言った。

「……親は自分が死んだ後までは面倒を見られませんからね。無理やりにでも自立してもらわないと」

今までと声のトーンがあまりに違ったので、えっと思って相手を見やる。ふっとうつむいた顔が、どこか悲しげだった。そして彼女はそれ以上は語ることなく、ただ、息子をよろしくお願いしますと頭を下げて帰りの船に乗っていった。

港に残された二人（と一匹）は、それぞれの自転車にまたがった。島の生活には必須だと伝えて、持ってきてもらったのだ。自転車が二台あれば、工夫次第で大きな荷物を運べるようになるかもしれない。ヒロくんの荷物はまた田井さんが運んでくれて、その手間賃はヒロくんママが支払った。だが、今後何かかさばるものを買うたびに、田井さんにお金を払って運んでもらう余裕は俺達にはない。できる限り、人に頼らない体制を作り上げる必要があった。

ともあれ、今日から二人と一匹の新生活が始まる。館に戻って、何か手伝うことがあるかと聞いたらヒロくんは黙って首を振った。少なくともこの同居人は、騒音で俺を悩ませることだけはなさそうだった。

ふうやれやれとばかり、俺は自分の部屋で早速パソコンを起動させた。特に新しいイベントもなかったから、ソロでうろちょろしていた。しばらく熱中していたが、ふと背後に気配を感じてああ、チャットが来たかと思い「よちよち、こっちおいでー」と猫なで声を出す。夏だしチャットも自由に出入りしたいだろうから、窓もドアも常に全開の生活だ。いつもなら、嫌がらせのようにキーボードに乗ってきたりするのだが、どこにいるのだろうと振り向いたら、真後ろにヒロくんの生っちろい顔があって心底驚く。

その視線は、パソコンに映し出されたゲーム画面にくぎ付けだった。

「うお、びっくりしたー。え、なに？　ゲーム、興味あるの？」

ヒロくんはこくこくとうなずく。

「じゃあお前もやってみる?」と聞いたら、実にわかりやすく、青白い顔が輝いた。ヒロくんはデスクトップの他にノートパソコンも持っていた。ノートの方は大学で使っていた奴だから、スペックにいささかの不安はあった。しかし相手はオンラインゲームどころか、ゲームそのものが初めての超初心者である。どうせなら口で教えた方が手っとり早いと、俺の部屋で一緒にログインすることにした。

まずはハンドルネームを考えなければならない。このゲーム、ずっと同じキャラクターを固定で使うわけではないので、名づけはサーバーごとのオンリーワンという決まりがある。これが後発組には結構面倒なのだ。誰でも思いつくような名前は、たいてい先につかわれている。いい名前を思いついたと勇んで入力しても、【その名前は既に存在しています】とはじかれてしまうのだ。だから後から加入するプレイヤーの名前はやたらと長かったり(と言っても文字数制限もあるのだが)、英数字だの記号だののがくっついていたりしていることが多く、新参者だとすぐ知れる。

しかしヒロくんはあまり考えることなくネームを入力し、そして一発で通してしまった。彼のゲーム内ネームは【NO210-2】。確かにこんな名前、他につける奴がいるはずもない。二百十番(館)の二号室。ようするにヒロくんの所番地みたいなものだ。

のっけから「おいおい」と思いつつ、好きなキャラクターを選べよと言ったら、少し考えてから魔法使いの女の子を選んだ。俺が最初に選んだ剣士が幼いころに出会った少女だ。剣とか斧で直接相手を攻撃する前衛じゃなくて、後衛の魔法攻撃をいの一番に選択するあたり、おとなしいヒロくんらしいなと思う。単に可愛い女の子が好きなだけなのかもしれないけど。

キャラメイクの仕方を教えて、それなりに可愛らしい女の子キャラができ、いよいよ物語の始まりだ。

彼が魔法使いを選んだ時点で、少し心配なことがあった。序盤のストーリーで、この少女は母親を病気で亡くしてしまうのだ。

ヒロくんママは、妙に思わせぶりなことを言っていた。あれってやっぱ、そうだよな。自分が病気で長くないから、仕方なく島に置いていくとか、そういうことだよ、な……。いよいよ問題のシーンになって、そっとヒロくんを盗み見る。俺自身、図らずも落涙したその場面で、しかし彼の表情に大きな変化はなかった。

別に死ぬような病気だとかってわけでもないのか？　それとも、何一つ知らされないで、言われるがままにこの島にやってきたのか？

それもあり得そうで怖い。

ともあれ彼は、非常にゲームを楽しんでいるらしかった。さすがに頭が良いからか、わりと飲み込みも早くて初期クエストも順調にこなしている。フリーで動けるようになり、ある程度レベルが上がったところで、二人で手ごろな狩場に出かけた。本来なら初心者が行けば即死レベルのダンジョンである。俺とパーティを組んで出てくるモンスターを全部倒してやることで、何もしていないヒロくんにもバンバン経験値が入ってくる。いわゆる〝パワーレベリング〟というやつで、こうすることで効率よくレベル上げができるのだ。手元に囲って大事に育てることから、〝養殖〟などとも呼ばれている。俺の方にメリットは特にない。ボランティアみたいなものだった。

とにかく俺は、ヒロくんの面倒を見てやりたかった。俺と同じように親から捨てられた彼が哀れで、何かしてやりたかった。そして俺にできるたった一つのことが、これだった。

今まで娯楽の一つも知らなかったらしいヒロくんを、俺の大好きなゲームの世界に招き入れることが、唯一で最高の、俺なりのもてなしなのだった。

8

ヒロくんの【NO210-2】は、ごく短期間にめきめき強くなっていった。そしてやはりノートパソコンではフリーズすることも多く、じゃあもうそれぞれの部屋でプレイしようねということになった。男二人で机を並べてネトゲというのも、かなり微妙だ。プライバシーは重要。正直、会ったばかりの他人と長時間顔を突き合わせているというのも、結構気疲れするものだ。

ヒロくんが来てから、やっぱり生活は結構変わった。彼は料理はもちろん、家事能力がゼロだったから、最初のうちは全面的に俺が世話をする状態だった。とは言っても、掃除なんて適当だし、男二人分の夏物なんてそんなにまめに洗濯する必要もない。風呂だって、シャワーでざっと済ませている。ただ、食事だけは今までのように適当ってわけにもいかない。

幸い、ヒロくんは新生活全般について、特に苦情は言ってこなかった（そもそも自分からは何も言わないわけだが）。それでも、現代っ子が毎日魚ばっかりじゃ気の毒なので、島でただ一軒の商店に行き、インスタントラーメンだとか肉だとかを買ってきてはふるまったりした。

ヒロくんママとは、一ヵ月五万円ということで話はついている。家賃光熱費食費通信費込みなのだから、激安と言えるだろう。ここから固定資産税分を積み立て、残りで二人分の生活費を賄《まかな》う肚《はら》だった。俺の残り少ない貯金は、何かあったときの為にとっておく。かなりギリギリのラインだが、不可能ではない、たぶん。最初は余裕を見て六万円を提示したのだが、ヒロくんママからあっさり値切られてしまった。それでも支払いはちゃんとしていて、「じゃあ一年分」と、六十万円が入ったヒロくん名義の通帳と印鑑を置いて行ってくれた。目もくらむような大金である。これなら当分安泰だろうと、俺は大船に乗った気分だった。

何といっても、大きな建物に一人きり、という心細さから救われたのは大きい。チャットはもちろん大いなる慰めだったけれど、仮に俺が急病で倒れたとして、猫が何かしてくれるかと言えば、もちろんそんなことはないだろう。いまいち頼りにならなそうなヒロくんだって、一つ屋根の下にいてくれる安心感は計り知れない。

当面の問題は解決したようなものなので、俺は心安らかにパソコンに向かい、ESにログインした。うきうきと色んな所を巡ってから集会所に戻ると、いきなりチャット（猫じゃなくて本来の意味の）で呼びかけられた。

それ自体は、まったく珍しいことではない。俺はこのゲーム世界では結構な顔で、各種のお誘いが引きも切らないのだ。

だがその時の呼びかけは、非常に心臓に悪かった。なぜなら呼ばれたのが、本名だったからだ……ゲーム内のハンドルネームではなく。しかも、みんなに丸見えの全体チャットで。

〈こんなとこにいたんですかー。探しましたよー〉と駆け寄ってくる女の子キャラの上には、【NO210-2】というネームがあった。見なくても、わかったけど。

〈ちょっ、おまっ、その名前で呼ぶんじゃねー、あと全チャから個人チャットに切り替えろー〉

〈何ですかー？　全チャって。同じ家にいるんだから、教えに来て下さいよー〉

何でいちいち語尾を伸ばす。島の人のは全然気にならんけど、文字で書かれると甘えんぼみたいでイラッとする。こいつほんとにヒロくん……いや、ヒロなのか？　なんか人格違わね？

俺がパニクっていたのはそんなに長い時間じゃない。なのに他のプレイヤーが、なんだなんだと集まってきてしまった。

〈えー、なに、同じ家ってもしかして夫婦だったの？〉

〈ええなあ、夫婦でログインとか、ラブラブやん〉

確かに目下俺らのキャラクターは、物語中でいい感じになる剣士と魔法使いの女の子だ。ESはそのシステム上、プレイヤー本人の性別は他のゲームよりいっそうわかりにくくなっている。だから恋愛がらみのトラブルも起こりにくいのが気楽で、そういう意味でもこのゲームを気に入っていた。異性のキャラクターを使うのに、ネカマとかネナベとか、余計なことを考えなくて済むし。

それなのに、このとんでもない誤解である。俺は慌てて、違う違うと指をもつれさせながらタイプしていたら、それより早く【NO210-2】が発言した。

〈いやいやー、俺らむっさいニートの館の住人っすから。島に捨てられちゃったんすよねー〉

涙のエモーションを連打しつつ、やたらチャラくも陽気な感じで発言しているこのプレイヤーは誰だ？　知らないぞ、こんな奴？

俺が混乱している間にも、【ＮＯ２１０－２】はむやみに速いタイピングで、チャット画面に文字を並べていく。

はっと我に返ったときには、俺らの現状とプライバシーが、ゲーム中の全プレイヤーに向けてさらされていた。

〈島ニート！　超ウケル〉

〈捨てニート！　ニートの島流し！〉

〈うわ、キッツ。リアル島ダンジョン〉

笑いを意味するｗ《草》をいっぱいくっつけて、皆が口々に発言する。いつの間にか、結構なプレイヤーが集まってきてしまった。

〈二号クンー、なんてことをしてくれたんだー、せっかく今まで培《つちか》ってきた、頼れるアニキのイメージが……勝手にプライバシーを暴くんじゃねー〉

心で泣きつつ、あえてコミカル気味に抗議する。ここでマジ切れとか、あまりに痛々しいと自分でも思うから。念のため、エモーションはにっこり笑顔をつけておく。

この書き込みは結構本音でもある。俺はゲームの世界で、努《つと》めて頼れるアニキキャラを演じていた。強くて面倒見が良くて人の役に立つ、そんな人間でありたかった……リアルの俺とはまさに正反対の。

他人とろくに口もきけないヒロが、ESにログインしたら、いきなりチャラ目の饒舌《じょうぜつ》キャラに豹変したことには驚いた。けれど考えてみれば、俺だって人のことは言えないのだった。

〈いやー、でも何となく察してましたけどねー。利那《せつな》さん、平日の真昼間とかでも普通にインしてたでしょ？〉

そう発言したのは、吟遊詩人キャラの【ラクダ】さんだ。ちなみに【刹那】とは俺のハンドルネームである。少々中二臭《ちゆうにくさ》いが、付けた時にはカッコイイと思ったのだ。【ラクダ】さんはそのシンプルな名前からもわかる通り、割と初期からいるプレイヤーだ（と言っても俺よりは後だけど。俺は配信当日からの最古参組だから）。

俺がインしていたことを知っているということは、【ラクダ】さんだって平日の昼間に確実にいたわけで、それが今では週末とか夜遅くとかに入ってくるようになっている。昔は勝手に仲間だと思っていたが、要するに学生が普通に社会人になっているということなのだろう。それが察せられるだけに、【ラクダ】さんの指摘には黙って下唇を噛むしかない。

〈けど、確かに引きニートならネット環境さえあれば、別に島でも変わんないと言や、変わんないかもなあ〉

〈いや、アニオタ的には、今のtvk《ティーブイケー》とTOKYO MX《エムエックス》が入る地域からは梃子でも動

かんね〉

〈地方民の俺に謝れ！　しかしまあ、今は無料配信も結構あるしなあ。ＢＳが入れば、一考の余地はあるんじゃね？〉

　仲間たちの会話に、俺はようやく体勢を立て直した。

〈ＢＳ入れたら、ほんとに来てくれるヤツ、いるかな？〉

　俺はアニメやドラマはそこまで視《み》ないから気にしていなかったが、島で視聴可能なのはＮＨＫの他は民放が二局のみなのである。

〈うーん、アニオタはマンガ好きな場合も多いけど、今は電子書籍で読めるしな……いけんじゃね？〉

　確かに、と思う。ＢＳアンテナを設置するにももちろん金がかかるわけだが、人数が増えればそれでも大丈夫だし。

〈なんかオモシロそうじゃね？　ねーねー、短期で遊びに行くとかもあり？〉

　そう聞かれ、なるほどと思う。

〈ありあり、全然あり。古くて良ければ、布団とかもあるよ〉

　館には倉庫みたいな部屋があり、研修センター時代のあれこれが収納されていた。島にはごみ処理の施設がないため、大きなものを処分しようとすると余計な料金がかかってしまう。だから伯父は、色んなものを一部屋に押し込めて終わりにしたのだろう。俺たちは、そこから使えそうなものを取り出して、有効利用させてもらっている。館にはクーラーがないから、扇風機なんかはとてもありがたかった。

寝具はきちんと梱包されて片付けられていたから、干せば問題なく使えるだろう……たぶん。

それはさておき、館の短期滞在というのは、悪くないアイデアだと思った。いきなり移住というのもハードルが高すぎだし、お試しみたいな感じで来てもらえば、少しでも収入になる。事情はわかっているんだから旅館みたいなもてなしは期待されないだろうし、何なら食料だけは持ってきてもらってもいい。そうこうしているうちに、居ついてくれる奴も出てくるかもしれない。

〈ゴハンはあんましおいしくないけどねー、こないだなんか……〉とまた異様に速いタイピングで発言を始めるヒロに、さすがにちょっとむっとする。

駄目だこいつ、早くなんとかしないと。

〈あー、俺、ちょっと用事あるんで、もう落ちますわ〉

そう発言してから、ログアウトする。

用事があるというのは本当だった。今夜遅く、台風が上陸するらしい。外に置いてある自転車や何かを屋内に収納し、あちこちの戸締りを見て回る必要があった。そのあと、ヒロと俺が食べる夕飯の支度もしなけりゃならない。ニートにあるまじき忙しさである。

何で俺ばっかり、とむかっ腹が立ってきた。それでずかずかと隣の部屋に乗り込み、

「おい、お前もなー、遊んでばっかいねーで、風呂掃除くらいしろ」

ヒロはびくりと振り向き、こくこくとうなずく。今までやらせたことはなかったが、風呂掃除くらいできるだろ、と俺は外に向かう。既に風が強くなってきていた。

自転車を二台とも玄関内に停め直し、木陰に置いてあった椅子やテーブルを屋内に片付ける。これは自分らが使うと言うより、主にチャットがくつろぐためのスペースだ。折り畳み椅子はやたらとたくさんあったから、色んなところに配置している。屋上の日除けの下にも何脚か置いてあったのを思い出し、階段を上った。屋上は抜群に眺めがいいし、海風も抜けて行くからとても気持ちがいいのだ。日除けの下に陣取ってスマホでポップな音楽なんて流したら、バカンス気分が味わえる……まあ、年中バカンスみたいなものなのだが。

この日除けや雨水タンクの屋根に降った雨水が貯められる仕組みになっている。ついでにタンクの点検もしたら、最近雨が続いたこともあって結構いっぱいになっている。今のうちに風呂や何かに移しておいた方がいいだろう。あふれた分は流れてしまうので、もったいないという貧乏性ゆえの思い付きだ。

二階の戸締りを見て回り、夕食の準備を始めるかと厨房に向かったら、途中でチャットを見かけた。正確には後ろ半分を、である。風呂場の入り口から、そっと中を窺《うかが》うよ

うにしているので、思わず俺ものぞき込む。

　風呂場の中にはもうもうと湯気が立ち込め、サウナのようになっていた。風呂桶からは泡がもくもくと沸き上がり、シャワーからはお湯が勢いよくほとばしり、そのしぶきをもろに浴びてびしょ濡れになったヒロがスポンジであちこちを擦《こす》っていた。

「——ちょ、お湯止めて、何で真夏にお湯で洗ってんの、もったいねー、何でそんなビショビショに……洗剤、どんだけ使ったの、ああもう」

　一度にまくしたてたのがいけなかったのか、ヒロは振り返ったままの姿勢でフリーズしている。仕方がないので俺が乗り込んでいってひとまずシャワーを止めた。おかげで俺まで濡れネズミだ。

「ああもう、何で風呂掃除頼んだだけでこんな大惨事になるんだよ。何回も言ったけどさ、島じゃ水は貴重なの。ガスだってプロパンだし、船で運ぶから高いの。もっと節約してくんなきゃさー、あっという間に行き詰るよ、俺ら」

　そしてフリーズしたままのヒロからスポンジを奪い取り、「もういいよ、俺がやる。あーあ、洗剤こんなに使っちゃって」とぐちぐち言いながら風呂桶にあふれる洗剤液でそこらじゅうを掃除した。

　一しきり擦り終わって振り向くと、そこには立ち尽くしたままのヒロがいた。びしょ濡れで分かりにくいが眼が真っ赤で、よく見るとはらはらと涙をこぼしている。

——え、こんくらいで泣いちゃうの？

唖然《あぜん》と俺も立ちすくむ。

いや、確かに俺もぐちぐち言い過ぎたかも？　こいつがメンタル弱っちいのは、最初っからわかってたことだし？

「えっと、あ、いや……」気まずいまま、俺は柄のついたブラシをヒロに手渡した。「あ、これで床とか擦ってくれると、助かる、かも。あ、風呂に溜めた洗剤液使ってさ」

押しいただくようにブラシを受け取ったヒロは、ぐすんぐすんと洟《はな》をすり上げながら、床を擦り始めた。

元が研修センターだから風呂場も五、六人は一度に入れるサイズで、真面目にやると掃除も結構大変だ。二人がかりで何とか終わらせ、水で流した浴槽に雨水を溜める。これはあくまで後でトイレや洗濯に使うためのもので、このまま沸かして入る気はない。そんなことをしたら、ガス代がえらいことになりそうだ。今は夏だからシャワーだけで問題ないが、冬場はどうしようと考え込む。どう考えても二人切りでこのサイズの風呂は、コストパフォーマンスが悪すぎる。いっそのこと、衣装ケースでも流用してそこに浸かるか？　そんなことを考えながら脱衣所に出たら、ドアの向こうで監視していたチャットが近寄るなとばかり後ずさった。俺もヒロも、笑えるくらいにびしょ濡れだ。

雨に濡れた子犬みたいにしょぼくれているヒロにタオルを投げてやり、俺も頭からタオルをかぶってゴシゴシ拭いた。まあ夏だし、風邪をひくこともないだろう。今日はもう、これでシャワーを浴びたってことでオッケーだ。

チャットがニャーニャー鳴いてさかんにメシくれアピールをしてきた。この館では彼女が一番偉いので、「すまんすまん」と謝ってとりあえずチャットに餌を与える。茹《ゆ》でたトウモロコシを混ぜたご飯に、蒸して細かく裂いた鶏胸肉《とり》をトッピングした自信作だ。人間用は同じトウモロコシご飯に、魚をいっぱい貰った時に冷蔵庫で作っておいた干物を軽くあぶって出すことにする。後ろで所在無げにうろうろしていたヒロに食器を出させて晩飯にする。チャットはとっくに食べ終えて、さっさとどこかに行ってしまった。

「いただきます」

手を合わせ、わざと大声で言ったら、ヒロが消え入りそうに「いただき……」と追従する。後半は部屋の空気に溶けてしまうような小声だ。

「美味《うま》いか?」

「……ハイ」

「マズいメシですまんね」

「……ハイ」

と応《こた》えてから、ヒロはあわあわと箸を振る。

「——いいよ、もう別に……」

その会話とも呼べないようなやり取りの後、俺たちはただ黙って飯を食った。聞こえるのは、風の音と食器の鳴る音ぐらい。一人で食べているのと変わらないな、と思った。ヒロが来る前のこの館。実家にいた時だって、俺はほぼ一人で食べていた。学校が長期休暇の昼と夜。どこにも通わなくなってからの、三食すべて。俺は親が仕事に出かけた後にのこのこ起きだして朝食を食べるようになっていたから。

両親はいつも忙しそうで、帰ってきたときには疲れ切っていた。仕事ってのは恐ろしいものなんだなと、幼い頃から思っていた。

だから今、こんなザマなんだと、自己弁護したいわけじゃないんだが。いや、してるか、この流れだと。悪いこと、ままならないことは全部、自分以外の誰かのせいにしたいんだ。

俺は嫌な奴だなあと、しみじみ思う。俺と同じくこんな島に捨てられたヒロが憐れだったし、気持ちは痛いほどにわかるし、だから面倒見てやらなきゃって思ってたはずなのに。別に大したことをやってたわけじゃないし、事実上、ヒロの金で俺まで食って、館の維持もしていくつもり満々のくせに、色々嫌味なことを言っちゃったりして。

あの母親の坊やちゃんだったヒロが、家のことなんてできるわけもないのに。いきなりの魚だらけの食事が、口に合うはずもないのに。

「――なあ、ヒロ」

俺は静かに同居人に話しかけた。箸を口に運ぶ手を止めて、ヒロがこちらを見やる。

「ゲームは、楽しいか」

「はい」

今までよりは少し声が大きく、そしてはっきりとした口調だった。

「そっか。じゃ、食い終わったらお前のストーリーを一緒に進めような」

ヒロの顔がぱっと輝き、そして大きくうなずいて「はい!」といった。

9

いの一番で教えるべきは、個人チャットのやり方だ。それから本名はもちろん、プライベートにかかわる発言を慎むこと、他のプレイヤーのプライバシーを詮索しないこと。こうした基本的なことは最初に言っておくべきだったのだ、本当は。今までSNSなんかも全くやったことがないみたいだし、基本的なネットリテラシーが分かっていないのだろう。

隣の部屋にいるのにチャットで話すのもおかしな感じだが、【NO210-2】ことヒロは〈はーい、わかりました〉とか〈なるほどー了解っす〉とか素直に答えてくれる。てか、なんでチャットだと返事一つとってもだいぶ長くなるのか不思議だ。そしてやっぱりキャラも完全に別人である。

〈刹那さんさすがっすー〉

〈やっぱ頼りになりまくりっすー〉

などなどと、お前その語尾はなんだよ、どこのチャラ男だよと突っ込みたくなる。

目下のヒロがプレイしている魔法使いの、この章のストーリーは、パーティの中に剣士（つまり今の俺が使っているキャラだが）がいると、追加イベントが発生する。ほのかな恋愛要素があって人気の高いエピソードなのだが、中の人たちが両方男だとわかっている現状では、なかなかに微妙だ。それでもヒロは満足したようで、〈感動しました！〉と嬉し気に感想を伝えてきた。

〈そりゃ良かった。そんじゃ、切りもいいし今日はもう寝るか〉と打ち込み、俺はログアウトした。意外かもしれないが、二百十番館は早寝早起きがモットーだ。この暑い中、畑仕事や何かの手伝いは朝早い時間だし、魚をもらいに行くのも朝だ。それに夜はなるべく早く寝た方が、電気代も節約できる。

歯を磨いてさっさと横になったものの、いよいよ台風が接近してきたらしく、風や雨の音がすさまじい。それに波が砕ける音まで加わって、なかなか寝付けなかった。目をつぶって羊ならぬ猫を数えていたら、不意に頰のあたりを柔らかいものが撫《な》でていった。驚いて飛び起きたら、チャットがこちらを見上げていた。今まで寝てるとこに来たことなんてないのにと、そっと抱き上げる。不安げに「にゃー」と鳴くチャットを見て気づく。

「おー、チャットー、そうかそうか、怖かったでちゅねー、おうよちよち。可愛いぞー、肉球触らせろーこの、この」

台風に怯《おび》えて飛び込んでくるなんて愛《う》い奴よと、もふもふ撫でさすっていたら、ふと第三の気配を感じて俺は口をつぐむ。

「……あの」

蚊の鳴くような声をかけられる。もちろん、ヒロだった。

今のを聞かれたかと、内心で赤面しつつ俺は何でもないように言った。

「おう、ヒロ。どうした？　お前も怖いのか？」

後半は、こっちの恥ずかしさをごまかすために敢えて揶揄《やゆ》するように言ったのだが、相手はいとも素直にこくこくうなずく。

「……あ、そうか……そんならお前もこっちで」寝るか、ベッドも二つあるしと続けかけたが、ビョービョーと恐ろし気な音を立てる大気に遮《さえぎ》られる。木がざわめく音、雨粒が窓をたたく音もいっそう激しい。海は不気味なうなり声を上げっぱなし。まるで魔王のいるラストダンジョンの中みたいだ。

「こんな調子じゃ、しばらく眠れそうにないな。お前、ノートパソコン持って来いよ。ストーリーの続きを、進めちゃおうぜ」

とたんにヒロがにこりと笑い、こくこくとうなずいた。明日も波が高くて漁もできないだろうと安康さんは言ってたし、たまには朝寝坊も悪くない。

ヒロが使っている魔法使いの女の子は、幼い日に母親を病気で亡くしている。遺品から、自分の母親が身分を偽っていたことに気付いた彼女は、母親の出自を探す旅に出ることになる。亡き母の数奇な運命は、やがてその娘をも巻き込んで……というのが、魔法使いパートの主なストーリーだ。彼女の魔力は母親が亡くなったことによって継承されたという設定である。母親の我が身を顧《かえり》みない捨て身の愛が判明する、ES屈指の号泣エピソードがあるのもこのパートである。それが分かっているだけに、俺は少し心配になった。

一段落着いた時、不意にヒロがチャットで話しかけてきた。

〈あの、ごめんなさい。うちのお母さん、料理がうまかったからつい〉

一瞬、何のことかと思ったが、「あんましおいしくない」と言い放った……というか書きやがったことかと気づく。いやまあ、確かにちょっと根にもってはいたけどな。軽い嫌味もかましたけどな。

「いや、いいよ、そんなん。つか、何で同じ部屋でチャットなんだよ」

俺は口に出して応え、一方ヒロはキーボードに指を走らせる。

〈すみません、こっちの方が気が楽で〉

確かに、ヒロがここにきて初めて、まともな意思疎通が成り立っている。すごく円滑に。

「……そっか」とつぶやき、ずっと気になっていたことを尋ねる気になった。

「あのさ……お前の母ちゃん、もしかして重い病気とかじゃねえの？　傍《そば》にいてやんなくっていいわけ？」

ヒロはこちらを見やり、不思議そうな顔をした。

「え、いや、あの、もしかしてお前は知らされていないかもだけどさ……死んだ後までは面倒見れないからとかなんとか、なんか今にも死にそうな雰囲気出して言ってたぞ？」

ヒロは少し笑ってから、パソコンに向き直った。

〈ああ、それは単なるかっこつけっすよー。都合が悪いことを言われたときに、お母さんがよく使う手なんです。実は姉の結婚が決まりそうなんで、ニートの弟が家にいるとかまずいってんで、追っ払われただけなんすよー。なんか？　T大卒で学者バカの弟は、一人離れ小島で研究に励んでるって設定らしいっすよー。ぼく、何の研究してるんすかねー〉

画面に並ぶ文字を追っていたから、俺はヒロの顔は見ていない。だけど、軽薄な感じのその文章とは裏腹に、ヒロ本人はひょっとして、泣きそうな顔をしているんじゃないかと思えた……何となく、だけど。

「……そっか、重い病気の母ちゃんはいなかったんだな。良かったよ」

あえて軽い口調で返したら、ヒロは振り返りもせず、チャット画面に〈イイ話風にまとめましたね。わーカンドー、超ウケるwww〉と並んだ文章を見て、俺は深くため息をつく。

「お前、チャットだと全然人格変わるのな」

カタカタとキーボードが音を立てる。

〈チャットでしゃべるの楽しいっす〉

「……そっか、楽しいか。良かったな」

〈ぼく、小さいころから勉強の邪魔になるものはいらないって感じで育てられてて。ゲームとか、漫画とか、テレビとか、友達とか、部活とか、もう全部。他のことが何もできなくても、勉強さえできればあの人はご機嫌で、大学に入ったときにはめっちゃ自慢しまくってて、だけど肝心の就職はうまくいかなくて、それどころかバイト一つ受からなくて……育成が大失敗だったたってことを、認めたくなかったんでしょうね。だから、見えないとこに行って欲しかったんだと思いますよ〉

こいつ、こんなこと考えてたのか……。

何とも言えない気持ちになり、俺はわざとらしく咳払いをした。

「うん、まあ、なんだ。子供のころにできなかった分、今、こうしてゲーム三昧ってのも悪くないよな、ほんと」

ヒロは大きくうなずいた。

〈レベル上げとか、手伝ってくれてありがとうございます。早く利那さんみたいに強くなりたいっす。利那さんを助けられるくらい〉

俺は膝の上に乗ってきたチャットをなでなでしながら、先輩ぶって笑った。

「バーカ、オマエ、そういうのは順送りなんだよ。成長したお前が、次の新入りの面倒を見てやりゃーいいの」

偉そうに言ったら、

〈すげー、カッケー、マジリスペクト！〉と、ヒロがその人生で一度も口にしていないであろう言葉を並べてから、さらに付け加えた。

〈本当に、利那さんのおかげで、すごく楽しいです〉

「――そうか、良かったな」

ゲームでなら、頼れるアニキにも、面倒見のいいすごくいい人にも俺はなれる。だが、現実に目の前にいるこいつに対して、どうしていいか、わからない。何がしてやれるのかもわからない。

ただ一つ、はっきり言えることがあった。

人間、一人きりじゃ嫌なやつにもいいやつにもなれない――まあ、そういうことだ。

10

翌朝、寝落ちしたまま惰眠《だみん》をむさぼっていた俺たちは、スマホによってたたき起こされた。離れたところにいても聞こえるように、わりと大きめの音量で音楽が鳴る設定にしてあるのだ。島の人たちのちょっとした手伝い要請は、現金や食料確保につながるから逃すわけにはいかない。

田井さんからもたらされたのは、訃報《ふほう》だった。昨夜、郵便局の局長さんが突然倒れたのだそうだ。

「母島にはちゃんとした病院があるし、いざとなったらドクターヘリも来てくれるから、普段なら助かっていただろうになあ……」と、田井さんは悔しそうな声で言っていた。

台風のせいで局長さんを病院に運べず、例の遠隔医療のシステムを使って当直の医師と連絡をとったものの、やはり素人による救命には限界があった。台風が通り過ぎるのを待たずに、局長さんは亡くなったそうだ。

突然のことに、愕然とする。小さな島で、島民は俺たちを含めてもわずか十九人だったのだ。全員が顔見知りという小さなコミュニティで、一人の死はあまりにも大きい。

局長さんは見た目は気難しい頑固ジジイ風で、正直最初は少し苦手だった。けれど何度も郵便貯金を下ろしに行くうちに、ようやく少しは打ち解けてきたかなと思っていた矢先のことだった。

棺《ひつぎ》の担ぎ手が足りないとのことで、俺たちは自転車で局長さんの家に向かった。朝一番の船で遺体を運ぶのだという。死亡診断書を出してもらうため、主治医のいる母島の病院へ行かなければならないのだ。

もちろんこれは、法律的にはアウトである。本来なら医師に往診に来てもらい、死亡診断をしてもらった上でなければ遺体を動かせない。だが、母島の医師は多忙だ。押し寄せる患者の山を放って、死亡診断だけの為に往診する余裕はない。定期船の本数が少ないため、一日がかりとなってしまうのだから。

だから長年の慣習として、双方暗黙の了解のもと、遺族が遺体を船に乗せ、母島に搬送する流れとなったそうだ。島民所有の棺で運ぶが、書類上はあくまでも、危篤状態の患者が救命の甲斐なく病院で息を引き取ったということになる。ここらへんの事情はとてもデリケートだから、口外無用の事と田井さんには噛んで含めるように念を押された。

大慌てで駆け付けたものの、まだ波が高く、定期船の出航が遅れているとのことだった。郵便局からは読経《どきょう》の声が漏れている。ところどころ雑音が入っているから、どうやら録音したものを流しているようだった。

「ほらー、そんなとこに突っ立ってないで、中ー、入れー」

そう言って背中を押してきたのは、田井さんだった。いつもとは違う、黒いズボンに黒ネクタイを締めた白いシャツというい出で立ちだった。おずおずと開けっ放しの玄関に足を踏み入れると、局長さんの奥さんが「ああ、あんたたち、ありがとねー……」と声をかけてくれた。無理もないことだが、その眼は真っ赤になっている。彼女は少し笑って言った。

「おやまあ、二人そろってシャツが裏っ返しになってるよー」

「いやこれは……」もごもご言って、そのまま「この度はご愁傷様で……」と続けてうつむく。

この格好は、苦肉の策だった。ニートに喪服の持ち合わせがあるはずもない。一応、二人とも黒の就活スーツは持っていたからパンツだけは穿《は》いた。しかしこの暑さで上着まではキツイ。これから力仕事をするわけだし。それで上は黒いTシャツでいいだろうということになった。だが、単なる真っ黒いTシャツというものも、意外と手持ちにないものだ。俺のにはゲームのキャラが色鮮やかにプリントされていたし、ヒロのには中二っぽいデザインの髑髏《ドクロ》が、ラメ入りででかでかと自己主張していた。いくら何でもこれはまずいと、裏返して着用しているのだ。

船が来るまでの間、俺たちは出されたお茶と饅頭《まんじゆう》をいただきながら、ずっと奥さんの話を聞いていた。

ありがとうねえこの島はもう若い人がいないから、みんな腰とか脚を悪くしちゃってるからとても助かるわ、本当にありがとうねえ、うちの子供たちは二人とも遠くに住んでいるからすぐには戻れなくて、だからお医者様に診断書をいただいたらもうそのままお骨にしてもらうのよ、ほらこの暑さでしょ、いつまでもこのままにしとけないから。お葬式はこの島で、子供たちが帰ってきてからにしようと思ってて。今日は焼き場が空いているからって、そう言われてて……。ああ、朝ご飯は食べてきた？　おにぎりあるよ、漬物も……。

延々と、そんなことをしゃべったり、俺らに食べ物を与えたりしようと動き回ったりしている奥さんを正視できず、俺たちはただ黙々と口を動かしていた。やがて話は、亡くなった局長さんについての愚痴になっていった。

あの人はほんとに頑固者で、ほんとに苦労させられたわよー。私の話なんて聞きやしないし、私が使おうと思ってた時に限って、必要なものを持ち出してたり、下の子が高熱を出した時に限って泊まりで出かけてたり、ほんとにあの人はいつも間が悪いのよー。

ひと息にそう言ってから、奥さんはふいにぽろぽろと涙を流した。

「――本当に、何も台風の夜に倒れなくってもねえ」

直後に傍《かたわ》らで「おおおおおおー」と異様な声がした。驚いて見やるとヒロが顔をゆがめて号泣しているのだった。

「おい、やめろよーヒロ。俺まで……」

こらえていたものが、ぶわっと吹き出てしまう。それでなくても、死んだ祖母《ばあ》ちゃんを思い出して泣きそうになっていたのだ。

奥さんはぽかんとした顔で俺たちを見ていたが、ふいに二人まとめてぎゅっと肩を抱かれた。

「あんたたち……ありがとね、二人とも、優しい、いい子たちだよ」

他人から（それも女性から）そんな風に触れられることはもうずっとなかったから、少しびくっとなった。

それから三人で嗚咽《おえつ》したりせんべいをかじったり茶を飲んだりしているうちに、船着き場まで様子を見に行っていた田井さんが戻ってきて、何とも言えない場の空気に固まっていた。

「……おーい、そろそろ船が来るぞー」

その言葉に、皆は涙をふきふき立ち上がる。

田井さんと、今朝は漁を休んだ安康さん、それに俺ら二人でえっちらおっちらと棺を運んだ。霊柩車《れいきゅうしゃ》なんてないから、いったん田井さんの軽トラに乗せ、そのあと皆で定期船に運び込む。

奥さんは大事そうに棺を撫でながら、「若い人たちがいてくれて良かったわー」と言ってくれた。けれど、ガリひょろの二人よりは、どう考えても爺ちゃんたちの方が力持ちだった。

母島の港には、霊柩車が待っていた。また四人でよろよろと棺を下ろしたら、奥さんが何度も頭を下げて一人一人にポチ袋を渡してきた。そんなのいいですよと言えればカッコ良かったのだが、馬鹿なことに俺もヒロも手ぶらできてしまった。母島と本土をつなぐ定期船は一時間に一本あるが、その中で子島まで行くのは最終の夕方の五時の便だけだ。さすがに昼飯は食いたいし、帰りの船代もいる。だからありがたく受け取ったのだが、後でこっそり袋を覗いたら一万円も入っていた。田井さんにどうしようと言ったら、「貰いすぎだと思ったんなら、香典で返しゃいいよー。それがスマートな大人ってもんだー」とアドバイスしてくれた。さすがは年の功である。

田井さんは役場に、安康さんは漁業組合にそれぞれ用があるというので、皆でばらけることになった。

今まで行く機会がなかったので、白洲浜《しらすはま》に足を延ばしてみることにした。母島唯一の海水浴場である。さすがに台風の直後でまだ波が高く、海水浴客の姿はまばらだった。そして波打ち際を歩く黒ずくめの男二人は、悲しいほどに浮いていた。真夏のビーチなんて、ニート二人がそぞろ歩いて楽しい場所じゃないことくらい、まあわかり切っていたことだ。しかも黒い服地が太陽の熱をじゃんじゃん吸収しまくって、半端なく暑い。

傍らの相棒も、あからさまに顔を曇らせていたので、早々に撤退することにした。と言ってもビーチ沿いにはおしゃれなパンケーキだの、トロピカルなフラッペだのを売りにした店ばかりで、しかも高い。

かろうじてスマホだけは尻ポケットに突っ込んできていたので、それで地図を確認したら少し歩いたところに図書館を見つけた。行ってみたら古臭い建物で、冷房の設定温度も高めだし、何となく薄暗い感じだったけれども、俺たちには落ち着ける場所だった。何といってもタダだし給水機もあったしトイレも使える。そこで長々と粘り、さすがに腹が減ってきたので近くのラーメン屋に向かった。魚介出汁《だし》のラーメンが絶品ということだったが、暑かったのでつけ麺にした。これもかなり美味《おい》しく、しかも量も多い。

はー満腹満腹と店を出たところで、ヒロが何かぽつりとつぶやいた。「え?」と聞き返すと、ヒロは小声で、しかしはっきりと言った。

「ばあちゃん、ちゃんと食べてるかな?」

「え?」とまた聞き返してから、気づく。ヒロは共に母島に来た局長さんの奥さんのことを心配しているのだ。思い返せば定期船を待っていた時にも、俺らにばかり食べさせて、自分は何も飲み食いしていなかった。もしかしたら、局長さんが倒れた昨夜以降、何も食べていない可能性さえある。

田井さんに電話したら、役場の知人と定食屋にいた。奥さんのことを聞くと、「ああ、まだ病院にいるよ。さっき昼飯に誘ったんだが、どうも先生のご都合で待たされてるらしくてね……」とのことだった。それをヒロに告げたら、ひどく思いつめた顔で「行かなきゃ」と小声で言う。

「だな」と俺も立ち上がり、まずはコンビニを目指した。食べ物や飲み物を見繕《みつくろ》い、病院に向かう。午後に入って、人の少なくなった待合に奥さんはいた。背中を丸めて、小柄な体をいっそう小さくさせていた。こちらに気付いて、とっさに泣き笑うような表情を見せた奥さんに、俺たちは無言でコンビニの袋を差し出すことしかできなかった。

「ありがとねえ」と言いながら、奥さんはゆっくりゆっくり、おにぎりを食べた。

そのまま、何を話すでもなく、三人でぼんやり座っていた。午前の診察時間はとうに終わり、人影は、潮が引くように減っていく。

途中、看護師がやってきて、死亡診断書の発行が三時過ぎになるだろうと告げた。遅れてやってきた田井さんが、それを聞いて眉をひそめた。

「そりゃあ……手続きして、火葬場に運んで焼いてもらって、それからお骨上げで……二時間、いや、もっとかかるなあ。こりゃ、帰りの船に間に合わんなあー」

「大丈夫よお」奥さんはにっこりと笑って言った。「あそこ、お布団も貸してもらえるから、あの人とゆっくりお別れして、明日の朝に島に帰るわー」

「そうかー……付き合ってやりたいがねー、定期船の荷物を受け取らにゃーいけないからなー。安康さんも明日は漁があるしなー」

そう言って田井さんが、ちらりとこっちを見た。そしてなぜかヒロまでが、すごい勢いでこちらを向き、わなわなと唇を震わせている。

ヒロが言いたいことはよくわかる。この状況で、奥さんに一人で骨を拾わせ、一人夜を過ごさせるなんて無慈悲なことはできない。仕事を持っている田井さんや安康さんと違って、俺らは暇を持て余しているニートなんだし。来たばかりのヒロよりも、俺の方が局長さんとは付き合いも長かったわけだし。一緒にひと晩過ごしてあげることこそ、人の道なんだろう。

――だが。実は俺には口に出しては言いにくい、しかし絶対に外せない用事があった。

というのも、ＥＳで新しい武器が実装されたのだが、その入手方法がかなり面倒だった。ある一定条件を満たした上で、いくつかの素材を集めねばならないのだが、どれもこれもそこそこの難易度で、中でも魔法の花を手に入れるには、特別な種に魔法のジョウロで七日間連続で水をやらなければならない。そして奇《く》しくも今日がその七日目だった。

さすがに、一日水をやれなかったら即枯れてしまうような鬼仕様ではない。だが今までの水やりカウントはリセットされ、またこつこつ一日目から始めなければならない。それでは困るのだ。古参組として、俺はこの新しい武器を最速で入手する必要があるのだから。

さらにもう一つ、重大な問題があった。こちらの方がまだ外聞が良かったから、おずおずと切り出してみる。

「あ、でもチャット……猫、どうしましょう。朝、餌をやったきりなんですが……」

「猫ォ?」田井さんは素《す》っ頓狂《とんきょう》な声を上げた。「島の猫はそこまでヤワじゃないよー? 放っておいても、自分で虫だのヤモリだの捕まえよるよー」

「それは……でも俺、結構甘やかしちゃってて……」もごもご言っているうちに、稲妻のごとく打開策がひらめいた。「だから一回、家に戻ります、〈へその緒〉を通って。そのあと、定期船の最終便に乗って帰ってきます。それならお骨上げに間に合いますよね?」

「歩くとけっこうあるよー? 循環バス使えばすぐだけど、時間どうかなー?」

首をかしげる田井さんを後目《しりめ》に、俺はすっくと立ち上がり、ヒロに告げた。

「必ず戻ってくるから、その間、奥さんを頼んだぞ」

できるかどうかじゃない。やるしかないんだ。

循環バスの時刻を確認したら、あと一時間近く来ないことが判明した。ためらわず、俺は小走りに歩き出す。それで間に合うかは微妙だったので、さらにスピードを上げる。

今まで、健康の為とかダイエットの為とか言って走っている人たちを、よーやるよ、ご苦労様としか思っていなかった。特にこんな日差しの強い真夏なんかには。だが、いざとなれば俺だって走れるのだ……ちゃんとした目的さえあれば。

走って走って心臓が破けるかと思った頃、ようやく俺たちの島が見えてきた。正面に二百十番館も見える。引き潮はすでに終わりかけ、アンビリカルケーブルは今にもその道を閉ざそうとしていた。汗だくの俺は息を整える暇もなく、ごつごつした岩を伝い降り、くるぶしまで海水に浸かりながら、消えゆく道をざぶざぶと踏破したのだった。

11

なすべきことをすべて終え、船着き場に行ったら田井さんの奥さんが風呂敷包みを抱えて待っていた。田井さんからすでに事情は電話で聞いているらしい。

「これ、皆でつまもうと思って作ってたんだわー。三人で食べてねー」と風呂敷包みを差し出された。俺たちの夕飯に、とのことだった。お礼を言って受け取ると、奥さんは拝むように手を合わせた。

「ほんと、今日はありがとねー。ほんとは私も一緒に行きたいんだけどさー、島の習慣でねー、お悔み事は島の中だけって決まってるのさー。行って帰って一日がかりだと、負担が大きいからねー。島を空っぽにするわけにもいかないし、みんななんかしら仕事してるし、お互いに迷惑かけたくないしねー、そういうことになってるんだー」

島外からの新参者である俺とヒロは、そうした決まり事からは自由の身であるらしい。

つくづく、離島に住まうことの特殊さを思い知る。

医師による死亡診断を受けないと、通夜もできない。今回のように、病院に運ぶ前に亡くなった場合、とにかく大急ぎで遺体を母島に搬送しないといけないから、色々慌ただしいことになる。島間の搬送には人手がいるから、一度戻って通夜からやり直し、なんてわけにもいかない。その上に病院だの火葬場だのの色んな都合や事情が絡むから、死亡診断から即火葬場、という例も珍しくないらしい。ゆっくり故人とお別れする暇もないのだ。

後で田井さんから聞いたところによると、近年、離島などで医師が不在の場合、テレビ電話等を用いて死亡診断ができるようになったそうだ。だが、そのためには現場で看護師が心停止や呼吸停止を確認する必要があるとのこと。医師どころか、看護師さえ不在のこの島では、結局絵に描いた餅だ。

本当に、母島は目と鼻の先なのに。引き潮の時なら歩いてだって渡れる。それが、ひとたび海が荒れると、どうにもならない無医孤島となってしまう。

火葬場の和室で、田井さんの奥さん心づくしの料理を食べながら、俺は思った。もし島に常駐の医者がいれば、局長さんは助かっていたかもしれないのに。助からないまでも、できる限りの手は尽くしたと、遺族は納得できていただろうに。そしてちゃんと一般的な手順通りで通夜が行われ、島の人もみな弔問に駆け付け……翌朝、母島に向けてしめやかに出棺という形が取れただろうに。遺骨を前に奥さんと島ニート二人という、微妙すぎる通夜なんてしなくて済んだだろうに。

けれどそれは総人口十九人——いや、今は十八人か——の島では、願っても仕方のないことだ。何しろ距離的にはすごく近い場所に、設備の整った病院が存在している。定期船に間に合わずとも、いざとなれば安康さんの漁船で母島まで運んでもらうこともできる……いつもの、穏やかな海ならば。

一人の医者の生計を成り立たせるだけの数の患者は、この島にはいない。年に数日だけの、非常事態のみに備えてくれる医者を呼ぶことなんて、はなから無理なのだ。

「どっかに医者ニートとか、いねーかなー」

一人つぶやき、自嘲するように笑う。医者なんて、エリート中のエリート、ニートとは最も遠い存在じゃねーかよ……。

——そう、思っていた。

数日後、俺は念願の新しい武器を手に、意気揚々とESにログインした。狩りのパーティを募ると、いつものメンツが集まってきた。その中に、【BJ《ビージェイ》】というハンドルネームの奴がいた。彼（便宜的にだが）の手にも、俺と同じ新しい武器があった。この時期にこの武器を手に入れている、イコール相当な暇人でやり込み派、の証明である。

【BJ】さんはそのシンプルなハンドルネームからもわかる通り、最初期からいるプレイヤーだ。だが、当初のイン率はかなり低かった、らしい。しかし一年ほど前から、いきなり毎日長時間プレイするようになった。【ラクダ】さんとは逆パターンである。そしてこの事実から、「あっ」と察するものはある。が、そこを深く追求しないのが、プレイヤー同士暗黙のルールだ。

　狩りが一段落したところで、【BJ】さんから聞かれた。

〈そういや、刹那さんって、もしかしてガノタ？〉

　ガンダムオタク、の意味のネットスラングである。わりとよくこれを聞かれるので、少しだけ名づけには後悔もあった。

〈いやー、ダブルオーは見てないですねー。ただの厨二《ちゆうに》ネームですよ。俺、アニメは有名どころを一通り程度しか嗜《たしな》んでいないもんで〉

〈いやー、俺もそんなでもないんだけどね〉

〈そう言うBJさんは、あの有名なモグリの医者ですか？〉

　気軽に尋ねたら、思いがけない返事があった。

〈そーそー。実は俺さー、医者だったんだよねー〉

〈え、過去形ってことは、医師免許剝奪とか？〉

〈いや、免許はまだ持ってってっけどさ、心がポッキリ折れちゃってさ。今は貯金で食いつ

ないでるとこ。あと何年持つかチキンレース中なりよ〉

医者ニートいたーっ！

俺はモニターの前でガッツポーズをとる。

〈ねえねえ、ＢＪさん。良かったらうちに来て一緒に住みませんか？〉

〈いやー、その誘い文句、カワイイ女の子からだったら胸躍る感じだけども〉

〈カワイイ猫ならいますよ！〉

〈いや猫は好きだけどもさー〉

〈ブラック・ジャックったら、島でしょー。自然満喫、海の幸、食べ放題ですよ。海釣りとかも、できますよ〉

〈釣りはいいね。昔ちょっとやってたわ〉

〈でしょでしょ。俺らは畑の手伝いとかして野菜をもらってくるから、食費とかほんと、米と調味料くらいですむし。魚釣ってくれたらマジ助かりますわー。人数増えたら生活費もめちゃ安だし〉

〈ものすごい原始共産制だね〉

〈必要ならＢＳ入れてテレビ視聴条件を整えるしさ、ぜひおいでよー、歓迎するよ〉

〈めっちゃぐいぐい来るなあ〉

【ＢＪ】さんのキャラに、苦笑顔のエモーションがつく。

〈チキンレースなんでしょ？　今のまま、都会で暮らしてたら、崖っぷちは目の前なんでしょ？　貯金が尽きたら、また医者に戻れるんですか？〉

俺は容赦なく、相手の痛いところを突いた。

俺やヒロみたいに、就職が未知の敵である場合と、【BJ】さんみたいに仕事が既知の敵である場合。一体どちらが、より困難なのだろう……いわゆる〈まっとうな社会人〉とやらに返り咲くための道は。

その時、【NO210-2】がログインしてきた。畑の手伝いとお使いに行っていたヒロが、帰ってきたのだ。すぐに合流してきたから、今までのやり取りを伝えた。あのヒロがちゃんと空気を読んで、〈マジ、いいとこですよー、マジおすすめっすー〉などと、一緒に勧誘をしてくれる。

〈お誘いは嬉しいし、マジ魅力的なんだけどさ〉劣勢になった【BJ】さんが言い出した。〈実はさ、恥ずかしいから黙ってたんだけど、俺、ほぼラーメン中毒でさ。近所に出前してくれるまあまあの店があるからさあ、今の環境からは離れられないんだよねー。ないでしょ、その島。ラーメンの出前〉

ぐむむと唸《うな》る。確かに、ない。ラーメン屋どころか、飲食店そのものが一軒もない。

〈じゃあ、ラーメンの出前が来るなら、移住してくれるってことでオッケーすか？〉

ふいに【NO210-2】が言った。

〈うんまあ、最大のネックがそれだしなあ〉

最大がそれかいとは思うが、そこはそれ、価値観は人それぞれだ。

〈了解っす。そんなら考えがあるんで、一回こっちに来てみてくださいよ！〉

相変わらずのチャラいキャラで、しかしこの上なく頼もしく【NO210－2】はそう発言したのだった。

かくしてこの時、〈プロジェクトBJ〉が発動したのである。

12

俺は恐る恐る、尋ねた。

目の前では、固めに茹でられた麺が猛烈な勢いですすり込まれていく。彼のこめかみや額からも、湯気で曇った眼鏡からも、水滴が流れ、落ちていく。

【BJ】さんは俺が勝手に抱いていたイメージとは、だいぶ違う印象だった。まず、縦も横もでかい。かつ、丸い。厚みもなかなかのものだ。もっとも体格ほどの威圧感はなく、母島の船着き場でにこにこ笑いながら、『やあ、刹那さん？　初めまして』と声をかけてくれた様子などは、実に温和で優し気な印象だった。

それが今、真剣そのものでラーメンをすする彼の顔には、鬼気迫るものがあった。

「──で、どうですか？」

「いやー、すごい美味いね。クーラーキンキンの中で食べる熱々ラーメン、最高！」

陽気にそう返してくれたのは、【ＢＪ】さんではなく、【カイン】さんだった。以前、ヒロがゲーム内で俺らのプライバシーをぶちまけやがったときに、『遊びに行きたい』と言っていたプレイヤーだ。どうやら本気だったらしく、『一度見学だけでもおいでよー』と【ＢＪ】さんを勧誘していたら、【ＢＪ】さんよりも早く乗っかってきた。その流れで【ＢＪ】さんも『まあ、とりあえず見学だけなら』と言ってくれたのだから、【カイン】さんには感謝している。

【カイン】さんはゲームでは明るくフレンドリーで、どっちかって言えばチャラ目のキャラだった。そして実際に会ってみると、気さくで快活で茶髪のイケメンだった。つまりはゲーム内でも素《す》の自分を出せてるってわけで、こういうプレイヤーもいるんだなあと思う。もちろんゲームはコミュ障やニートの専売特許ってわけじゃないのはわかっているのだが。しかしリア充にしてネト充で社交的とか、羨ましい以前にもはや正視できない眩《まぶ》しさだ。

【ＢＪ】さんは丼《どんぶり》の底に沈んでいる麵の最後の一本まで丁寧に掬《すく》い取り、そして残ったスープに名残惜しそうなまなざしを向けつつ、静かに蓮華《れんげ》から手を離した。そして深いため息をつきつつ言う。

「素晴らしい！　ご馳走様」

わーっと俺は、隣で拍手する。最初の、そして肝心の関門は、どうやら突破したらしい。

「それじゃ、そろそろ行きましょうか」

店の親父さんに目で合図すると、「はい、ラーメン四人前っと」と威勢よく言いながら、大き目のレジ袋を手渡してくれる。

「四人前?」

【カイン】さんが不思議そうに首を傾げ、勘定を済ませた俺は袋の中身を二人に見せた。

「留守番してるヒロの分ですよ。頼んでお土産にしてもらったんです」

「ええ、さすがに伸びちゃわない?」

すごく心配そうに【BJ】さんが言う。

「大丈夫です。麵は生のままですから。戻ってから、好みの固さに茹でるんで」

そのために、スープ、具材、麵を、それぞれ別の容器に詰めてもらっている。

「なるほどー」

【BJ】さんは感心したように言う。なかなかいい感じだ。

店を出た俺たちは、島内循環バスのバス停に向かった。さほど待つことなく、バスがやってくる。計画通りだ。客人二人は車窓から見える海に「きれいだねー」などと言っている。

目的のバス停までは、すぐだった。ヒロに連絡を入れてから、降車ボタンを押し、皆を促《うなが》して降りる。付近には見事に何もない。

「へその緒、だって。変わった名前のバス停だねー」

「ふっふっふ」と俺はわざとらしく笑った。「その理由は、干潮になるまさにこの時間、ここ母島から、俺たちの住む子島に渡れる道が顕《あらわ》れるからなんですよ」

「すげー。なんかゲームのギミックみてーじゃん?」と【カイン】さんが歓声を上げ、【BJ】さんが重々しくつぶやいた。

「アンビリカルケーブル!」

「そう、俺らもそう呼んでいるんですよ!」

感動のあまり、声がでかくなる。ヒロはいいやつだけど、いかんせん、あまりに言葉が少ない。こういう、打てば響くようなオタク会話に、長らく憧れていたのだ。

何としてもこの人を仲間にしたいと、俺は早口に言った。

「さっきのラーメン屋ですが、母島内ならどこでも出前オッケーなんですよ」

「干潮の時に出前頼んで、ここまで取りに来るってこと? うーん、それだとなあ……」

大きな体を揺すって考え込む【BJ】さんに、俺はいやいやと指を振った。

「あれを見てください」

俺がオーバーアクションで指さした先には、母島と子島をつなぐワイヤーがあった。それぞれの島の木に、しっかりと固定されている。そこからぶら下がったカゴの中に、俺は土産の入ったレジ袋を入れた。

「ほら、こうやって滑車で運べるんです」

対岸からヒロが滑車に取り付けたロープを引いてくれて、ラーメン入りのカゴはするすると宙を滑るように移動していく。二人の客が、申し合わせたように「おー」と感嘆の声を上げた。

これこそが、ヒロ立案の〈ラーメン転送システム〉である。ラーメンに限らず、出前してくれる店にあらかじめ話を通しておき、現地に着いたら電話をもらう。こちらからは代金を入れたカゴを母島に送り、代わりに料理を入れてもらう。母島自体もそこまで広い島じゃないので、子島の俺らの元にはできたての料理が届く、という寸法だ。

非常にシンプルで、まあまあ低コストで、ランニングコストはほぼゼロ（人力なので必要なのは手入れの為のオイルくらい）という、実に素晴らしいアイデアだった。

「さあ、俺らも渡りましょう」

上空を滑らかに渡っていくラーメンを追いかけて、俺たちは少し前まで海底だった道を、うきうきがやがやと渡った。

「ねえねえ、あれって人はぶら下がれないの？　ハワイとかでさ、ああいうアクティビティあるよね、ジップラインだっけ？　すっげ、楽しそうなんだけど」

【カイン】さんの言葉に、俺はいやあと首を振った。

「ヒロが言うには、せいぜい五十キロが限度らしいっすよ。それにやっぱ安全性がね……このあたりは浅瀬で岩とか多いし、落ちたらヤバイから」

「そっかー、残念」

「まあね、俺はね、やらないよ。たぶん重量オーバーだしね、ほんのちょっぴりだけどね」

【ＢＪ】さんが巨体をくねらして笑わせにかかる。【カイン】さんと俺が、「俺もちょっぴり駄目っすわー」、「俺も俺もー」と続く。

なんだこれ、めっちゃ楽しいぞ、と思う。

オタク会話がどうのこうのという次元ではない。長らく忘れていたこの感じ。大学を卒業して、何者でもなくなってから、こんな風にどうでもいい会話で笑いあうようなことは、ついぞなかった。島のおじいちゃんおばあちゃんとは話題も会話のテンポも合わないし、ヒロはあんな感じだし。

【ＢＪ】さんはいかにも温和な紳士で、茶目っ気もあって、その上医者ニートだ。是《ぜ》非《ひ》でも、二百十番館に招き入れたかった。

対岸の子島で待ち構えていたヒロが、ラーメンのカゴを掲げてニコニコ笑いながら

「ヒロです。どうぞよろしく」と言った。シナリオ通りである。やればできるじゃん、と俺は内心でガッツポーズをした。初対面の印象が大事、それには何よりも笑顔と挨拶だ。

建物の中を一とおり案内し、屋上に連れて行くと客人二人は「おお」と声を上げた。「スゲー、ここにビーチベッドみたいなの置けばいいのに。ここなら全裸で日焼けできるっしょ」

【カイン】さんが歓声を上げ、そんな発想はかけらも持ち合わせていなかったが「はは、いいね」と調子を合わせた。俺も、そして多分ヒロも、なるべくなら紫外線を浴びたくない派だから（もちろん島に住んでいる以上、そんなことは言っていられないわけだが）。そしてなぜ全裸なのか。男同士でもそれはアウトじゃないかと思ったが、突っ込めるほどの関係でもない。

「……海はいいねえ」やけにしみじみと、【ＢＪ】さんがつぶやいた。「心が癒される……ああ、俺はなんてちっぽけな存在なんだろう。母なる海を目の前にすると、俺なんてちっぽけな子ネズミみたいなものじゃないかい？」

大自然を目の前にすると、ポエムが発動するタイプらしい。そしてちっぽけな子ネズミは、別にギャグで言ってるわけでもないらしい。だから俺も、大真面目に答えた。

「いいでしょう、海！」大げさなくらいの口調で言ってから、さらに続ける。「今日は特別に海の幸三昧の夕食ですよ。刺身にフライにあら汁に……」

　刺身は郵便局の局長さんの奥さん（サユリさんという）にお願いしていて、夕方取りに行くことになっている。残りは俺が作る予定だ。

　ゆっくり景色を堪能《たんのう》してもらってから、ぞろぞろ下に降りると、厨房ではヒロが遅い昼食のラーメンを食べ終えるところだった。彼は今や、一人で生麺を茹で、スープを鍋で温められる域にまで達していた。何でも一度マニュアル化してやれば、恐ろしく几帳《きちょう》面《めん》にその通りに実行するのだ。不器用だし、想定外の事態にはまだまだ弱いが、短期間で見事な成長ぶりだ。

　俺は客人二人を座らせ、冷えたお茶をふるまった。島のおばあちゃん手作りの笹茶《ささちゃ》である。お茶うけに、一口羊羹を添える。どちらも手伝いに行ったとき、その家のおばあちゃんにもらった。俺らが集落に顔を出すと、島の人たちは、特におばあちゃんたちは、やたらと食べ物をくれるのだ。気持ちがありがたいし、正直とても助かっている。「お駄賃安くて申し訳ないから」と口々に言うけれど、どんな小銭だって貴重な現金収入だ。

　一人で二百十番館を支えるのは、到底不可能だ。ヒロが来て、支え手が二人になったけれどもやっぱりまだまだグラグラだ。

　ある時ヒロは言っていた。もちろん、ゲーム中のチャットでの話だ。

〈うちの母親って、目の前にいるうちはすごく執着するけど、距離が離れると憑《つ》き物《もの》が落ちたみたいに無関心になるんですよね。姉が社会人になってひとり暮らしをした時にもそうでしたし、結婚準備で実家に寄り付きだした途端、猫可愛がりして。だから正直、二年目に入ったときにちゃんとお金を送ってくれるか、自信ないんですよね……〉

〈そんなら家に帰るって脅せば、きっと払ってくれるよ〉と慰めたものの、引っ越しでもして姿をくらまされたら、もうどうしようもない——うちの親が、そうしたように。

子島だと、小遣い稼ぎくらいしかできないが、母島なら、特に夏場はバイト先には困らないらしい。いわゆるリゾートバイトというやつだ。俺もヒロも、いざとなったらそうやって季節労働者として出稼ぎに行くしかないのかもしれない……なるべくなら、いざとなって欲しくないけれど。母島の雇い主は、失敗したら容赦なく怒鳴りつけてくるだろうし、夏休みの学生バイトたちはあからさまに蔑《さげす》むような目で見てくることだろう。そしてお客さんはいちゃつくカップルだの、騒がしい家族連れだの、だ。あっという間に心が折れて、二百十番館に逃げ帰りたくなるに決まっている。俺はこと自分の弱さに関しては、絶対の自信があった。

とにかく、二人じゃまだまだ全然弱い。リアルっていう敵と戦うためには、最低でも三人は必要だ。でなきゃパーティとは言えないじゃないか？　不定期に入ってくれる助っ人でもいい。共に戦ってくれる仲間が、欲しかった。

【ＢＪ】さんはまさに理想の、うってつけなメンバーだ。リアルでは出会ったばかりだが、ゲームの中では長い付き合いだ。気心も知れているし、その人柄もわかっているつもりだ。ゲームキャラという仮面をかぶっていても、チャットをしたり、プレイぶりを見れば、自《おの》ずと人間性は伝わるものだ。彼ならしっかりした、三本目の脚になってくれるに違いない。彼をパーティに引き入れるためには、なんでもするつもりでいた。

その為には、二百十番館の良いところ、この島の魅力を、細大余すところなく伝えなければならない。もちろん、嘘や誇大広告は厳禁だ。重大な部分に偽りがあれば、彼ならさっさと出ていくという選択もできるだろうから。

「君が二号クンだよね？　なんか、思ってたのとイメージ違くない？」などと【カイン】さんに話しかけられ、ヒロは「えっと、あの、いや、そんなでもない、です」と一生懸命に応じている。ヒロもまた、必死なのだ。

「こういう合宿オフ会もいいよね」

弾んだ声で【カイン】さんが言い、【BJ】さんが重々しくうなずいて、にやりと笑った。

「それじゃ、そろそろ行っちゃう？」

ヒロがぱあっと顔を輝かせる。

全員が瞬時に理解している。この〈行っちゃう？〉発言はむろん、磯遊びに行こうとか、島内見学に行こうとか、そういうことではない。我らがESの世界に、共に旅立とうではないか、というお誘いだ。

客人は二人とも、携帯できるゲーム端末を持参しているのだ。

俺自身は外でオンラインゲームをする必要性を感じなかったので所持していない。それ以前に、金がなかったわけだが。こっちへ来てからゲームデビューのヒロは、言わずもがなだ。

ヒロは本人の希望により自室の二号室で、残りの俺たちは一号室の俺の部屋で、さっそくインすることになった。期せずして、それぞれよく使っているキャラは、【BJ】さんが斧使いでタンク役と必殺の一撃を担い、【カイン】さんが槍使いで中距離攻撃を得意とし、そしてヒロの魔法使いに俺の剣士と、まあまあバランスのいいパーティになった。ヒロのキャラはヒーラーとして回復魔法重視で育てているから、欲を言えばもう一人、遠距離攻撃できる弓使いがいればほぼ完璧な布陣だ。

「それじゃあ、行きましょう。目指すはもちろん」と俺が言葉を切ると、客人二人が唱和する。

『――島ダンジョン！』

13

「――いやあ、おかげさんで実に楽しかったよ」

二泊三日の滞在を終えて、【BJ】さんは俺たち一人一人の手を握り、ぶんぶんと上下に振った。

【カイン】さんは『居心地いいし楽しいから、も少しいるわ』とのことで見送り組だ。フリーターだそうだが、妙に品が良く、ハワイに詳しかったりして、どうやらええとこのボンボンみたいな匂いがする。そんなおぼっちゃまが、一風変わったバカンスを全力で楽しんでいる風なのだ。リアルも充実していて羨ましい限りである——まあ俺らだって、ある意味終わらない夏休みの中にいるわけだが。

「じゃ、色々始末がついたら連絡する」

そう言い終えて、【BJ】さんは帰りの船に乗り込んだ。

やがて港を離れていく船に向かい、俺は「待ってますよー」と力の限り手を振った。

そうなのだ。俺たちは見事、〈プロジェクトBJ〉を成功させた。ミッションコンプリート。やり遂げた感でいっぱいだった。もしかして、世の営業マンが大口の契約を取り付けた時って、こんな感じなのかもしれない。精一杯頑張って、報われる。なんて気持ちがいいんだろう。

俺とヒロは、否も応もなくこの島に連れてこられた。この二百十番館は初めて、捨てられた子供（ニート）じゃなく、自らの意志で入居する元医師（現ニート）を迎えるのだ。

なんと喜ばしいことだろう！　今現在の、二人で五万の生活費は（俺の残り少ない貯金は予備費として）、けっこうギリギリと言うか、わりとアウトだ。しかし【ＢＪ】さんに五万出してもらって、三人で十万なら、一気に余裕が生まれる。家賃ゼロ（固定資産税はかかるが）、光熱費と通信費は共通、食費が限りなく低い二百十番館ならではの余裕だ。

それにこの島全体にとっても、明確なメリットがある。いくら元とは言え、腐っても医者だ。死亡診断はもちろんできるだろうし、いざという時、傍にいてもらえるだけでもその安心感は計り知れない。

島の人たち、喜ぶだろうなあ……。みんなの顔を思い浮かべて、ニヤニヤしてしまう。俺らはすごいことをやってのけたのだ。こんな達成感は、いつぶりのことだろう？

この島に捨てられた当初、俺には絶望しかなかった。灰色ののっぺりした建物の一室で、一人孤独に朽ち果てていく未来しか見えなかった。しかしここに来てようやく、希望の火が灯った。色んな事が、少しずつだが良い方向に動き始めているように思えた。

島の滞在を延ばした【カイン】さんの存在もそうだった。

日割りで滞在費を落としてくれる彼は、どうしてゲームなんてしてるんだと思うくらいアウトドア志向だった。岩場を眺めて「あー、失敗した。釣竿持ってくるんだった」と嘆くから、確か物置にあったよと教えたら、大喜びで道具一式を掘り出してきた。おそらく伯父の私物なのだろう、シュノーケルとフィンのセットだとか、魚を突く為の銛《もり》なんてものまであった。それらを抱えていそいそ磯に行き、半日後にはずっしりと重いアイスボックスを持ち帰った。小さめのアジが多かったが、中には両手で抱えるような魚もあって、聞けば銛で突いたのだという。マジもんの槍使いである（銛だけど）。

「後はヨロシクー。夜は海鮮丼が食べたいなー」と気軽に言い残し、【カイン】さんはシャワーを浴びに行ってしまった。残された俺は、魚の山を前に頭を抱える。

島に来てタダ食材である魚料理が献立の多くを占める毎日で、とりあえず頭やウロコを落として内臓を取るくらいは造作もなくできるようになった。そこからギコギコと開いて冷蔵庫でできる干物を作ったり、なんてことも近頃はしている。だけど三枚に下ろして皮も剝いで刺身にするとなると、もうお手上げだ。

それで俺とヒロは【カイン】さんに一声かけて、自転車で郵便局に向かった。つい最近刺身を作ってもらったばかりのサユリばあちゃんに、またしても頼ろうというのである。毎度毎度迷惑かけるのも申し訳ないし（今更だけど）、もういっそ迷惑ついでに魚の捌き方を教わろうと思って電話したら、快《こころよ》く引き受けてくれた。幸い、多少失敗しても大丈夫なくらいの魚の山だ。捌き切れない分は、いつもお世話になっているじいちゃんばあちゃんたちにおすそ分けすればいい。

本当は、まだ包丁遣いが危なっかしいヒロまで一緒に来る必要はなかったのだが、俺が出かけると知ると急いで身支度をしてきた。もともと人見知りが激しい奴だから、【カイン】さんと二人で取り残されるのが嫌だったのかもしれない。俺の自転車の前かごには、チャットを乗せる。チャットの方も、もう慣れたものだ。

サユリばあちゃんはいつも通り俺らをにこにこ笑って出迎えてくれたけれど、アイスボックスの中を覗き込んで少し顔を曇らせた。

「これなあー、ソウシキハギよー」

一匹の魚を指さして言う。

「ソウシキハギ?」

「この島じゃー、そう呼ばれてるよー。食べたら即、葬式だって」

「毒があるってことですか?」さすがにビビって俺は大声を上げる。「え、フグとかは有名ですけど、他にもそんなヤバイ魚がいたんですね」

言いながら、ふんふんと匂いを嗅ぎに近づいてきたチャットを慌てて抱きかかえる。

そういえば、【カイン】さんが『大漁だよー』と帰ってきた際、チャットの目の前で『ほらー、お土産だよー』と摘まみ上げた一匹をぶらぶらさせたから、『ちゃんと骨とか取ってやらなきゃ』と取り上げたんだった、と思い出す。そのままアイスボックスの一番上にポイと投げ込んだから、まさしくあれがソウシキハギだったのだと思い至り、真っ青になった。

「あっぶなー、お前、命の危機だったぞー」

俺の腕の中でじたばたしているチャットを、ますますぎゅっと抱きしめる。そんな俺を見て、サユリばあちゃんは呆れたようにつぶやいた。

「ほんとにこの子はまったく……こりゃ心配だわー」

そしてアイスボックスの蓋を閉じ、俺らを促して立ち上がった。それから厳重にくるんだ包丁とまな板を袋に入れる。

「さー、今からスマコちゃんとこに行こーかー。あの人なら、長いこと漁師の嫁をやってるんだもの、私よりよっぽど詳しいわよ」

スマコちゃんとは、安康さんの奥さんの名前だ。

「あらー、いらっしゃーい」

スマコばあちゃんは嬉しそうに言い、サユリばあちゃんと両手を合わせた。まるで久しぶりの再会みたいだけど、ほぼ毎日顔を合わせているという。すごく仲良しらしかった。というか、島の人たちはみんな、実にほのぼのと仲がいい。

「坊主達も来たか」

奥からぬうっと顔を出したのは、当たり前だが安康さんだ。しょっちゅう雑魚をもらいにいく関係上、一番よく顔を合わせる島民である。正直未だにおっかない。

「安康さーん、ちょっと聞いてよー」サユリばあちゃんが、まるで告げ口をするみたいにして言った。「この子達ったらね、自分らで獲ったソウシキハギを食べようとしてたのよ。ほんとに危なっかしいったら、ありゃしないわー。他の魚も見てやって、よく言い聞かせてちょうだいなー」

途端に安康さんの厳《いか》めしい顔が、仁王そっくりになった。

「なんだと、まさか禁漁区で獲ったんじゃねーだろーなー」

「いやいや、違いますよ。ちゃんと、うちの近所で」

館近辺の海は遠浅で船も入れないため、漁協が定めた禁止区域外なのだ。そこらへんは安康さんからきっちり叩き込まれていたものの、今まで自力で魚を獲るようなスキルが俺らになかったため、無用の知識だった。

「今、遊びに来てる友達が釣り好きで、けっこう大漁だったみたいで……」

運んできたアイスボックスを見せると、安康さんは問題のソウシキハギを摘まみだし、「こいつは穴でも掘って埋めとくんだな。猫が掘り返さんようにな」と言った。俺がチャットを文字通り猫可愛がりしていることを知っての忠告である。

俺は首をぶんぶん縦に振った。

「めっちゃ深い穴を掘って埋めます」

厳重にくるんでしまおうと、貰《もら》った古新聞の上に毒魚を置いたら、ヒロが無言で写メを撮りだした。なるほどと思い、俺も画像に収めておく。これは皆で共有すべき情報だ。

「フグは見てわかるな？　食って死ぬ魚だけじゃなくて、毒針を持ってるようなやつもいるぞ。うっかり触ったら、痛いなんてもんじゃねーからな……今回の中にはいないようだが……」安康さんは大ぶりな一匹を取り上げた。「これなんかは、網に入ってもその場ではねるな、売れねーから。ちょっと独特の匂いがあってな」

「一応食べられるんですか？」

「食べられるわよー」とスマコさんが陽気に言った。「むしろ、慣れると癖になるお味なのよ」

「なるほどー」と俺が頷《うなず》き、ヒロがまた写メを撮る。

その後俺たちは、スマコさんを先生に、魚の捌き方を教えてもらった。もっともヒロはまだ、魚の血とか内臓を見て青ざめるレベルである。もっぱら俺が教えてもらい、ヒロにはベテランの手さばきを動画撮影してもらった。

その後、興が乗ったらしいばあちゃんたちが、ありとあらゆる料理を作り始めた。食べきれない分は干物や味噌漬けなどに加工してくれ、さらに一部はいつも世話になっている家におすそ分けで持って行く。

「揚げ物なんかは持って帰ると冷めちゃうでしょう？　お友達もここに呼んで、みんなでいただきましょうよ」

というスマコさんの言葉に甘え、屋上に椅子を並べて甲羅《こうら》干ししていたという【カイン】さんを携帯で呼び寄せ（パンツを穿いていたかどうかは定かではない）、豪勢な海鮮尽くしの晩餐となった。刺身に焼き物、煮物、てんぷらにつみれ汁、漬物などなどが、卓上にぎっしりと並ぶ。

「うっほー、新鮮な海の幸ー」

【カイン】さんはわさび醬油をたっぷりつけた刺身をゴハンの上にこんもりと盛り上げ、念願の海鮮丼をかき込んでご満悦だ。

俺は大皿の一角の、ボロボロの刺身に箸を伸ばす。これこそ俺が、どうにかこうにか一から三枚に下ろして、不格好なサクをこしらえ、刺身にしたものだ。ひと口食べて、俺は感動に震えた。

「スゲー、見た目は悪いけど、味は最高！　これでいつでも新鮮な刺身を食べられます」とスマコさんとサユリさんに笑いかけたら、師匠たちは心配そうに顔を見合わせた。

「あー、でもねー、坊やたちは一度、サクを冷凍してから食べた方がいいかもねー」

「そうねー。今日のは大丈夫だったけど、虫がいると大変だからー」

「え、虫？」

驚いてよく聞いてみると、アニサキスに代表される寄生虫のことだった。

「あー、あれはなー、俺も一度ひどい目にあったことがあるなー」安康さんが顔をしかめた。「正露丸《せいろがん》を飲んだが、寝られんくらい痛かったぞー」

「さすがのこの人も、漁をお休みして病院に行ったのよねー」

「あいつら、人の胃の壁に食らいつくんだよ、ガブッとな」

思わず俺まで胃のあたりをさすってしまった。

「魚を食べるのも、結構命がけなんですね」と言ったら、安康さんがにやりと笑った。

「まだ時期じゃねーから注意しなかったけどよー、この辺りでアサリもよく取れるが、気をつけろよ。貝毒に当たっちまうことがあるからなー」

「貝毒！」

「漁協が管理している区域のは、ちゃんと検査するから大丈夫だけどなー。見た目でも味でも、まったくわからんから、やっかいなんだー」

「じゃあ、俺らのとこのは？」

「イチかバチか、食ってみるしかねーな」

「そんなー」

「まー、時期になったらバイトで雇ってやるから、多少は分けてやるよ」

要するに館近辺で獲った貝はうかつに食べない方がいいということだ。

「うがー、せっかくのタダ食材がー」と天を仰いでいたら、サユリばあちゃんがなだめるように言った。

「まあまあ、サザエやアワビなら大丈夫だから……ここらじゃそんなに獲れないけどねー」

「そうそう、二月からはワカメも採れるしー」

とスマコさんも言う。確かに乾燥させたワカメやアオサは、よく島の人から分けてもらっていて、おかげで海藻類は買ったことがない。

「……はあ……、まあ、そうですよね……いくら食費が浮いても、毒に当たったら元も子もないですしね……」

なおもしょんぼりと言うと、サユリばあちゃんが「そうよそうよー」と頷いた。

「この島にはお医者様がいないんだから、普通より神経質なくらいでちょうどいいのよー」

その言葉に、そうだった、と思い出す。

「医者！　そうですよ、医者が来るんですよ。医者っつっても元医者ですけど、でもちゃーんと医師免許持ちの医者が来てくれるんですよー」

この朗報を、早く島の皆に伝えたいと思っていたのだ――誰よりも、俺自身の為に。

わかっている。それはみじめでいじましい、承認欲求だ。

俺たちは、箱に詰められ、道端に捨てられた子猫も同然だ。無力で、何の役にも立たず、向上心なんてものもない。持久力もなければ、耐久性も低い。そんな俺たちは、島の人たちから子供でもできるような仕事をもらい、かろうじて、細々と生きている……

現《うつつ》よりは、夢の世界にどっぷりと身を浸しながら。捨て猫なんて上等なもんじゃないな、まるで子島という魚に寄生する、虫みたいな存在だ。

俺らにはもう、人生大逆転なんて目は残っていない。どこへ行くあてもない。何か特別なことができるわけでもない。だからこそ、島の為にすごく役に立つことを成し遂げたのだと、ここぞとばかりにアピールしたかった。本当は、単に我が身と、そのみみっちい生活を守りたかっただけなのに。そこは覆い隠したままで、俺は島のじいちゃんばあちゃんから、ただ、褒めてもらいたかった。子供のように、いい子いい子してもらいたかった。

「ほおーっ、お医者様が。そりゃすごい」

案の定、皆は顔をほころばせ、口々に言った。あの強面《こわもて》の安康さんですら、「でかしたな」と言いながら俺のコップに焼酎をどくどく注いでくれた。

しばしの、すごい、良かった、ありがたい、なんて言葉の後、サユリさんがぽつりと付け加えた。

「残念だこと。もう少し早く来てもらえていたら、あの人は……」

その細い細い声音と、目尻から零れ落ちる涙に、俺の背筋がすうっと冷えた。

そうだった。

夫を亡くしたばかりの彼女には、喜びよりは「なぜ今頃」と思えてしまう情報でしかないのだ、これは。

すっかり調子に乗っていた。そもそも俺は、対人スキルが極端に低い。さらに酷いヒロの存在と、島民皆がまるで孫に対するような態度で甘やかしてくれたおかげで、俺もなかなか、コミュニケーション能力がアップしたんじゃね？　なんて図に乗ったことを考えていた。

俺は人の気持ちにひたすら無頓着《むとんちゃく》だった。自分の身に、同じことが降りかからないと、何も気づかない。実家にいた頃、親から散々「電気をつけっぱなしにするな、水道の蛇口はもっと締めて使え」などと口うるさく言われ、ただ「ウゼー」としか考えていなかった。それが自分の乏しい預金口座から容赦なく引き落とされるとなった途端、あの頃の母親よりもケチケチと節約に励み、ヒロに口うるさく注意している自分がいる。

――俺はほんとに、最低だ。わかっていたことだけれど。

「……そうですよね……ほんと、間に合わなくて……すみません……」

ようやくそう絞り出すと、サユリばあちゃんは驚いたように首を振った。

「あらまあ、違うのよー。ありがとねー。坊やたちが島の子になってくれて、私たち、ほんとに喜んでいるのよー」

こんなにもしょうもない俺に対し、ばあちゃんときたらやっぱり実の祖母みたいに優しいのだ。その笑い皺の寄った目尻から、まさに今、ひと筋の涙がこぼれ落ちているというのに。

「……坊やってトシじゃないっすけどねー」

そう返す俺まで何かこみ上げてきて、二人で抱き合って、おいおいと泣いた。後から考えると、我ながらだいぶキモイ上に情けない。いい年して恥ずかしい。

きっと久しぶりのアルコールが、おかしな回り方をしたせいなのだ。

14

「――え？　今、なんて言った？」

だいぶいい感じに酔っぱらっていた俺は、へらへら笑いながら聞き返す。

俺が質問を向けた先には、縦にも横にも大柄な、一人の男がいた。

時は夕刻、場所は田井さんちの座敷のど真ん中である。島の中心部にある田井家の、間仕切りの襖《ふすま》も障子も取り外し、縁側や庭まで使っての大宴会が催されていた。主賓はもちろん、今後島でもっとも体積の大きい人物となるであろう、【BJ】さんである。けっこう長くいてくれた【カイン】さんと入れ違いにやってきて、二百十番館の三人目の住人となってくれたのだ。

医者が移住してくれる、という話は瞬時に島中に広まり、あっという間に島を挙げての大歓迎会の開催が決定していた。どうでもいいが、俺やヒロの時とはずいぶんな差である（当たり前と言えば、当たり前だが）。

そう考えて、はっとする。

元医者の【BJ】さんは、間違いなく高学歴のエリートだ。そしてヒロはあのT大卒で、島の人もそれは知っている（引っ越しの手伝いをしてくれた田井さんにも、あのお母さんが自慢しまくっていたから）。

あれ？　正真正銘のど底辺って、実は俺だけ？

一度そう思ってしまうと、コンプレックスと焦燥に塗《まみ》れたかつての日々が蘇り、どこか違う世界へ……ゲームの中にでも、行ってしまいたくなる。

ヒロと二人切りの時には、俺の方が島の生活が若干ではあるが長く、家事力もあり、年齢も上で、家主でもあって……なんやかんやで先輩風を吹かせまくりだった。

だけどここに【BJ】さんが加わるとなると……。

彼はゲーム内での立場はどっこいだけど俺より年上で。何より、初っ端から島民に「先生、先生」と慕われる医者で。ついでに貧弱な俺らとは比べ物にならない体格で。

——あれ？　俺の地位って、一気に下がった？

人が三人以上集まれば、それはもう小さな社会であり、そこには明確な序列が生まれてしまう。

複雑な思いで視線をそらした先には、ヒロの姿があった。驚いたことに、誰かと会話している。相手は安康さんだった。

　ヒロは島民の手伝いに通ううち、少しずつ言葉を発するようになっていた。挨拶はちゃんと返す。話しかけられれば、ちゃんと応じる。ばあちゃんたちの世間話は、にこにこ笑いながら聞いている。だが、俺以外の男は明らかに苦手にしていて、じいちゃんたちにもそんなにおしゃべりな人は少ないから、双方だんまりになるのが常だった。

　それが今、ぽつりぽつりとではあっても会話の応酬があるようなのだ。何を話しているのか、あまりに興味深くてそっとにじり寄る。

「――そこまで言うんなら、船に乗せてやるよー。確かに、百聞は一見に如《し》かずって言うからなー。その代わり、きっちり働いてもらうぞー」

　と安康さんが言い、こくこくとヒロがうなずく。

　船って安康さんの漁船のことだよな？　え、何？　ヒロが安康さんと一緒に漁をするの？

　首をかしげる間にも、安康さんの話は続く。

「それと、貝毒の件な。漁協に話をしたら、検査機関を紹介してくれるってさ」

「あ、ありがと……ございます」

　嬉し気にヒロが坊ちゃん刈りの頭を下げる（俺が適当に散髪してやった結果だ）。

「え、なになに？　なんの話？」

思わず割って入ったら、ヒロが俺を見て、真顔になった。

「……貝毒の、勉強を、したくて……安康さんに、色々、お願いしてて……。いつか、自分で、検査できるように、なりたくて……毒のある魚も、見分けられるように、なりたいから……今度、安康さんの、船に、乗せてもらうことに……」

ところどころ口籠《くちごも》り、つっかえつっかえになりながらも、ヒロはそれだけの長文を口にした。

「ヒロ、おまえ……」

かえってこっちの言葉が出てこない。ヒロはあくまで生真面目な顔で、まっすぐこちらを見て言った。

「……チャットや、みんなの命を、守りたいから……少しでも、役に、立ちたいから。ぼく、何も、できないし……」

思わずぶわっとこみ上げるものがあり、俺はヒロの両肩に手をのせた。

「おまえってやつは……」

おまえ、そんなことを考えてたのか。

自分が役立たずだと思ってて。少しでも役に立ちたいと思ってて。

「……少しじゃねえよ……それは少しなんてもんじゃねえよ……」

思わず嗚咽が漏れてくる。

「ほんと、泣き上戸《じょうご》よねえ……」と、サユリばあちゃんが、ころころと笑った。

別に俺らのやり取りを逐一聞いていたわけでもないのだろうが、皆が笑い、場は非常に和《なご》やかだった。

爆弾が落とされたのは、その直後のことだ。

「――時に先生、病院にお勤めされていたときの専門は、何ですか？」

田井さんが、ふと気づいたというように尋ねた。確かに医師にするには基本的すぎる質問だ。

対して【ＢＪ】さんは、実に気軽にこう答えた。

「ああ、産婦人科ですよ」と。

15

「――え？　今、なんて言った？」

俺はへらへら笑いながら、聞き返す。どうやら何か、聞き違えたみたいだったから。

「だからー、産婦人科ですってばー」

酔っぱらったせいなのか、顔を赤くした【ＢＪ】さんは、なんだか女っぽい口調でそう返す。

「――え？」

「だからー」

「え？」

「だからっ」

「あ、いや……つまりこの島には、お年寄りがほとんどで、若いのなんて俺ら男しかいないから、さ。産婦人科医も宝の持ち腐れっつか、なんつうか……」

「……この島でお産するのは、猫くらいよね」

サユリばあちゃんがおかしそうに笑う。

いや、呑気《のんき》に笑ってる場合じゃないって、ばあちゃん！　よりによって何で産婦人科？

ダメじゃん。使えねーにもほどがあるだろ？

心の中でそうつぶやきつつ、俺は恐る恐る尋ねた。

「あ、いや、けど、医大って、一通り全部習うんですよね？　産婦人科でも、内科とか、外科とか、診れますよね、一応」

「いやあ、それは無理ですね」

やけに自信たっぷりに、断言する。

「え、でも……」

「じゃあ」と【BJ】さんはふいにきりっとした顔になり、丸い顔にかけた眼鏡の縁に手を当てた。「利那さんは、大学で習った第二外国語を今、しゃべれる？　高校の時に習った数式、全部言える？」

「いや、それは、言えないけども……」

けど、でも、と続けかけたのを、遮るように【BJ】さんは言った。

「あー、そうですか。医者じゃない俺はいりませんですかそうですか。診療できないデブは、ただのブタってかい？　わー、傷つくなあ。ショックだわー」

拗《す》ねた子供のような口調で言い、太い指で頭をかきむしる。俺は慌てて謝った。

「……ごめんなさい。そんなつもりは……」

正直な話、多少ある。いや、デブだのブタだのの部分はともかくとして。

しかし確かに失礼な話だった。せっかく来てくれたのに、一方的にこちらの都合を押し付けて、勝手にがっかりして。

「ほんと、ごめんなさい」

うなだれながら重ねて言うと、【BJ】さんは力なく首を振った。

「いや、こっちこそごめん。離島での医者の重要性はわかっているよ。利那さんがあれだけ一生懸命誘ってくれたんだしね、医者としての俺を期待されているんだってことは百も承知で、移住してきたんだ……その期待に応えられないことを隠してね。

けどさあ、俺さあ、もうどうしても、どうしても、医者には戻れないんだよ……。ずっと、一生懸命勉強して、必死の思いで医者になったのにねえ……もう無理、ほんと無理。折れたって言うか、砕けたって言うか……どうしたって元には戻らんのですよ。現実なんて、クソだったわ、ほんと。ずっとゲームの中にいたいんですよ……その方が、幸せなんですよ……」

なぜか最後の方は敬語で、その顔には泣き笑いみたいな表情がうかび、大きな体ごと揺れ動いている。もうだいぶ酔っぱらっているんだろうが、何と返してよいのかわからない。

サユリばあちゃんがよちよちと近づいて行って、【BJ】さんの広い背中にそっと手を添えた。

「……可哀そうにねえ……何か、よっぽど辛いことがあったのねー」

まるで菩薩《ぼさつ》様みたいに慈愛に満ちた語り口だった。

ほかのばあちゃんたちも口々に、「大丈夫よー」「そうだよー、誰も、先生に嫌なことを無理やりさせようってんじゃーないから」などと優しい言葉をかけ、【BJ】さんはそれへいちいち、子供のようにこくこくとうなずき返した。そこへ、【BJ】さんの背中を優しくなでながらサユリばあちゃんが言った。

「可哀そうにねえ、辛かったねえ……私たちにはなーんにもできないけど、話を聞くくらいなら、できるよー？　もし嫌じゃなかったら、聞かせてー。嫌じゃなかったら、ね？」

既に涙腺《るいせん》が緩んでいた【BJ】さんだったが、これがトドメの一撃になったらしい。彼は声を上げて、おんおん泣き出した。それからばあちゃんたちに促されるままに、ぽつりぽつりと話し出したのだった。

酔っぱらいのぐたぐたした堂々巡りや、おばあちゃんたちの「はあー」「ありゃまー」などの合いの手を取り除くと、以下のような話だった。

【BJ】さんは医大に入学する前から、産科を目指すと決めていたそうだった。当人は、『ほら、今、産婦人科のなり手が減ってるから、引く手あまただと思ってさ』などと言っていたが、彼の真意とは微妙に違う気もする。そう思うのは、ESで【BJ】さんがよく使っているのが、斧使いだからだ。俺や【BJ】さんがESを始めた配信当初、美形でもなく恋愛イベントがあるわけでもない、図体のでかいおっさんキャラを使いたがる人は少なかった。だが、圧倒的なパワーで鍵穴の錆《さ》びたドアを壊したり、硬い防御力でタンク役をこなしたりと、縁の下の力持ち的に必要とされるキャラでもある。

おそらくは、人がやりたがらないなら自分がやってやる、という気概の強い人なのだろう。お試し期間で館にいた時にも、生ごみ用の穴を館の裏手にいくつも掘ってくれたのには、心底感謝した。離島のごみ問題は結構大変なのだ。生ごみに関しては、島民共用の大型コンポストが設置されているが、館から捨てに行くのは面倒なので、裏手に穴を掘って埋めている。硬くなった土を掘り起こすのは、いつだって大仕事だった。本来ならお客さんにやらせるようなことではない。俺とヒロは恐縮したが、【BJ】さん当人は『まあまあ、少しくらい運動しないとね。ダイエット、ダイエット』と笑っていた。暑い中、大汗をかきながら。たぶん、貧弱な俺とヒロのあまりのへっぽこぶりを見かねたのだろう。わりと長い付き合いとなるゲームの中でも、ごく短期間の島滞在中でも、【BJ】さんはそういう人だった。

そんな彼が産科医となり、病院にも仕事にもすっかり慣れた頃、それは起きた。

救急隊員から、周産期と思われる妊婦の受け入れ要請を受けたのだ。出血があり、意識不明。同乗している夫によれば、一度も妊婦健診を受けていないため、正確な週数は不明。もうじき産まれるはずだと妊婦自身が言っていた、とのことだった。

それを淡々と伝えてきたベテラン看護師は、『そういうことなので断りますね』と告げた。

彼女の言葉は、病院関係者としてはごく真っ当だった。特に産科にとって、伝えられた内容のすべてが、地雷そのものと言っていい。

商業施設のトイレ等で自力出産し、産まれた赤ん坊をそのまま捨てて行ってしまう

〈産み捨て〉。陣痛が始まって、どうにもならなくなってから救急搬送されて出産し、分《ぶん》娩《べん》費用も入院費用も払わないまま消えてしまう〈産み逃げ〉（これはそのまま赤ん坊を捨てて行ってしまうケースも多い）。社会問題ともなっているそれらを行うのは、多くは〈野良妊婦〉などとも呼ばれる、健診を受けていない妊婦たちである。きちんとした診察を受けていない彼女たちは、当然ながら出産時もハイリスクだ。生活の管理もされておらず、危険な感染症を持っている場合もある。問題が起こる確率が、非常に高い。さらには、きちんと健診を受け、出産の予約をしている妊婦たちの間に急遽《きゅうきょ》割り込むわけだから、他の分娩に悪影響を与えることにもなる。もし万一のことがあれば、理不尽にも訴えられたりする。

一見非情に思える看護師の言葉には、背後にそうした事情の積み重ねがある。すべてを受け入れていれば、産科は存続そのものが難しくなるだろう。

もっとも、受け入れを拒んだら拒んだで、「妊婦をたらい回しにした」と病院や医師が糾弾されることになる。どちらにせよ辛いところで、産科医のなり手も減る一方だ。

「——別にね、後でマスコミからやり玉に上げられることが嫌だったとか、そういうんじゃないんですよ」と、ろれつの回らない口調で、【BJ】さんは言った。「頭が悪くて知恵のない、妊婦の方はまあどうでもいいんです。そりゃ、彼女らにだって、経済的だったり、社会的だったりの事情があるんでしょう。けどそんなのは、俺にどうにかできる問題じゃあないんです。それに、若い女の子を妊娠させといて、さっさと逃げ出したり、明らかに具合が悪いのを放置したりするクソみたいな男のことだって、もっとどうでもいい、俺には無関係だ。だけど、だけどね、産まれてくる赤んぼには、親がどれだけロクデナシだろうが、それこそ関係ないじゃないですか？

　せっかく、狭っ苦しい子宮の中で頑張って大きく育って、人間ってやつに生まれてきたんだから、何とか世界ってもん見せてやりたいじゃないですか？　え、そうでしょう？　そうじゃないですか？」

　ほとんど絡み酒みたいになっている。大柄な【ＢＪ】さんのすぐそばで、まるで少女のように見えるサユリばあちゃんが、そっと【ＢＪ】さんの肩をなでた。

「わかるよー。あなたは、赤ちゃんを無事にこの世に送り出してあげたかったんだねー」

　その言葉に、【ＢＪ】さんは、うっうっと、のどに詰まったものを吐き出すようにして、泣いた。


　深夜勤でのことであり、もう一人のベテラン医師は状態の悪い妊婦の帝王切開手術にかかり切りだった。つまり、【ＢＪ】さんを強く止める者は、いなかった。

　結局、【ＢＪ】さんの独断で受け入れることになった妊婦は、一度も意識を取り戻すことなく亡くなった――そして胎児もまた、世界を見ることなく、母親と運命を共にしたのである。

見えている地雷をわざわざ踏みに行った彼を、誰も責めはしなかったそうだ。病院としては、即座に受け入れ、最善を尽くした。既に意識もなく、バイタルも弱かった。元々の持病があり、さらに妊娠中毒症を起こしてもいた。元来慎重に経過を観察し、妊娠後期には入院が必要とされる、非常にリスクの高い妊婦だった。当の本人が、体調の悪さや事態の深刻さを、まったく自覚していなかったはずはない。

なのに、一度として妊婦健診に足を運ばなかったのだ。

誰が聞いても、たとえ法廷に出たとしても、病院側に非はない。

「……元々、ムリゲーだったんですよ」

【BJ】さんは力なくそう言っていた。

クリアすることが不可能レベルで難易度の高いゲームのことを、俺たちはそう呼んでいる。確かにそんなのは、ムリゲーであり、クソゲーだ。たとえあの天才外科医のブラック・ジャックだろうが、事態を引っくり返すことなんてできなかったに違いない。

だが、亡くなった女性の夫は、そうは考えなかった。

亡くなったと告げた瞬間から、女房子供を殺されたと、大騒ぎを始めた。亡くなった妻に向き合うことも、死んで産まれた我が子を抱くこともなく、目の前の医師や看護師に向け、ひたすら罵詈雑言《ばりぞうごん》を浴びせ続けた。

こちらから、言いたいことはたくさんある。反論だってしたい。だが、今、妻子を亡くしたばかりの男に対してそれはできない。肉体的にも、精神的にも疲労困憊《こんぱい》の身に、甘んじて罵倒を受け続けるしかない。

やがて男も限界に達したのだろう、『訴えてやるからな、覚悟してろ』という言葉を残し、帰っていった――妻と子供の遺体を放置したまま。

『あんなの、相手にする弁護士もいないだろうよ』と先輩医師が言っていた通り、病院に対して訴訟をしてくることはなかった。おそらくは弁護士に依頼する費用もなかったのだろう。案の定、診療費の支払もなされていなかったのだから。

代わりに、【BJ】さん個人に対しての、執拗な付きまといと誹謗《ひぼう》中傷が始まってしまった。

「まあ、一通りはやられましたよ。病院への名指しの電話攻撃、中傷ビラを貼られたり、まかれたり、住んでた病院寮にまで入り込んで、郵便受にケチャップぶちまけられたり。防犯カメラにバッチリ映ってたから、警察からも厳重注意してもらったけど、そいつ無職だし、失うものがない奴はある意味無敵だよね……暇だしさ。そんで挙句の果てに、年寄りの警備員振り切って診察室にまで乱入してきやがったの。妊婦さんおっぴろげの真っ最中よ。ほんと、もう、阿鼻叫喚《あびきょうかん》ってあのことだね。マジ、最悪ですよ。妊婦さんさあ、医者の俺に見られるのだってイヤだろうに、それを必死で我慢してたんだろうにさあ、さすがにキレましたよ、キレ倒しましたよ。乱入してきた男に摑みかかってさ、体重を利用してボディプレスですよ。身動きできなくして、言ってやりましたよ。〈お前は一番やっちゃいけないことをした！〉ってね。ハンタのあれですよ。こういう時に言わないでいつ言うのってもんですよ。でもね、ほんとはもっと言ってやりたいことが山ほどあったんですよ。そんなに大切だったなら、なぜ病院に連れて行かなかった？とかね。そもそもさ、なぜ持病を抱えた嫁を孕《はら》ませた？　ですよ。避妊もせず、病院にも連れて行かず、働きもせず、だもんね。奴がやった〈一番やっちゃいけないこと〉って結局、〈何もしなかったこと〉だよね。何もしない、何も見ない、何も考えない、結局それでしょ？　キモチイイことだけして、後はなーんもしなかった結果の責任を負うことすらしないで、そのつけをこっちに回してこようったって、そうは問屋が卸しませんよ」

話の合間にもぐいぐい焼酎をあおり、どんどん呂律《ろれつ》が回らなくなってくる【BJ】さんの話を聞きながら、俺は一人、畳の上にのたうちたい気分だった……まるで釣り上げられた魚みたいに。

――一番やっちゃいけなかったのは、何もしなかったこと。何もしない、何も見ない、何も考えない……。

あれ、これって俺のことじゃね？

今は誰も俺のことなんて、責めちゃいない。なのにそう思えてならなくて、一人勝手に致命傷を負っていた。

就職戦線から逃げ出した、逃亡兵の俺。子供部屋の中に立てこもり（まさしくネット上で揶揄されるところの〈子供部屋おじさん〉状態だ）、前向きなことなんて何ひとつせず、先のことは見ないふり、考えることさえ放棄して……ただ、ひたすらゲームの世界に耽溺《たんでき》し続けていた。チンケでカスみたいな自尊心を、後生大事に抱えたまま。

そのつけは、結局どこへも回せず、この先自分の一生をかけてローンで支払うことになる。

流れ矢が俺に刺さっていることには気づかず、【ＢＪ】さんはひたすらアルコール臭い言葉を垂れ流していた。

「……わかってますよ。悪いのは、全部俺なんですよ。爆発することが分かっている爆弾を、引き入れたのは自分ですよ。だからその男を警察に引き渡した後、俺は病院を辞めたんです。代診の先生に来てもらって、その日のうちに辞表を提出して、荷物をまとめて。ありがたいことに上司は引き留めてくれたけど、もうこれ以上迷惑はかけられないからって、かなり強引に辞めましたよ……もちろん寮も引き払って、で、もう失踪してやろうと思ってさ、北の方に移り住んだわけ。消える前に、俺のせいで酷い目に遭った妊婦さんには見舞金を送ってさ、病院には詫び状を送って、で、例の男にも送ってやりましたよ。もちろん、金なんて一文も渡す気ないから、それやったらまさに餌付けでしょ？　だから、ねっとりとした遺書を書いてやったんですよ。お前が乱入したせいで、ひどいショックを受けた妊婦さんが流産しちゃったよ、お前は他人の赤ん坊を殺したんだよってね。まあウソですけど。で、その後こう続けました。お前のせいで俺も死ぬ、医者の息子を亡くした両親は、さぞ嘆き悲しんでお前を恨むことだろうよってね。どこかで俺の屍体《したい》が発見されたら、俺の親はお前を訴えるだろうな、逃げても逃げても、地獄の果てまで追いかけるだろうなって。

あいつ、さぞ驚いたろうなあ、自分は一方的に責め立てていい立場だと思ってたろうから。可哀そうな被害者でいるのは、さぞキモチ良かったでしょうよ。だからね、そんなもん、簡単にひっくり返るってことを教えてやったんですよ。ほら、あれ。〈撃っていいのは、撃たれる覚悟のある者だけだ〉ってやつ」そう言って、【BJ】さんは皮肉に笑った。「まあね、単なるイタチの最後っ屁《ぺ》ってやつですよ。あいつは絶対に反省したりはしないでしょ。それはわかってますって。人を責める奴ってのは、いざ、自分が責められる立場になると途端に逆切れかまして終わりですよ。まあ要するに、全力で逃げ出しただけですよ。もちろん遺書なんて大ウソ。ぜーんぶウソ。うちはもう両親も揃ってないし、本気で死ぬ気なんて全然なかったし。あんな奴の為になんて、死んでたまるか戦線ですよ。でね、取りあえず逃亡者のセオリー通り北の方に逃げて、ひたすら毎日ゲームして、出前のラーメン食って、そんな日々。けどさすがにそれも限界あるよなあって焦り始めた頃に、刹那さんに誘ってもらって、今ここ、みたいな。だからね、もう俺、人の命なんて、預かれない……期待されてるのに、それはわかってたのに、ほんと申し訳ないんだけど、もう無理なんです」

長い話を終えて、【BJ】さんは巨体を丸め、おいおい泣いた。その背を優しく撫でながら、サユリばあちゃんが言った。

「大丈夫よー。だーれもあんたに、嫌なことをしろなんて、言わないよー」

それからふと思い出したように、こう付け加えた。

「それでさー、よくわかんなかったんだけど、せつなさんっていうのは、どなたなのー？　もしかして……」と言うサユリばあちゃんの目は、なぜだかキラキラ輝いていた。

「先生のいい人だったりー？　もしそうなら、ぜひ遊びに来てもらいなさいよー。いっそ、お嫁さんに来てもらったらー？」

思わず俺は呑んでたビールを吹き出した。珍しいことにヒロがふふっと声を立てて笑い、うつぶせていた酔っぱらいの大きな背中が、ぷるぷると小刻みに震えた。

16

「──おう、オハヨー、チャットちゃーん。今朝も美人ちゃんですねー、そのポーズもバッチリ決まってますねー。可愛えー、萌えー、インスタ映《ば》えー。はい、いいお顔、いただきましたー」

などと猫なで声で口走りながら、床にはいつくばってチャットを写メっていたら、のっそりと部屋から出てきた【BJ】さんが気まずそうに「おはよ」と言った。

「……昨日はさ、酔っぱらって、なんか変なテンションになっちゃって」

癖っ毛に手を突っ込んで、ぽりぽり掻きながら【BJ】さんが言い、俺は「ああ、いや大丈夫。俺もけっこう呑んでて、あんま覚えてないわー」と応える。そう返す俺自身、おそらく傍目《はため》にはだいぶキモイところを目撃されたろうが、互いにさらりと流すことにする。気まずいことは見ていないふり、聞いていないふり。大人の対応ってやつだ。

「ちょっと待っててね、今の写真をアップしたら、朝飯にするから」

実は今、二百十番館を紹介するブログは、そこそこの閲覧数を稼いでいる。最初に俺が作った奴は閑古《かんこ》鳥《どり》が鳴きっぱなしだった。遊びに来ていた【カイン】さんがそれを見て、原型をとどめないくらいにいじくり倒し、結果、島ブログはハイセンスでお洒落なページへとトランスフォームしてしまった。

『猫ですよ、刹那さん、せっかく可愛い猫がいっぱいいるんだから、猫ページを餌に人を呼ぶんです！』

力強くそう言って、自ら撮って回った〈島猫〉の写真を多数載せた記事を書いてくれ、さらに島のばあちゃん達の料理をまとめた〈島メシ〉の記事も追加した。島のきれいな景色、釣った魚と次第に記事は増えていき、終いには『刹那さんの文章、面白いですって』とおだてられ、今までのいきさつを書き綴った〈島ニート〉の連載も始まった。結果、少しずつ閲覧者数は増えていき、アフィリエイト収入も入るようになったのだ。まだまだ大した金額ではないとは言え、【カイン】様様だ。俺の懐《ふところ》は渇水期のダムみたいなもので、常に取水制限をしていかなきゃならない。ほんのぽっちりのお湿りのような雨だって、降らないよりは全然いい。

「やあ、すまないねえ……朝ごはん、何？」

【BJ】さんに尋ねられ、「鶏おじやですよ」と答えたら、やけに感激された。

「やあ、まるで母ちゃんみたいな気配りですね。助かります、お察しの通り二日酔いで……」

「ああ、いやあ」

俺は曖昧《あいまい》に笑う。本当のところ、一昨日作った鶏スープの残りを、そろそろ片付けなきゃ、という程度の理由でひねり出されたメニューだった。鍋いっぱいにお湯を沸かして、チューブのショウガと鶏の胸肉二枚をぶっこみ、十分ほど煮たててから蓋をして余熱調理。これでしっとりとした茹で鶏が出来上がる。チャット用の肉とスープを取り分けてから、塩で調味する。よく作る節約メニューだが、このスープを使ったおじやが絶品なのだ。卵があれば溶いて落とし、薄くスライスした茹で鶏に、青ネギなど散らせばもうご機嫌な朝食だ（ちなみに青ネギと大葉は、根っ子ごと分けてもらったのを発泡スチロールの箱で栽培している。おかげで薬味には事欠かない）。

完成した鶏おじやを、【BJ】さんは実にうまそうにすすった。

「いやー、沁みる沁みる。あんま食欲なかったけど、これはするする胃に落ちてくわー」

曇った眼鏡をシャツで拭きながら、しきりにうまいうまいと連呼する（現在、二百十番館の眼鏡率、百パーである）。

単なる在庫処分の節約レシピだから多少きまりが悪いものの、それでも褒められるのはまんざらでもない。その横でおとなしく食べているヒロは、文句も言わないけど、こちらが聞くまで美味しいとも言わないタイプだ。

『――何を作っても、美味しいって言わないから張り合いがないったら』

俺がまだ学生で、実家にいる正当性があったころ。共に囲んだ食卓で、よくオフクロはそんなことをぼやくように言っていた。また始まった、と俺は思い、『あー、ハイハイ、美味しい、美味しいですヨー』と、いかにもおざなりに返していた。そんなことを今になって、やや後ろめたく思い出す。

「……ＢＪさんは料理ってするんですか？」そう尋ねたら、「うん、作るよー。学生の頃から一人暮らし、長いしね。つーか俺んち、父子家庭だったから。母ちゃん、俺を生んだ後で死んじゃってさー。面倒見てくれたばあちゃんも病気がちでさ。だから物心ついたころには、自分でなんか作って食ってたよー。好きなものを、好きなだけ作って食ってたら、今じゃこんなに大きくなりました」

巨体を揺すって豪快に笑う。しかし一緒に笑うには重すぎる話で、それを察したのか、【ＢＪ】さんはさらりと話を変えた。

「ここは朝は和食って決まってるの？　俺はいつもパンだったよ。コンビニレベルのパンでも今はかなりうまいし、楽でしょ」

「パンねえ……この島だと、難しいかな」

島で唯一の店、海老名《えびな》商店では、一応食パンを見かけることもある。ただしそれは、島の誰かがあらかじめ頼んでおいた予約品だ。俺らも予約すれば手に入るのだが、船で運ぶため、どうしても割高になる。それは米でも同じことなのだが、こちらは十キロ袋を買えばかなり持つし、俺もヒロも男としては食が細めなので、あまり気にしていなかった。だがそれも、今後は事情が変わってくるだろう。【BJ】さんの食べっぷりを見ると、単純に人数が二人から三人に増えた以上の、エンゲル係数の伸びが予想された。

「それなんだけどさ」スープの最後の一滴まで飲み干して、【BJ】さんが上機嫌で言い出した。「母島にはコンビニもスーパーもあるじゃない？　直接買いに行けばいいじゃない」

「いやでもそれは、往復の船代考えるとかなり割高つーか……行きだけアンビリカルケーブル通っても、店までけっこう距離あってダルイし、帰りの船まで時間ありまくりだしなあ……」

身の置き所に困る上、長くいれば喉も渇くし腹も減る。結果、余計な出費ばかりがかさんでしまう。

「それそれ。だから俺、わざわざ折り畳み自転車、持ってきたんじゃん。何のためにあんな乗りにくいやつ買ったと思ってんの。ちゃーんと考えて、でかい持ち手つきナイロン袋も買ってきましたよー。それを持ってさ、リュックをしょって潮が引き始めてからすぐに出発してさ、店まで自転車なら片道十五分とか二十分くらいっしょ？　必要なものをさっと買って、すぐに帰れば道が沈む前に余裕で間に合うでしょ？」

どうだとばかりに胸を張る。

「……なん、だと？」

俺は思わず少年漫画みたいにそうつぶやき、ヒロが小声で「天才」と賛辞を贈った。

「ＢＪさん、素晴らしいです！　これは大変な貢献ですよ、画期的です。あなたはこの二百十番館の物流に、革新的な手段をもたらしてくれましたよ！」

実は俺も、母島で自転車が使えればなあと考えたのだ。一度船で持っていき、子島の対岸に駐輪しっぱなしにしておくことも。だが、それだと子島での移動が不便になってしまう。その為だけに余分な一台を買うような余裕もない。となるといちいち島間を、自転車ごと行き来しなければならない。滑りやすい岩場と、ずぶりと沈み込む濡れた砂と、急な斜面の道をだ。そこを自転車を抱えて踏破する腕力は、俺にもヒロにもなかった。後に、例の〈ラーメン転送システム〉で運ぶこともちょっと考えたが、安全かつ着脱が簡単な固定ができずに断念した。うっかり落として大事な自転車が壊れでもしたら大ごとだ。小銭をケチったばっかりに、万単位の出費という本末転倒なことになってしまう。

だが、バッグに入った折り畳み自転車なら、コンパクトだし重量もかなり軽めだし、問題なく転送できそうだった。普通に抱えてだって、きっと渡れる。完全に諦めていた、〈その日思い立ってぶらりとコンビニに〉が可能となったのだ。

それだけじゃない。この子島でネット通販の荷物を受け取ろうとすると、当然ながら定期船の貨物代の分、かなり割高になる。〈送料無料〉と謳《うた》っている商品が、よくよく読んだら〈ただし離島を除く〉となっていたりするのはいつものことだ。そしてその送料が、けっこう痛い金額なのである。だがどうしたわけか母島受け取りの場合、子島に配送を頼むよりも格段に安い。子島と違い、大きな貨物船を横付けできる栈橋があるためだと思われるが、これほど近い場所にありながら、この送料格差には常々「足元を見やがって」と苦々しい思いでいた。が、俺たちも恩恵にあずかれるとなれば、いくらでも手のひらを返そうというものだ。母島の局留めやコンビニ受け取りで買えば、子島に届けてもらうより、断然安い。心の中で「お得だわー」なんて通販番組みたいな声が響く。

「いやあ、それほどでもあるんだけどさ」

と【BJ】さんも嬉しげだ。

「時にBJさん、今日はラーメンの出前、どうします？　頼むんなら、ピーク時を避けて早めになって、言われてるんすけど」

「今日って昼飯はどうするの？」

「昨日、ばあちゃん達が持たせてくれたお稲荷《いなり》さんと煮物があるから、俺らはそれで済ますつもりです」

「いいねー、お稲荷さん。じゃあ俺も今日はそっちにしようかな。お小遣いも有限だしね」

島での本格的な生活が始まった途端、財布のヒモ引き締めモードになったようだが、その気持ちは痛いほどわかる。

りょーかい、と俺は自分が使った食器を持って立ち上がった。

「そんじゃ、俺、これからちょっと用事あるんで」

昨夜、サユリばあちゃんから『悪いけど、明日、うちに来てくれるー？　ちょっと頼みたいことがあってー』と言われたのだ。多分、何か手伝ってほしいことがあるのだろう。

「じゃ、俺はここ、片付けとくよ。刹那さんに作ってもらったから」

「助かります。ヒロ、お前は今日、掃除当番だったな。よろしくなー」と声をかける。

「共有部分は交代で掃除機かけてるんですよ。そんとき、ついでに自分の部屋にもかける感じで。そのうち、ＢＪさんもローテに入ってもらいますんで、お願いします。まあ、そんなマメにやってるわけでもないし、テキトーなんですけど。他にも風呂掃除とか、洗濯とか。まあ、洗濯は洗濯機にぶっ込んで、脱水終わった奴はそれぞれが部屋のベランダに干すって感じで。夏だし、二、三日に一度くらいで回してますけど、それで大丈夫ですよね？」

「上等上等。元々俺も家事はテキトーよ。そんじゃあ俺、今日は色々自分のことを片付けさせてもらうね」

「なんか手伝うことあったら、戻ったらやりますんで」

「ああ、平気平気。大物はもう手伝ってもらって終わってるから、あとはブルーレイの録画予約の変更とか、本の整理とか、そういうのだから」

【BJ】さんの言葉に、ヒロが反応した。

「本！　あの、今日、折り畳み自転車、借りていいですか？　母島の図書館に行きたくて」

「おっ、さっそく行っちゃう？」

【BJ】さんの嬉し気な言葉に、俺もかぶせ気味に言う。

「図書館！　そうだよなあ、俺も貸出カード作っちゃおう。そんならさ、ヒロ、ついでに食パン買ってきてよ。あとマーガリンも！　いや〜、BJさんのおかげで、一気に文明が進んだ感がありますよ。今までめっちゃ昭和だったから」

「いやあ、それほどでも、あるんだなあ……」

今朝も和気あいあいで、実に順調な三人暮らしのスタートだ。

おっとこうしちゃいられないと、出かける支度をして、サユリばあちゃんの家へ行く。

「おはようございまーす。おばあちゃん、どっか電球でも切れた？　それとも草取り？」

勝手知ったる玄関をガラリと開けて、そう大声で言ったら、今やたった一人の家の主が出てきて「まあまあ、今朝も元気ねー」と笑った。それから俺を座らせて、言った。

「――頼みたいことっていうのはねー、あなたに、この郵便局の局長になって欲しいの」

17

「――へ？　局長？　郵便局長？」

俺はいかにも間抜けな声を上げた。たぶん表情の方も、声に似つかわしいものになっていただろう。

「いやいやいやいや、おばあちゃん、何言ってるんすか？　郵便局長なんて、そんなホイホイなれるもんじゃないでしょ？」

「そりゃあ、本土のちゃんとした郵便局なら難しいでしょうけどー」おっとりとした口調で、サユリばあちゃんは言う。「ここのは簡易郵便局だから、坊やが思ってるほど大変じゃないのよー……仕事も、とっても少ないし。うちの人なんて、畑仕事の片手間にやってたわー。それなのに、毎月きちんとお給料をいただけるのよ？　悪い話じゃないと思うのよー」

「お給料」

あまりにも蠱惑《こわく》的な言葉に、思わず俺はごくりと唾を飲み込む。

「あの人が亡くなって、今は閉鎖してるわけだけどー、やっぱりみんなが不便だから、とにかくすぐに新しい局長を決めたいの……それで、坊やにぜひお願いしたいのよー。大丈夫、お仕事は私が分かってるから、ちゃーんと教えてあげる。場所も道具も、ここをそのまま全部使ってくれればいいし」

「あ、いや、でも、そんならサユリばあちゃんが局長の後を継ぐのが筋じゃないですか？　もちろん、一人じゃ無理ってことなら、俺、いくらでも手伝うし」

「あら、私は無理よー。今更本土に面接に行ったり、研修受けたりするなんて、絶対無理だものー」

「面接……研修……」それらの単語に、いたくトラウマを刺激された俺は、夏だと言うのにぶるりと震える。「あ、いや……俺も無理、かも……」

安定した職を得ることがそんなに簡単なら、今頃俺は、ここにこうしていない。数多《あまた》の会社、人事担当者から、「お前なんて必要ないよ」「お前になんか、この仕事は務まらないよ」と宣告され続けてきたこの俺なのだから。

「……そもそもね、新しく局長になる場合、年齢制限があるのよー……申し込み時点でね、二十歳以上、六十五歳以下」

あっ、と俺は思わず声を上げた。サユリばあちゃんがこくりとうなずく。

「この島の、元からいた人たちはだーれも局長になれないのー。坊やたちの誰かが引き受けてくれなきゃ、この島から、郵便局はなくなるねー」

サユリばあちゃんは目を伏せ、ふうっとため息をつく。

「あ、でも、白須さんの……」

二百十番館にインターネットを引く際、色々助言をもらったあのおっちゃんは、五十代後半くらいに見える。

「あー、白須さんとこの孫は、母島にお勤めだー」

何でも母島で一番大きなホテルの、事務仕事をやっているらしい。繁忙期や、海が荒れそうなときにはホテルの寮に泊まり込みになるそうで、それなら確かに郵便局との掛け持ちは無理だ。

しかし確かに、問題は深刻だ。

銀行もＡＴＭもないこの島で、郵便局は唯一のお金の出入り口だった。手紙だけなら、定期船の郵便袋に入れて発送する手段がまだ生きている。だが、郵便貯金の引き出しや各種振り込み、書留や小包の発送、保険の窓口などは、今はいちいち船代を払って母島に赴く必要がある（そもそも、船のチケット窓口も郵便局だった）。島民の金銭的、時間的負担は重い。単なる買い物と違って、気軽に他人に頼むこともできない。

郵便局の再開が必要なことも、急ぐこともわかった。が、なんで俺に、とも思う。

「……白須さんにできないことはわかります。他に、年齢の問題をクリアできる島民がいないことも。でも、なんで俺なんですか？」

頭のいいヒロでも、常識と包容力がある元医者の【ＢＪ】さんでもなく。

「……坊やは、うちの人のことで、一緒に泣いてくれたじゃないー」

優しく言われ、しかし俺は激しく首を振る。

「ヒロだって泣いてましたよ。何なら、俺よりよっぽど号泣してましたよ」

我ながらまるで駄々っ子のようで、サユリばあちゃんはまさしく聞き分けのない子供を見るように、少し困ったような笑みを浮かべた。

「……お葬式の時にねー、うちの子らに、会ったでしょ。あの時にね、言われたわー。私が死んでも、この家はいらないって。あの子たちの生活は全部、本土にあるからねえ。そうそう来られやしないから、家の手入れもできないし、と言って売りに出しても買う人もいないしねー。それで毎年税金だけは払わなきゃいけないでしょー。この島には、そんな空き家が何軒もあるのよー。相続放棄されて、そのままになってる家がねー。だからねー、私が死んだらこの島に寄付することにしたのよー。正確には、母島の村役場に、だけどねー。ほんとなら役場だって引き取ってくれないけど、この郵便局を続けるって約束でねー、やっとそういうことになったのー」

「……はあ」

一向に、話が見えてこない。肝心の「何で俺なのか？」という問いかけは、きれいにスルーされた形だ。

だが、サユリばあちゃんの話はまだ続いていた。

「昔ねー、この島によそ者がしばらくいたことがあったのよー。年のころは坊やたちくらいだったかしらねー。その子ねえ、色んな事が嫌になって、あちこちふらふらしてたんですってー。当時は母島もあんな風にリゾート化はしてなくてねー、本十にもきれいな海水浴場はあったから、わざわざ遊びに来るような人もあんまりいなかったのよー。あんな立派な定期船もなくって、ほんとに小さい船で行き来してて……そんなところに、あの子は気まぐれにやって来たのー。それで母島でへその緒のことを聞いてね、面白いと思って、見に来たのよ。循環バスだってまだない頃よ？　行き当たりばったりで来たのに、ちょうど子島に渡れる道ができてて、喜んで渡って、岩場で遊んだりしているうちに戻れなくなったらしくて……この集落にびしょ濡れで現れたときには、みんな驚いたものよー。泳いで母島に帰ろうとしたんですって。でもあそこ、流れが速くて危ないでしょ？　溺れかけて慌てて戻って、それで人がいないか捜し歩いたんですって。しかもねえ、帰りの船代も持っていなかったのー。母島で何か泊まり込みの仕事があると思ったって言うのよ？　当時は母島でも難しかったでしょうし、この島ならなおさらよー。ほんとに、みんなで呆れかえってしまって。

でもねー、ほっとくわけにもいかないじゃない？　一文無しの若者をさー。当時は島の人間ももっと多かったけど、それでも若い人はほんとに少なかったの。だからほんと、ほっとけなくってさー、みんなで順々に泊めてやったのよー」

「順々にって、ずっといたんですか?」

よくもそんなどこの馬の骨ともしれない奴を……と島の人たちの呑気さが心配になってくる。まあ、俺が言えた話じゃないのだが。

「そうねー、半年くらいはいたかなー。途中から、誰も住んでいない家に寝泊まりするようになったけどねー。あの頃でも、そういう空き家は何軒もあったのよー。それで夏から秋にかけてねえ、楽しかったわよー、とってもいい子でさー。落語が好きなんだって言って、よく聴かせてくれたりさー。みんな、色々手伝ってもらってさー、ご飯も食べさせて、ちょっぴりだけどお小遣いもあげて……今のあんたたちみたいだねー」

サユリばあちゃんは、懐かしそうに目を細めた。

「でも、出て行っちゃったんですよね」

「どんなことにも終わりはあるよー。それでねー、その子がついに出ていくってなった日に、私、思わず泣いちゃったのよー。スマコちゃんも泣いてたねー。私もあの人も、子供たちは進学やら就職やらで島を出て行ってたし、子供どころか若い人だってろくにいやしなかったし、白須さんとこの孫は、当時は島を出ていたしねー。それで、ああ、これからはもう、島の人たちは毎年歳を取って、順番に死んで、そんでだーれもいなくなるんだなって、そう思ったら、涙が出てきたのよー。そしたらねー、その子が、『泣くなよばあちゃん、また来るから』って、そう言ったのよー、泣きながら。それで私らも、『待ってるからねー』って答えたよー、たぶん、もう二度と会えないだろうなって思いながら。でもねー、それからだーいぶ経ってから、ほんとにあの子がまた島にやってきて、まー、ずいぶんと立身出世してらして、『この島に研修センターを建てたいんだけど、いいかな?』って笑って言ったんだー。『毎年、若い連中がお世話になると思うんだけど』ってさー」

「――それって!」

　思わず声を上げると、相手はこっくりうなずき、満面の笑みを浮かべた。

「そうよー、坊やの伯父さんだよー」

「……あー、だからですか」

　微妙な思いで、俺はぎこちなく笑い返す。

「本当に研修センターが建って、毎年若い子たちが大勢やってくるようになって、私たち、ほんとに嬉しかったのよー。研修の中には、グループごとに分かれて私たちのお手伝いをしてくれるような時間もあってねえ……。壊れた冷蔵庫とか洗濯機とか、私たちにはどうしようもなくて家の裏に置きっぱなしだったりしたのを、ごみ処理の運搬船まで運んでくれたりねー。会社の保養所でもあったから、個人旅行で泊まりにくる子たちもいてねー、若い人たちって、本当に元気で、賑やかで、力が強くて、眩しくて。ほんとに嬉しくて、楽しくて……でも急に誰も来なくなって。まさかあの子が、私らよりも早く、病気で死んでしまうなんてねえ……」眼をしょぼしょぼさせて、ばあちゃんはうつむいた。「……だからねー、坊やが来てくれて、おまけにお友達を二人も呼んでくれて、私らはほんとに喜んでいるのよー。だからねー、坊やにね、うちの人の後を継いでもらえたら、すごくいいんじゃないかしらって思ってねー」

「……だけど……」

俺は歯切れ悪く言いかけ、言葉を探す。

だけど、それでも、自信がない。俺なんかに、何かが務まる気がまるでしない。面接の時点で、今後の活躍をお祈りされる未来しか見えてこない。

「大丈夫よー」俺の心を見透かしたようにサユリばあちゃんは言った。そして「これねー、いいお話なのよー。こんなチャンス、もうないと思うのー」と、特売品でも並べるみたいにして、俺の前にホチキス留めされた紙を置いた。表紙に〈簡易郵便局開局のご案内〉とある。

「ほらこれ、ほらこれ」数枚めくって〈委託手数料の仕組み〉の部分を指し示す。「お給料、こんなにもらえるのよ」

金額を見て、目をむいた。毎月二十九万ほどが基本額である旨、書かれている。

った。

「でしょでしょ？　まあ、確かにねー、色々ヤバイ事件もあったけどさー。でも弁護士さんが言うように、ヘイトが向かっているのが若い女性だけなら、問題ないんじゃないかなあ」

「最悪の想定は大事なんじゃないんすか？」

「だってさ、これを逃したら、三百万円なんて無理でしょ、実際。若い人が来るのは、基本的に大歓迎なわけだしさ。まあ、話を聞く限り、いいとこのボンボンみたいだし、こっちが三人がかりですごめば、シュンとしちゃうって、きっと」

「そうですかねえ……」

俺はだいぶ悲観的な方なのだろうが、対して【ＢＪ】さんはやたらと楽観的だ。ヒロに意見を求めたら、「刹那さんがしたいようにすればいいと思います」と、信頼に見せかけた丸投げだ。

「いいじゃん、刹那さん、仲間にアーチャー欲しがってたでしょ」という【ＢＪ】さんの軽口に、なるほど、みたいな顔をしているし。

「いやそれ、ゲームの話でしょ。リアル弓使いなんていりませんて」

わめく俺に、【ＢＪ】さんは梅シロップ味の氷水を飲み干しながら言った。

「じゃあそれ、条件にすれば？　危ないもの、武器になりそうなものは持ち込ませないってことで。そうすりゃ刹那さんは晴れて郵便局長さんだよ?」

「……ううーん……」

——というようなやり取りがあった翌週。

子島の桟橋に弁護士と共に降り立ったのは、全身を迷彩柄のパンツとピチピチのTシャツ、そしてムキムキの筋肉で覆った、〈コマンドー〉みたいな若者であった。

20

「——ヤバイよ、BJさん。〈コマンドー〉みたいのが来ちゃったじゃないすか。どうするんすか、あれ?」

と肉付きの良い背中をぱすぱす叩いたら、【BJ】さんは「お、おお」と低めのトーンで応じた。

「いやあ、あれは三人がかりでも勝てる気しないねえ。思ってたのと、だいぶキャラが違うなあ。あれにすごまれたら、こっちがシュンとしちゃうよねえ。てへぺろー」

「言ってる場合ですか? もう来ちゃいましたよ。あれどうすんですか」

「でもねえ、もうお金、振り込まれたんでしょ? 開局の申し込みも速攻で済ませちゃったしね」

サユリばあちゃんが手回しよく申込書を取り寄せていたために、事態は猛スピードで動き始めているのだ。

「しかしあんなマッチョのわりに、色白だよねー。白マッチョかあ……マッチョルーム、的な？　昼間は引き籠って、夜だけ徘徊《はいかい》してたんだろうなあ……」

「ちょっ、聞こえますよ、ＢＪさん」

弁護士から少し遅れてのそのそ歩いてくる若者は、明らかに不機嫌そうで、しかもこっちを睨《にら》みつけているように見えた。

「やあやあ、子島にようこそ。長旅疲れたでしょう」

社交的な【ＢＪ】さんはさっさと進み出て、初対面の二人に朗らかに挨拶をした。弁護士は事務的に挨拶を返し、〈コマンドー〉はぷいとそっぽを向いた。もうこの時点で、仲良くなれる気がしない。

「ご無沙汰しています。お元気そうで何よりです」

弁護士の如才ない言葉を受け、俺はもごもごと、ああ、はい、とつぶやいた。

「それでは、お願いしていた書類をいただけますか？」

と差し出された手に、封筒を手渡す。こちらに入金手続きをしたので、領収書にマイナンバーと身分証明書のコピーを提出するように言われていたのだ。俺の方も来年、確定申告の手続きをしなければならないらしい。人生初の自分で稼いだまとまったお金、などという感慨はさらさらなく、ただただ面倒くさかった。しかも後で税金を納めなきゃならないわけだし。使えない通帳を手にしたために、余計な手間や出費ばかりが増えていく理不尽さのみを感じてしまう。

弁護士はさっと中身を確認し、「確かに」と言った。それから早口に「荷物の方は、明日の同じ便で届きます。田井さんには既に依頼と支払手続きは済んでいます。それでは」と言い終えて、逃げるようにくるりと踵《きびす》を返した。

おいおい、もう帰りの船に乗るのかよ、俺んときより滞在時間、短くね？　と思ったが、もしかしたら〈コマンドー〉を警戒しているのかもしれなかった。道中、何かがあったとか。

残された俺らは、しばし無言でたたずんだ後、【ＢＪ】さんと俺が順番に自己紹介をした。〈コマンドー〉はぎろりと鋭い視線を走らせてから「サトシ」とだけ言った。それで「あっ」と思い出し、ビビりながらもそっと尋ねてみる。

「……あの、この島、ポケモンスポットもジムもないけど、大丈夫？」

意外なことに、サトシはやや苦笑めいた表情を浮かべた。

「……別にいい。交換とか、フレンド作るタスクとか、クソうざかったから、とっくに切ってやった」

「あー、そうなんだー」

少しだけ、ほっとしたような、同病相哀れむような気持ちになる。そうだよねー、ゲームでリアルの友達を要求されても困るよねー。

俺は敢えて元気よく、声を張り上げた。

「じゃ、さっそく行こうか。サトシ君はこの自転車を使ってくれる？」

俺のチャリで運んできた折り畳み自転車である。極端に人見知りのヒロは、チャットと館でお留守番だ。

「……じゃ、じゃあ、ついてきてくれる？　道、上り続きでちょっとしんどいけど……」

などと告げて出発したが、上り坂に差し掛かったところで何かのスイッチが入ったらしく、うおおおっという咆哮《ほうこう》もすさまじく、俺たちをごぼう抜きにして行った。まあ一本道だし、と放っておくことにする。

「刹那さん、刹那さん」

ふいに【BJ】さんが声をかけてきた。

「さっきの探りは、グッジョブですよー。結局さー、ネットで暴れる奴って、一緒に遊ぶ友達もいないし、打ち込めるようなものも持ってないから、暇を持て余してる感じのが大半じゃない？　だったらさ、夢中になれる娯楽をこっちが提供してやりゃーいいんだよ。何もね、向こうさんの得意な筋肉勝負なんてしなくてもいいんです。俺らの得意分野、俺らのフィールドに引きずり込んでやりゃあいいんです」

「それってもしや……」自転車を並走させながら、俺はそんな必要もないのに声を潜《ひそ》めて聞き返す。

「その、もしやですよ」と返ってくるのは無駄に大声だ。「リアル弓使いを、俺らの仲間のアーチャーとして、我らがＥＳの世界に引きずり込もうじゃないですか。ビバ、異世界転生ですよ！」

「わかりましたよ、ＢＪさん。こういうのは最初が肝心ですよね。〈コマンドー〉にガツンと思い知らせてやろうじゃないですか。ゲーム内での俺らの強さを」

「廃ゲーマーの恐ろしさを、奴は身をもって味わうことになるでしょうよ」

「そうですね。我ら歴戦の猛者《もさ》の前に、這《は》いつくばって、ひれ伏すことでしょう。年功序列ってもんを、骨の髄まで叩き込んでやろうじゃないですか！」

俺たちはそろって、アニメやゲーム内の悪役もかくやといった感じで、高らかに笑った。そして調子に乗って笑っているうちに、同じようなタイミングで、むせた。

21

翌日、桟橋に下ろされた荷物の中にパソコン一式を見つけて、【ＢＪ】さんと俺はよっしゃとガッツポーズをした。荷運びを手伝いながら、俺たちはこそこそと会話する。

「しっかし、何だって親御さんはパソコンを取り上げなかったんでしょうね？　この島なら炎上しても良し、という判断でしょうか」

俺がそう言うと、【ＢＪ】さんは軽く笑った。

「ニートからパソコンを取り上げたら、逆に暴れだす危険もあるしねー。まあ、スマホを持ってりゃ、ヤバい書き込みはいくらでもできちゃうし、今更でしょ」

「……まあ、そうですよね」

サトシの親が、危険物を島に流して厄介払いした気でいるんだろうなと思うと、やっぱりムカムカしてしまう。

荷物の中には箱買いしたらしいプロテインが何箱もあり、「やっぱりマッチョの主食はプロテインって、ほんとだったんだ」と【ＢＪ】さんに耳打ちされた。

「いや、それよかあのダンベルとかって、武器っつうか、ほぼ鈍器でしょ？　約束が違うんじゃ……」

「まあそうは言っても、マッチョのメイン武器だし、仕方ないでしょ」

俺たちがひそひそやってるだいぶ先を、「いやー、君、いい体してるねえー」なんて田井さんに言われながら、サトシは重い荷物を悠々と運んでいる。

「しかしあのトレーニングマシンとか、どこに置きましょうか。あいつの部屋に置いたら、さすがに狭いでしょ？」

「うーん、どうせ部屋、余ってんだし、当面、突き当りの部屋をトレーニングルームにしちゃえば？　ベッドはただの板だから、外せばそこそこ広い部屋になるでしょ」

「そうですねー、リビングの隅っこにコーナー作る手もあるけど、それだとヒロが可哀想だしな……」

ヒロは初対面からサトシに怯えてしまい、チャットと一緒に自分の部屋に引き籠っている。温厚な【ＢＪ】さんにはわりとすぐに馴染んだが、今度はどうなるやらと頭が痛い。

ともあれサトシの部屋に荷物を運び入れてやると、俺がパソコンの接続を、【ＢＪ】さんがテレビとブルーレイの接続をしてやった。あまり得意ではないのか、サトシは特に異議を唱えるでもなく、他の荷物の整理をしている。パソコンが無事使えるようになると、そのまま流れるようにＥＳをダウンロードしてしまった。訳が分かっていない様子のサトシに、

「これ、マジに面白いから。マジお勧めだから。俺たちと一緒に、楽しもうぜ」などと、自分で〈お前、誰だよ〉と突っ込みたくなるような口調でテンションを上げつつ、インストールまで持ち込んでやった。

サトシからの〈何、コイツ？〉という視線に耐えつつ、「ハ、ハンドルネーム、どうしよう？」と尋ねたら、ぼそりと「別に……何でも」と興味なさそうに言われた。

　仕方なく、俺が勝手に【コマンドー】と入力した。傍らから【BJ】さんが、「それ、弾かれちゃったら【マッチョルーム】でいこうよ」なんて提案してくる。

「あはは、お気に入りですねー」と返したが、内心では（サトシが怒っちゃったらどうしよう……）と、心臓ばくばくものだった。

　意外なことに【コマンドー】のハンドルネームは未登録だったらしく、一発で通ってしまった。確かに、ES勢の好みとは外《はず》れた映画かもしれないと、妙に納得する。剣と魔法の世界観とは相容れない作風だ。

　最初に選ぶキャラクターは、当然弓使いである。元アーチェリー部のサトシの興味引ければ、というチョイスだったが、物語がスタートしてすぐ、しまったと思う。

　貧しい猟師である主人公は、可愛い村娘と恋仲だった。彼女にプロポーズしようと決心した彼は、幻の宝石を手に入れるべく、怖ろしい魔物が出るという山に分け入っていく。チュートリアルの始まりだ。

　弓でモンスターを倒しまくるのは、シューティングゲームみたいで面白かったらしく、しばらく機嫌よく遊んでいた。が、見事宝石をゲットして村に戻ったら、恋人は町の裕福な家に嫁いだ後だった、というくだりで、サトシは当然ながらブチ切れた。

「だからっ、女はクズなんだよっ」

　語気荒く、吐き捨てるように言う。

いやそれ、ストーリーが進めばちゃんと、彼女にも哀しい事情があったんだってことが判明するんだから、そんなに怒んないでよ……と言いたいが、ネタバレはご法度《はっと》である。

ともあれ、絶望した主人公が村を飛び出すところでチュートリアルは終了、その後のコツコツとしたレベル上げなんて絶対やらないだろうから、【ＢＪ】さんと俺が二人がかりで連れまわし、一緒に闘って強くしてやった。〈養殖〉が終わり、一人で好きに戦えるようになってくる頃には、目論見《もくろみ》どおりサトシはすっかりゲーム世界にはまっていた。

良かった、これですべてがうまくいくと、俺たちは心からほっとしたのだった。

22

甘かった。

ログインした途端、挨拶の代わりにチャット画面に並んだのは、苦情の嵐だった。

〈やっと来たー、刹那さん。あれ、なんとかしてよー〉と【カイン】さん。

〈コマッタドーにはまったく、困ったどー〉と力の抜けるようなあだ名をつけている【ラクダ】さん。

この二人はまだ優しい方で、他にもずらずらと、事情を知っているプレイヤーたちのきつい書き込みが並ぶ。

〈刹那さんたちのせいなんだから、責任もってちゃんと管理してくれないと〉

〈まったくとんでもない奴を野に放ってくれましたね〉

〈できればリアルで殴っといてくれる?〉

などなどなど……。

〈ゴメン、ほんとゴメン。奴は今、どこ?〉

〈【最果ての地】。プレイヤーの妨害しまくってるよ〉

俺はがっくりと肩を落とし、【BJ】さんの部屋に向かった。ノックしても返事がないからそっと入ると、ヘッドホンをしてきらら系アニメを真剣に見入っている(ちなみに彼は美少女アニメ好きというわけではなく、硬軟取り混ぜての雑食派である)。

「おう、びっくりした。どしたん?」

背中をぱすぱす叩いたら、【BJ】さんが振り返り、そして眉をひそめた。

「もしかして、また?」

「またです。苦情の嵐です。すぐログインして、【最果ての地】に飛んでください」

返事を待たずに部屋を飛び出す。背後で大きなため息をつくのが聞こえたが、まったく同感だった。

俺は郵便局長への道を歩むべく、面接をどうにかクリアし(あんなの形だけよー、とサユリばあちゃんは言っていたが）、本土での八日間の研修も歯を食いしばって耐えた。ちなみにサユリばあちゃんの娘さん一家の家に泊めてもらったので、金銭的な負担はそれほどなかったのだが、気疲れすることこの上なかった。いやもちろん、得体のしれないニートを泊める羽目になった先方の方がよほど嫌だったに違いないのだが。ただ、サユリばあちゃんから色々言い含められていたらしく、なぜかすごく丁寧なお礼を言われたし、あれこれ世話をしてくれたりもして、逆にいたたまれない思いであった。

そして久しぶりに我が家に戻って、ＥＳにログインしたら、既に雲行きが怪しくなっていた。

なんだか様子がおかしいなと思っていたヒロが、後を追うようにログインしてきて、個人チャットで話しかけてきた。

〈刹那さん、コマンドーのことですけど。だいぶ困ったことになってるんですよ。あいつ、ＰＫしまくってるんすけど〉

〈え、マジか〉

ＰＫとはこの場合、サッカー用語のペナルティ・キックではなく、プレイヤー・キラーのことである。

フレンドリー・ファイアー、つまりプレイヤーへの攻撃は、故意であろうとなかろうとトラブルの元だから、無効になっているゲームは多い。通常、プレイヤーが倒すべきはモンスターや敵キャラであり、同じプレイヤーに攻撃を仕掛ける行為は明確なルール違反となる。だが、ESの場合、フレンドリー・ファイアーが有効だ。つまりは、やろうと思えばPKがし放題なのだ。もちろん、マナーとして許されるはずのない、他プレイヤーからは最も忌み嫌われる行為である。が、ゲーム内なんて、ひねくれたガキもいれば、中二病をこじらせた学生もいる。世の中に絶望したような引き籠りも。マナーやルールなんて、破られる為に存在するのが世の常だ。

配信当初、このシステムに疑問の声を上げるプレイヤーは多かったし、案の定、嬉々として妨害行為やPKをして回る輩《やから》も現れた。が、やがて全プレイヤーは知ることになる。この一見不合理なシステムは、驚愕のシナリオに要請されたものであることを。

しかもシナリオ外でのPK行為を重ねたプレイヤーは、最終的なトゥルーエンドに到達できないというペナルティがあることが判明するに至り、大多数の真っ当なプレイヤーは胸のすく思いを味わえたのである（このトゥルーエンドがまた、号泣ものの感動ストーリーなのだ）。

そしてそのことは、ちゃんと最初にサトシにはほのめかしておいた。だから間違っても他のプレイヤーを攻撃したりするなよ、と。すごくウザそうにではあったが、一応『わかったって』と言っていた。

そんな彼が、いつの間にかESに熱中していたことを、俺たちは「よしよし」と思っていた。が、実際に彼が熱中していたのは、ゲーム内でのありとあらゆる嫌がらせ、迷惑行為であった。

ダンジョンによっては、ロープや梯子《はしご》を上下したり、木に登ったりで、武器が使用できなくなるタイミングがある。奴はそうしたプレイヤーを見かけると、問答無用で攻撃をしかけるのだ。なまじ遠距離攻撃の弓使いなので、腹を立てたプレイヤーが反撃に転じる頃にはさっさと逃げてしまっている。また、モンスターがドロップしたアイテムを拾おうとしているのを、攻撃しまくって邪魔し、結果タイムアップにさせたり、荷物を整理しようといったんフィールドに置いたアイテムをかすめ取ったりといったことまでしていたらしい。最後のなんて、泥棒である。やることなすこと、地雷プレイもいいところだ。

そのクレームが、面倒を見ていた【BJ】さんと俺に集中してしまい、頭を抱えている真っ最中だった。

もちろんその都度《つど》、注意はしている。ゲーム内でも、リアルでも。しかし俺らの言うことなんて、てんで聞きやしないのだ。

そしてヒロが憤然と報告してきたことによると、【コマンドー】のマイブームは現在、〈女叩き〉であるらしかった。

ヒロはサトシが来る少し前から、聖職者キャラの初心者プレイヤーの面倒を見ている。

その話を聞いた時には、ヒロも成長したものだなあと、感慨深かったものだ。この二人がプレイしているところを見た【BJ】さんが、〈実に百合百合しくていいですなあ〉とチャットでコメントしていた通り、ヒロの魔法使いと初心者の聖職者はいずれも女性キャラなのだ。そして始めて間もない聖職者は、ろくな攻撃手段を持たず、防御も低い。それで【コマンドー】の格好の餌食となってしまった。

〈どうも魔法使いと聖職者を見かけたら、速攻PKをしかけているみたいっすよ。最低だ、アイツ〉と、ヒロは憤懣《ふんまん》やるかたない様子である。

それで俺は【BJ】さんと共に、プレイ中の【コマンドー】の部屋に突撃し（一人で行くのは怖かったので）、彼にこんこんと話して聞かせた。

『あのね、オンラインゲームでの性別なんて、見た目通りとは限らないんだから。ロリ幼女のアバターの中の人がヒゲオヤジなんて普通にあるから』と【BJ】さんが言えば、俺も『そうそう。特にESじゃ、キャラを変えて何周もするのが前提なんだから、お前だって弓ルートが終わったら、そのうち女キャラもやらなきゃなんだからな』と畳みかける。

『大体、今、お前が攻撃してたのは、うちのヒロだぞ』と言ったら、さすがにちょっと気まずそうな顔をした。

なのに数日後には、またやらかしている。

【BJ】さんと【最果ての地】に行ったら、【コマンドー】はせっせと崖の下に向かって石を落としている最中だった。崖を伝い降りた途中に横穴があり、そこがダンジョンになっている。本来石の役割は、安全に崖を降りるため、モンスターを一掃することにある。それを、プレイヤーめがけて落としているのだ。

慌てて【BJ】さんが【コマンドー】を取り押さえ、俺は被害者たちに〈すみません、うちのバカが、ほんと、すみません〉と土下座する勢いで謝り続けた。

その時である。館の中で、尋常でない物音がした。何かが倒れるような音、ぶつかるような音……明らかに、何者かが暴れる音だ。

え、【コマンドー】が、リアルで切れた？

恐る恐る開けっ放しのドアから顔を出すと、物音は〈リビング〉の方から聞こえる。

「どしたんすか？」

背後から声をかけられ、文字通り飛び上がる。サトシだった。【BJ】さんとヒロは、それぞれの部屋から、そっと顔を出している。

「え、じゃ、誰が〈リビング〉で暴れてるの？」

その疑問に答える者はおらず、サトシが黙って先に立ち、ずんずん進む。この時ばかりは正直言って、〈やだ、頼もしい〉と思った。

〈リビング〉に乱入してきた招かれざる客を見て、唖然とした。毛むくじゃらの、中型モンスターみたいなやつが、椅子をなぎ倒したりしながら走り回っているのだ。

「――タタリ神じゃん」

後ろで【BJ】さんがつぶやき、「乙事主様《おっことぬし》……って、言ってる場合ですかーっ」と我に返った俺が叫ぶ。

〈リビング〉で暴れていたのは、なんとイノシシだった。それも、そこそこデカい。開けっぱなしの玄関から入り込んだらしく、机や椅子にぶつかっては、余計に興奮して見当違いの方角に向けて突進していく。おかげでそこは、惨憺《さんたん》たる有様だった。

「なんでこの島にイノシシが……」

あまりの惨状に、茫然《ぼうぜん》とつぶやく。子島にこんな大型の獣《けもの》がいるという話は聞いていなかった。

「あいつら、平気で海を泳いで渡るらしいよ。そもそも母島とは、ついさっきまで地続きだったわけだから、そっからでしょ」

【BJ】さんはいつもながら、妙に落ち着いている。

その時、サトシは床に倒れていた折り畳み椅子を振り上げ、いきなりイノシシに向かって攻撃を開始した。

「椅子を盾にして、皆で玄関に追い立てよう」

【BJ】さんの言葉に、俺とヒロも恐る恐る椅子を手に、じりじりと包囲網を作っていく。サトシがひたすら追い回し、攻撃をしかけるので手間取ったものの、やっとのことで追い出しに成功した。やれやれと胸をなでおろしたが、サトシは椅子を投げ捨てて、そのまま外に飛び出した。

慌てて後を追うと、イノシシは猛烈な勢いで坂道を駆け下りていく。その後を、サトシがやはり猛スピードで追いかけていく。彼の手には、いつの間に拾ったのか、木の枝が握られていた。

「大丈夫かなあ……猪神《ししがみ》様を攻撃したら、アシタカみたいに呪われちゃうぞー」

「いや、BJさん、言ってる場合じゃないですよ。あれ、集落の方まで行っちゃうでしょ。じいちゃんばあちゃん達が危ないですよ」

あんな勢いのイノシシにぶつかったら、ダメージは交通事故と変わらないだろう。

俺はポケットに突っ込んでいたスマホで田井さんやサユリばあちゃんに連絡を入れ、皆に避難を呼びかけてもらうことにした。これで一応大丈夫だろうけど、心配なので三人とも自転車に乗り、後を追う。

集落に差し掛かった時、なぜか小道をふさぐように停められた軽トラに、行く手を阻《はば》まれた。自転車から降りて恐る恐る進むと、わずかな隙間の先には古い漁網が落ちている。さらに集落の奥に行くと、そこには島民が和気あいあいと勢ぞろいしていた。じいちゃんばあちゃん達の手には、それぞれ餅つきの杵《きね》だの麺棒だのが握られている。

そして皆の中心には、眉間《みけん》を矢で射抜かれたイノシシが、哀れ地に倒れ伏していたのであった。

23

「――これは……」

呆気に取られてつぶやくと、サユリばあちゃんがにこにこ笑いながら近づいてきた。

「電話ありがとねー。イノシシはさー、畑を荒らす害獣だから、すぐに仕留めないとねー」

その手には、持ち手の長いスコップが握られている。

「……え？　これ、ばあちゃんたちで？」

「すごかったんすよ。みんなにも見せたかったっす」と興奮した面持ちで近寄ってきたのは、サトシだった。めちゃくちゃいい笑顔である。

「軽トラで逃げ道塞《ふさ》いで、細い道の方に誘導してくれたんすけど、ほら、あの隙間に網を張って。そんで引っかかったところを、一斉攻撃っすよ。もうすっげー迫力で。でもイノシシが暴れてるうちに網が破れちゃって」

「いやあ、古い漁網だったからなー」

安康さんがなぜか照れたようにつぶやく。

「そんでっ、イノシシがヨタヨタ逃げ出した先に、あの爺ちゃんが待ち構えてて、矢で一撃っすよ。動く的にあんな弓で、ほんとすげー、必殺必中の矢だーっ」

サトシがはしゃぎながらびしっと指さした先にいたのは、子島最高齢の鈴木のじいちゃんであった。御年八十九歳の長老は、手製らしき弓を手に、やはり照れ臭そうに笑っていた。

言葉もなく、ただ突っ立っている俺らを後目《しりめ》に、じいちゃんたちがいつの間にか刃物を手にしていて、手際よくイノシシの解体を始めてしまった。ばあちゃんたちは、「今夜はぼたん鍋ねー」なんて笑いさざめいている。サトシは犬っころのようにその周囲を動き回りながら、スゲースゲーと血抜きの様子を動画に収めている。傍らで興味深げに見つめていた【BJ】さんがぽつりと言う。

「あのイノシシの頭、マスクみたいに加工できないかなー。そんで上半身裸のサトシにかぶせたら……」

「いやっ、伊之助《いのすけ》のコスプレはしないからっ。そんな生臭いマスク、嫌がるからっ」

「いやー、それでコミケ行ったら、まとめサイトに載るくらいのクオリティになると思うんだよね」

「いやそりゃ、載っちゃうだろうけどもっ」

などとアホなやり取りをしていたら、サユリばあちゃんが俺らに近づいてきた。

「ねえねえ、ヒロくんが具合悪そうにしてるよー。本人は、大丈夫って言うんだけどー」

見ると確かに、真っ青な顔をしたヒロがへたり込むように道端に座っている。

「あー、あいつ血に弱いんですよ……。魚を捌くんでも、けっこ青くなっちゃうから……」

「あらまあ、それじゃ、ばあちゃんとこで休んでいきなー」

サユリばあちゃんは、こういう時に本当に優しい。他のばあちゃん達もだけど。男のくせにだらしない、とか、若いのにへなちょこだ、とか、絶対に言わないし、嗤《わら》わない。他の誰よりも、俺たち自身が、駄目だ、だらしないって思っているってのに。

ありがたくヒロを休ませてもらって、ついでに【ＢＪ】さんと俺まで羊羹とお茶をごちそうになっているとき、とてもわくわくした顔でばあちゃんが言い出した。

「そうだそうだ。あなたたちにまだ言ってなかったわね。今夜は田井さんのところでサトシ君の歓迎会よー。みんなでイノシシ料理を作ってねー、イノシシ尽くしの宴会だー」

『え？』

【ＢＪ】さんと俺の声が重なった。

というのも、サトシの引っ越しを手伝ってくれた田井さんが、気を使って歓迎会を開こうと言ってくれたのに、あいつときたら素っ気なく『いや、そういうの、いいんで』と断っているのだ。後で『せっかくの好意じゃん』とやんわり注意したら、『つっても知らないジジババと宴会とか、マジムリだし』と半ギレで言い返された。

「……いや、でも、サトシ、そういうの苦手そうで……」

「あら、すっごく喜んでいたわよ？　鈴木さんにすっかり懐《なつ》いちゃってさー」

例の、イノシシにとどめを刺した長老だ。

「……え、あれ？　そうなんですか……」

首をかしげている俺をよそに、【BJ】さんはイノシシ料理に並々ならぬ興味を抱いたようで、ばあちゃんから色々教わったあと、自分も何か作ってみたいと一塊の骨付き肉を抱えて館に戻っていった。俺はヒロを放ってもおけないので、サユリばあちゃんの料理の手伝いだ。

イノシシはしめた後でしっかり血抜きをしても、やはり臭いが残るので、下ごしらえとして何度も水を換えてさらに血抜きをするのだそうだ。【BJ】さんにも忠告していたが、使用したまな板や包丁は、よく洗った上でさらに熱湯消毒が必要とのことで、その辺を重点的に手伝った。

血生臭さが消えた辺りで、ヒロも起きてきて手伝った。保存食用に味噌漬けを、宴会用にチャーシューを作る。他にも何品か作ると言うので、足りない材料を海老名商店に買いに行ったりしているうちに、夕方になった。【BJ】さんから電話があって、できた料理を運ぶのを手伝えとのことだった。ちょうどチャットも連れてきたかったたし、館に取って返すと、玄関先からむちゃくちゃ蠱惑的な匂いが漂っている。イノシシに荒らされた〈リビング〉を、大雑把《おおざっぱ》に片付けながら俺は言った。

「いいですね、カレーっすか、BJさん」

奥からエプロン姿の【BJ】さんが出てきて、にやりと笑う。

「自前の圧力鍋で柔らかく煮ましたよー。しかも、煮込むためのスープは、一緒に貰ってきたイノシシの骨から取りました！　素人が臭いのきついジビエに手を出すなら、やっぱカレーでしょ。特製シシカレー。もちろん、ご飯もいっぱい炊いときました！」

「マジで美味そうなんですけど。今、ちょっとだけ味見してもいいっすか？」

「おいおい、がっつくんじゃありませんよ。お楽しみはみんな揃ってから」

「ちぇー」と言ってたら、「ちょっとだけよ」と小皿でくれた。

「スゲー、マジうめー」

ボキャブラリ皆無の絶賛だったが、【BJ】さんは「でしょでしょ」と満足げだ。

味見を終えて、何か物欲しげに脚にすり寄ってきたチャットを抱き上げる。

それぞれ箱詰めした鍋と炊飯器を積んだ自転車を田井さんちの傍に停めると、既に庭先からは笑いさざめく声が聞こえてきた。肉の焼ける香ばしい匂いも、辺り一面に漂っている。

「おう、来た来た。これで全員そろったな」

田井さんに声をかけられ、庭先からお邪魔する。抱えた箱の上に載っていたチャットは、途中で自ら猫だまりの中にダイブした。島猫たちも、美味しいものの匂いを嗅ぎつけて集まってきたらしい。庭の一角には七輪が並べられ、ばあちゃん達がうちわをパタパタさせながら、「中までよーく焼かなくっちゃねー。寄生虫を殺さないとー」と何度も言っていた。魚も肉も、寄生虫問題は深刻らしい。

「それじゃー、炭火焼きができるまで、シシカレーはいかがですか？」

【BJ】さんが得意げに笑いながら持参した炊飯器の蓋《ふた》を開けた。そのための器やスプーンも、館から持参している。食器類はやたらと数があるのが今回は役に立った。

「とりあえずミニサイズで配りますねー、他の料理も食べなきゃだし、お替りしたい方は言ってねー」と【BJ】さんはまるでオカンか給食のおばちゃんだ。

俺も一緒に配って回ったが、「ほえー、カレー作ったのー」「さすが若い人の発想ねー」などと言いながら、次々手が伸びてきて、皆、さっそく口に運んでいる。

「お肉、柔らかいー」

「これは年寄りに優しいねえ」

「よくここまで柔らかく煮たもんだねー」

ばあちゃん達の言葉に、【ＢＪ】さんはいっそう相好《そうごう》を崩した。

「圧力鍋で煮たからねー」

「ありゃー、あれは爆発するんじゃないのー?」

「大丈夫、ちゃんと使えば爆発しないよー」

「ほらほら、お肉、焼けたよー」

「塩コショウはしてるけど、この梅醬油をつけても美味しいわよー」

「こっちにニンニク味噌もあるからねー」

「みんなコップ回ったねー、じゃー、鈴木さん、音頭とってよー」

「んー、じゃー、今日の猟と、わけーもんの未来に、乾杯」

皆で「乾杯」と唱和する。一息で飲み干しているサトシを見て、思わず言う。

「サトシ、おまえまだ十九歳……」

「あらまー、そうなの?」とスマコばあちゃんが言い、「大丈夫よー、ビールくらい」とサユリばあちゃんが続けた。「それならねー、サトシ君、お誕生日おめでとー」

それにも皆が唱和する。

「いいんですか、そんなテキトーで」

「いいのよー、この島、お巡りさんいないしー」

「そうだぞー、タケシ」と【ＢＪ】さんはなぜか既にほろ酔い気分で、しかも名前を間違えている。「この島はいーぞー。なんたって、平日の真昼間とか、夜中とか、うろうろしててもお巡りさんから職務質問を受ける心配がないんだからな」

　それを聞いて「おお」みたいな顔をしてうなずく辺り、サトシもご多分に漏れず不審者扱いを受けたことがあるらしい。

「――あのさあ」

　ふいに背後から、聞き覚えのない低い声がして、誰かと振り向くと、コップを持ったヒロが仁王立ちしていた。彼はめちゃくちゃ酒に弱いのだが、どうも一杯空けてしまったらしく、目の周りも、顔全体も、赤く染まっていた。

「コマンドーさあ。お前、何なの？　人が楽しくゲームしてたらさあ、いきなり攻撃しやがってさー」

　いつもとは別人のような強気口調である。その豹変ぶりにサトシも若干ビビったらしく、目を泳がせながら「いや……女だと思ったから……」などと、ごにょごにょつぶやいた。

「それっ！　そもそもさあ、何で女の人を目の敵《かたき》にするわけ？　女の人に親でも殺された？　そんなわけないよね？」

　お前誰だよ、と聞きたくなるようなヒロの詰め寄りっぷりである。

「そうそれ、俺も聞きたかったんだよねー」と【BJ】さんが口をはさんだ。「アーチェリー部でなんか揉めたんだって?」

いきなり地雷原に踏み込んでいく。

サトシは露骨に顔をしかめ、下唇を噛んでむうっと黙り込んだ。黙秘権の行使かなと思っていたら、ふいにぼそぼそと語りだした。

「……俺、高校の時には弓道やってて」

「へえ、カッコイイね」と【BJ】さんはビールをあおる。

「入った大学には弓道部なかったから、アーチェリー部に入って。初心者がほとんどだったから、俺、無双できるかなって思って。けど、あんまうまくいかなくて……」

「まあ、勝手が違いそうだよね、よくわからんけど」と【BJ】さん。

「そんで俺、彼女欲しくて。一番カワイイって思った子に告白したら、まだ会ったばかりでよくわからないって言われて」

「入部どのくらいで告ったん?」

炭火焼きをもしゃもしゃ咀嚼《そしゃく》しながら、【BJ】さんが聞く。

「……一週間くらい……かな」

「なかなかスピード感に溢れる感じだね。いやこれ美味いわー」

「……で、そのままペンディングされてさー、もうこりゃダメだって思うじゃん? だから、カワイイ順に告りまくって、何人か、いい感じになりかけてたのに、ゴールデンウィークの合宿で、なんか女子全員にそれがバレてさ、なんかスゲー責められて」

「あー、それはやっちまいましたなー、吊し上げ案件ですわー」

と【BJ】さんはご飯の上にイノシシチャーシューを載せ、ぺろりと飲み込む。

「だってすぐに返事しない方が悪いんじゃん？　それをあのクソ女どもが……」

え、それが理由？　それで部はおろか、大学にも行けなくなって、挙句の果て、ネットで女は片っ端から射殺すとかイキッてたわけ？　あまりのしょうもなさに、呆れ果てて言葉も出ない……まあ、俺に言えたことでもないのだが。

「わかるわー、恋がしたかったのね」おっとりとほほ笑みながらそう言ったのは、スマコばあちゃんだった。「でもね、駄目よー。女の子はね、告白してくれた殿方のことは、憎からず思うものよー。でもね、出会って一週間じゃあねえー。『あの人、私の外見だけで、中身なんて全然知らないくせに』って、そりゃ思うわよー。すぐに断らなかったってことは、お受けする気が少なくとも半分くらいはあって、あとは相手をよく見定めてから……って思っていたとしたら、どう？」

穏やかにそう言われ、サトシは「あー」と頭を掻いた。

「女の子はね、殿方に告白されるなんて名誉なことだから、そりゃー、他の子に自慢するでしょう？　あの人は私のことが好きなんだから、好きになっても無駄よって、乙女らしい牽制も含まれているのよ？　それがあなた、『私も』『私も』なんてことになってみなさいな。あなたにも自尊心があるように、女の子たちにだって自尊心はあるわ。それをあなたは踏みにじったのよ。そりゃー、怒られて当然だわー」

他のばあちゃん達もみな、うんうんうなずいている。

正直俺は、サトシの話を聞いた時、容赦ない女さん達による、「えー、あいつきなりクソキモイんですけどー、しかも皆に告白して回るとか、マジサイテー」みたいな身もふたもない図しか浮かばなかった。それに比べて、スマコばあちゃんの想像は、だいぶ優しいし上品だ。それだけに、当事者たるサトシの胸にはすとんと落ちたものらしい。

「あれ？　もしかして、俺が悪かったんすかね？」なんて言い出した。その全然悪気も邪気もなさそうな顔を見て、ようやく気付く。

——こいつただの馬鹿だ。それも無駄に行動力だけはあるタイプの、一番迷惑なやつ。

「すみませーん、話を戻したいんですけどー」

常の数倍の声量でそう言うヒロを振り返ると、さっきよりいっそう目が据わっている。

「ほんとにさー、俺らみんな、迷惑してるんだよー。ゲームの楽しみ方、完全に間違ってるから。ほんとにコマンドーはどうしてあんなことばっかりやんの？　馬鹿なの？」

ネチネチクドクド言い始め、サトシはたちまちうんざりしたような顔になる。

「あらあら、絡み酒ねー」と、ばあちゃん達は面白そうに笑う。

こちらもまた、無駄に記憶力のいいタイプのヒロが、あの時はこんなことをされた、あんなこともしていたと、恨み言やら告発やらの棚卸《たなおろし》セールを始めてしまい、俺たちもそれに乗っかったりサトシのフォローもしてやったり、途中からすっかり酔いが回ってぐだぐだしまくった話し合いの結果、それでもようやくサトシの内心がわかってきた。

――人の気持ちを考えろって言っても、たかがゲームじゃん？　画面の中にいるのはアニメ絵のキャラクターであって、人間じゃないよね？　目の前にいないんだから、その気持ちなんてわかるわけないじゃん？　ＰＫ？　妨害？　何がいけないの？　それができるんだから、やっちゃいけないってことはないはず。楽しいし。みんなも楽しんでいるんじゃないの？

彼の言い分をまとめると、ざっとこんな感じだった。

つまり、と俺は結論付ける。

こいつ、やっぱりただの馬鹿だ。根っこから馬鹿だ。どのくらい馬鹿かと言うと、女の子のスカートをめくって怒られて、「え？　だって女子もキャーキャー言って喜んでいたよね？」なんて不満げに言う小学生男子と同程度に馬鹿だ。

ＳＮＳへの書き込みも、本人が言うには、「ちょっと過激なことを書くと、まるで火が付いたみたいにヒステリックなコメントがつくのが面白かった」とのことだった。

ネットの世界で、サトシは画面の向こう側に生きた人間がいることを、今一つ信じ切れていない。宇宙の彼方にはこんな星があるよ、なんて言われても、全然ピンとこないように。だけど人一倍興味だけはあって、そこに誰かがいるということを確認するように、ピンポンダッシュして回る傍迷惑《はためいわく》なガキみたいなことばっかりしている。そして反応があると、それが怒りであっても、喜んでしまう。そんな形のコミュニケーションしか知らないのだ。そのくせ、変に傷つきやすくて、でもプライドだけは高くて、現実からすぐに逃げ出してしまう……。

だからこいつは、馬鹿なのだ……どこにも居場所のない。そして、俺たちとおんなじ、紛う方なき馬鹿なのだ。

締めのぼたん鍋を食べ終える頃には、今日までぎくしゃくしまくっていた俺たちの間にも、なんと仲間意識のようなものが芽生えていた。美味いものと酒の力は偉大である。

ヒロは、「と・に・か・く。せっかく来てくれた初心者がみんな、お前のせいで辞めちゃったら、ゲーム自体が終わるかもしれないんだからな。全部、自分に返ってくるんだからな。わかった?」と言い終えて、満足したようにことりと寝てしまった。今日はヒロの意外な一面をも、見たような気がする。今やヒロも、二百十番館の末っ子ではない。

そして最終的には、サトシから「なんか……今まですんません」という謝罪の言葉まで飛び出した。もっともそれは、俺たちがやいやい言ったため、というより、ばあちゃんたちのお蔭のような気がしなくもない。【BJ】さんも、「この島のばあちゃんセラピーはマジヤバイよね」と言っていたし。

サトシときたら、宴会の終盤ではばあちゃん達に筋肉を褒められ、調子に乗って上半身裸になって、キャーキャー言われて笑み崩れていたのだ。明らかに「満たされた感」を醸《かも》し出している彼に、俺としては正直、（お前、それで良かったのか?）とは思ったけれども。

それからもう一つ。サトシは鈴木のじいちゃんの弟子にしてもらったのだと、ご満悦だった。子島にはイノシシはさておき、リスやウサギなどの小動物はわりといて、いずれも害獣扱いなので鈴木のじいちゃんは今でも時折狩りに出ているのだと言う。メインは罠《わな》猟だそうだが、場合によっては例の手製の弓も使う。

それを聞いて、思わず俺はサトシに言った。

「最初に言っておく。わざとだろうが、不注意だろうが、猫を傷つけたらマジ殺す」

後から【BJ】さんに「般若みたいだったよ」と言われた顔にビビったのか、サトシは存外素直に「わかりました」とうなずいた。

何はともあれ……。

——かくしてES界には再び平和が訪れ、俺たちは心から胸をなでおろしたのであった。

24

ヒロが恋をした。

気づいたのは島のばあちゃん達で、俺はまさかそんなこととは夢にも思っていなかった。元々その手の話にはとんと疎いし、鈍いし、新住人であるサトシとの戦いで、それどころじゃなかった、というのもある。

サトシときたら、電気はあちこちつけっぱなしにするわ、水はジャージャー流して使うわで、節約のせの字も知らない有様だった。しばらくそれがストレスでたまらなかったが、奴が思ったほど怖くないことを知り、思い切って注意していくことにした。サトシは言われて逆切れするようなことこそなかったものの、露骨にうざそうに無視してくれて、当然態度が改まることもない。かくして戦いの火ぶたは切られたのであった。

そもそも未だ郵便局長になっていない現状では、一人増えた分、生活費はむしろ苦しくなっている。サトシの親からの三百万円が使えないのはこちらの事情なので文句も言えないのだが、それにしてもサトシには共同生活をしているという自覚がなさすぎる。

料理もできないくせに文句だけは言うし、汗っかきで日に何度も着替えては、遠慮なく洗濯機に投げ込んでくれる。掃除や洗濯をやらせようにも、ハナからやる気も覚える気もないから、最初から最後まで結局付きっ切りになったりして、これなら自分でやってしまった方がよっぽど楽だ。なんだってこんなにオカンみたいにクドクド言わなきゃならんのだろうと、うんざりだった。そしてうんざりはお互い様だったようで、二百十番館の空気がいささかピリついてきた頃、その情報はもたらされた。

俺はじいちゃんばあちゃんらのお手伝いから戻るなり、〈リビング〉で漫画を読んでいたサトシに「ヒロは？」と尋ねた。

「あー、ヒロくんなら今日は大学の方だよ。最終の船で戻るってさ」

そう答えたのは、キッチンから鍋を抱えて出てきた【BJ】さんだった。

ヒロは以前に宣言していた通り、漁協を通じて貝毒の検査機関を紹介してもらい、今ではさらに機関で知り合った人を介して近隣の水産大学にまで出入りしていた。何でも魚介類の毒について研究している先生に気に入られたらしい。院試を受けて正式に研究室に入ればいいのにと、誘われたりもしたそうだ。

あのコミュ障のヒロがよくもまあと感動したものだが、今は少し別の思いもあった。

「ほらほら、サトシくん、お昼だよー。どんぶり三つ持って来て。あとレンゲと」

【BJ】さんに言われ、存外素直にサトシはキッチンに向かう。

【BJ】さんが古雑誌の上にどんと置いた鍋からは、湯気といいにおいとが漂っていた。

「おお、これは、あの禁断の！」

「そうですよー。昨日の夜に頼んだラーメンから、ちょっとずつスープを取り分けときました！」

あまりにサトシが魚三昧の食事に文句を言うので、昨夜は久しぶりに四人で出前を取ったのだ。どうせスープは全部飲まないよね、とあらかじめ別鍋に入れて冷蔵庫にしまっておいたスープが今、満を持して【BJ】さん特製〈ラーメンおじや〉となっての登場である。俺の〈鶏おじや〉と同じように卵を落としてネギを散らしてあるが、比較にならない濃厚さとカロリーの高さを誇る逸品である。

「おお、うまっ」

と俺が賛辞を贈る隣で、サトシはひたむきにレンゲを口に運んでいる。文句を言わないところを見ると、どうやらお気に召したらしい。

しばらく三人で黙々と食べていたが、我慢できなくなって口を開くことにした。

「……時に皆さん、さっき大変な情報を耳にしたのですが。なんとあのヒロが、恋をしているとのことです」

全員のレンゲが、ぴたりと止まった。

「それは、ソースどこ？」

【BJ】さんがやや硬い口調で聞いてくる。サトシは突き刺さるような鋭い視線をこちらに向けていた。

「集落のばあちゃん達の噂になってます。なんでも、ぼうっとしていたかと思うと、一人でニヤニヤしたりしてて、スマコばあちゃんから『あらあら、恋でもしているの?』って聞かれて、みるみる真っ赤になったんだとか」

「そ、それは……あからさまというか、ベタ過ぎる反応ですな」

重々しく【BJ】さんが言い、サトシが憎々し気に顔を歪《ゆが》めた。

「あいつ……研究がどうとか言ってたくせに、女子大生とそんないいことになってやがったのか」

「大学とは限らないんじゃない? ほら、何気にヒロくん、安康さんに付いて市場とか漁協とか、行ってるし」

「どっちにも女子はいないって聞きましたよ。あと検査機関の方にも。おっさんとジジババばっかだって」

「貝毒の研究会に出るとか言ってたし」

「それはこれからの話でしょ」

なんだかんだでサトシは館の住人が気になるらしく、けっこうあれこれずけずけと聞いてくるのだ。結果、全員の動向を誰よりも把握していたりする。

「あいつが出入りしている大学の研究室には、女子が何人もいるそうなんですよ。許せねーでしょ」

まるで犯罪の告発みたいな口ぶりだ。

「まあまあ、落ち着いて」と【BJ】さんは穏やかに言った。「そりゃびっくりはしたけどさ、いいことじゃん。こんな男ばっかのむさっくるしいニートの館からさ、しかもあのヒロくんがだよ、ちゃんと真っ当に恋愛して、結婚して出ていく、なんてことにでもなったら、そりゃもう電車男以来の快挙じゃん。残される俺たちとしてはさ、言ってやんなきゃー」

「出発、進行って?」

俺が聞くと、【BJ】さんは不意に顔を歪めた。

「リア充め、爆発しろ!」

「だよなー、やっぱ許せねーよね。自分だけ、抜け駆けじゃん」

なぜかサトシと二人で意気投合している。

「でもさー、BJさんて医者だったんでしょ? モテモテだったんじゃねーの? ナースとかさあ」

サトシに言われ、【BJ】さんはダルダルと首を振った。

「うちの産科はなぜだかベテラン既婚者さんばかりでねえ……患者さんも基本、既婚者ですしおすし」

「でもさ、毎日見放題だったわけでしょ？　そのさ、アレをさ……」

「何を言わんとしているかはわかるから、皆まで言わなくて良しですよ。そりゃね、ゲップが出るほど見ましたよ？　でもね、君が妄想を膨らませるほど素晴らしい日々かと言うと、それはね……」

「ちょっと、ちょっと、話、逸《そ》れすぎ！」たまりかねて、二人の話に割り込んだ。「ヒロのこと、俺らとしてはどういうスタンスで行くかって問題が……まあ、見守ってやるしかないんだけど……」

【ＢＪ】さんはにっこりと笑った。

「そうだね、温かく見守ってやろうじゃないですか……ただし、話は聞かせてもらわなきゃ、ね」

「奴が帰って来たら、尋問《じんもん》だな」

サトシもまた、凶暴な笑みを浮かべた。

25

「――へ？　ゲームのプレイヤー？」

俺たちはそろってあんぐりと口を開け、真っ赤になったヒロはこくこくとうなずいた。

帰ってきたヒロをとっ捕まえて、あれこれ突っ込んだ話を聞いたところ、ヒロの恋のお相手というのはなんと、【タピオカ１１０３】さんであった。我らがＥＳ界でヒロがずっと面倒を見ている、聖職者キャラである。ＥＳに於ける聖職者は、回復系のスペシャリストで、あまりお金をかけずにゲームを楽しみたいプレイヤーのパーティには大歓迎される（基本、回復職はどんなゲームでも大抵引っ張りだこだ）。ただ、かなりレベルが上がらないと強力な攻撃魔法が使えず、ソロでレベルを上げるのは難しい。だからある程度強いプレイヤーと組んでのプレイが必須なのだ。

「……あー」何とも言えない思いで、俺は中途半端な笑いを浮かべつつ言った。「解散？」

「アホらし」同じく半笑いのむかつく顔で、サトシも言う。「あのさー、オンラインゲームでの性別なんて、見た目通りとは限らないんだぞ？　女キャラの中の人がヒゲオヤジなんて普通にあるんだぞ？」

いつぞや【ＢＪ】さんから言われたまんまの受け売りだ。

「やけに熱心に面倒を見ていると思ったら……」やれやれといった体《てい》で【ＢＪ】さんは苦笑した。「まあ、恋愛慣れしてないオタにはありがちだけどねー。ゲーム内で仲良くなって、すっかりのぼせちゃって、いざ告白したら相手がネカマで逆上するパターンね」

「うわっ、ネカマって最低じゃね？」

「いや、それは違うよ、サトシ君。ネカマが悪じゃない、男心を弄《もてあそ》ぶネカマが悪なのですよ」

オンラインゲームに限らず、俺自身はスタート時に性別を選べるゲームで異性を選んだことはない。というより、何も考えず、反射的に〈男〉を選んでいた。だがＥＳはすべてのキャラクターを順番に選んでプレイしないと、物語の全体像が見えない仕組みになっている。細かいところでは、選んだキャラクターによって、様々な場所にいるＮＰＣ《ノンプレイヤーキャラクター》（製作側により、あらかじめ設定されたキャラクター）の反応が違うのが、リアルで面白い。たとえば可愛い女の子キャラだと、男キャラには不愛想だったキャラクターが別人のように親切になり、重要な情報を教えてくれたりするのだ。強面の武器屋の親父も、女の子だと割引してくれたりする。もっともいいことばかりではなくて、強そうな男キャラだと何もしてこない雑魚キャラが、女キャラだとしつこく絡んで攻撃を仕掛けてきたりする（これがだいぶウザい）。こういう設定のきめ細やかさも、ＥＳの魅力の一つである。

ネットゲームをやっていると、本来の性別とは違うキャラクターでプレイすることを、嫌悪したり恥じたりする、ある意味ピュアな人もいる。だけど俺はそれの何が悪いと思う。この種のゲームの楽しさの一つに、別な人生を疑似体験できるってことがあると思っているから。

本来の自分とは違った自分、違った人生。ニセモノだろうがお遊びだろうが、それを体験するのは本当に楽しい。

性別を変えるのもその一つだろう。弱っちい底辺オタの自分とは比べ物にならない、強くてカッコ良くて正義感に溢れる、まさに勇者——そんな男にだって、簡単になれるのだ。ゲームによっては人間以外の亜人種や精霊や悪魔なども選べたりする。容姿だって、コスチュームだって、好きに変えられる。意識してキャラを作っていけば、性格だって変えられる。

やることなすことままならない、不自由そのものの現実に生きている俺らからしてみれば、まさに夢のような自由さだ。

ゲームは俺を堕落させたかもしれない。だが、ゲームによって俺は確実に救われた。クソみたいな現実より、ゲームの世界の方が何百倍も素晴らしい……マジで、そう思っていた。それが逃避に過ぎないと、重々わかった上で。

俺らの中で、多分【BJ】さんは俺と近いスタンスだ。そんな話を面と向かってしたことはないけれど、ゲーム内での付き合いは長いから、なんとなくわかる。一方サトシは、あくまでアニメ絵の世界でのお遊びだと思っている。他のキャラクターを操作しているリアルな人間のことまでは、なかなか想像が及ばないみたいだ。

対してヒロは、まったく逆だった。彼はおそらく、〈こうありたい自分〉――誰とでも気軽にコミュニケーションが取れてしまう、チャラくて明るいキャラクター――になりきって、俺や【BJ】さんとゲーム内でやりとりしている。それを心から楽しんでいるし、現実の俺らにさえ、どうかするとゲームのキャラを重ね合わせてくる。

別にゲームとの向き合い方なんて人それぞれでいいんだけど、ヒロの場合、それが今回はヤバイ方向に向かったのかもしれなかった。

ヒロはゲームの中で知り合った〈女の子〉を、正真正銘、生《なま》の女の子として恋をしてしまっている。相手が若くて可愛い女の子だと、天から信じ切ってしまっている。まさしく〈理想の彼女〉そのままに。

もちろん、女性のプレイヤーは多くいるのだろうし、若い女性だって多いのだろう。オンラインゲームで知り合って、結婚に至るカップルだっていると聞く（そんな経験ゼロの俺にしてみれば、何その都市伝説ってなもんだが）。

だけどヒロの話に限って言えば、相手の〈女の子〉というのが、どうにも作り物臭いのだ。

まずキャラの衣装だが、そんなのあったんだ、というようなフリフリのどピンクのドレスを着せている。頭の装備もキラキラのティアラなんて乗っけてたりして、聖職者というよりはむしろ、お姫様みたいだ。一緒にパーティを組んでプレイしたこともあるのだが、チャットの言葉遣いがいちいち、〈……ですわ〉とか〈……ですもの〉みたいな語尾で、イマドキの女子でこんな口調のやついねーだろって感じ。そしてまた、ヒロのことだけを褒める褒める、わざとらしいほどに、持ち上げる。

〈すごーい、NO210-2さん、やっぱりお上手ですわー〉

〈NO210-2さんのおかげで、勝てましたわ〉

みたいな感じ。一緒にプレイしている俺らのことはガン無視である。

〈あの子さー、女子大生って話だけど、あんなJDはいないよねー〉

とは【カイン】さんの言だが、いかにもモテそうな彼の言葉には大いに説得力がある。

オンラインゲームにおいて、いわゆる〈中の人〉の情報につながるような質問をするのは、マナーとしてあまりよくないとされている（もちろん明確な禁止事項ではないので、気軽に聞いてくる奴も多い）。たいていの場合、聞いても適当に胡麻化《ごまか》されたり、スルーされるのがオチだ。だが、〈彼女〉は何の躊躇《ちゅうちょ》も葛藤もなく答えてくれる。むしろ、自分から開示していくスタイルだ。

曰《いわ》く、年齢は十九で、都内の女子大に通っている。彼氏はいない。身長は百五十センチ、体重とスリーサイズはヒ・ミ・ツ。好きなものはぬいぐるみとアイスクリーム、だそうだ（タピオカミルクティじゃねえのかよ、と誰かが突っ込んでいた）。

〈こいつはネカマの匂いがぷんぷんするぜー〉と言っていたのは【BJ】さんだが、まったく同感だった。あまりにもそれらしく盛り過ぎてて、逆に疑わしい。ハンドルネームの【タピオカ１１０３】も、なんだかなあという感じ。スイーツの名前で登録しようとして弾かれたから、誕生日をくっつけたのだろうが（てか、他にもタピオカがいるのか！）、その誕生日だって本当だか怪しいものだと思う。とにかく一から十まで嘘くさいのだ。

「……これは、俺もやっぱり、中身は男の成りすましだと思うよ？」

できるだけ優しい口調で言ったつもりだったが、ヒロは顔を真っ赤にして、激しく首を振った。

「タピオカさんは女性だってば。何でみんな、そんな変なことばっかり言うんだよ」

常のヒロからは考えられない、強い口調である。

「彼女は優しくて、賢くて、すごくいい子なんだ。僕なんかのことを、もっと知りたいって言ってくれて。愚痴なんかも聞いてくれて。色々、褒めてくれて。ちょっとしたことですごく喜んで、ありがとうって言ってくれるんだ」

今までの無口キャラは何だったんだと思うような熱弁である。そして〈彼女〉とまるで直接会話したような口ぶりだが、これがすべて、ゲーム上、チャットでのやりとりのことなのだ。

――こりゃ駄目だ。

ヒロ以外の三人は、そろってため息をついた。これはもう、既に手の施しようもない重症だ。

後から【BJ】さんが言った。

「まあ、別にいいんじゃね？　当人がそれで幸せならさ。タッピーちゃんも姫プレイでモテモテになりたいって感じでもないし、今んとこヒロひと筋じゃん？　もうゲーム内で結婚でもしちゃえばいいんだよ。そんなシステムないし、女の子キャラ同士だけど」

そんな投げやりな、と思っていると、サトシから聞かれた。

「向こうはヒロさんが男だってのは知っているんすよね？」

「そのはずだよ。割と早い時期で、お互いの自己紹介はしたみたい」

「普通しないよね、ネトゲで中の人自己紹介。まあ、ヒロくんだって実は始めてそんなに経ってないわけだし、ネトゲ初心者同士でそこらへんの空気がわかってなかったんだろうけど」

【BJ】さんの言葉に、サトシは訳知り顔でうなずく。

「自分が女のキャラをメインで使ってるくせに、相手のキャラの中の人が見た目通りの性別だと信じちゃうところが、ヒロさんのピュアなとこっすよねえ」

「……おまえ、全然人のこと言えんだろ」

俺の小声でのツッコミは聞こえなかったように、ふいにサトシがはしゃいだ声を上げた。

「でもさでもさ、ひょっとしてさ、ヒロさんの〈ネカノ〉がほんとに性格良くて可愛い女の子って可能性も、少しはあるんじゃないっすか?」

そんなら俺もゲーム内で彼女欲しいなあ、なんてアホ顔で言っている。

「そんな可能性は微粒子レベルでしか存在しませんよ」と【BJ】さんはばっさりだ。

「お母さんじゃないんだから、そーゆー、男にだけ都合良すぎな女の子なんて、現実にいるわけないでしょ? リアルの彼女が欲しいんなら、いつまでもそんな、夢みたいなことばっかり言っててんじゃありませんよ、てなもんです」

最年長の【BJ】さんが言うと妙な説得力があるが、この人こそオカンみたいだな、とも思う。そして存外素直に「そうっすかねー」なんて答えているサトシを見て、こいつもなんだかんだでウチに馴染んできたよなあと思う。鈴木のじいちゃんや、ばあちゃんたちにも懐いているし、意外と順応性が高いのかもしれない。存外、この島の水が肌に合ったのかも。〈若い女性〉という、彼の心を大変に波立たせる存在とすっぱり距離を置いたことで、落ち着いたのかも。ある意味、あの弁護士の措置は正しかったのかも。

などなどと、俺がかもかも考えているうちに、俺ら三人と一匹(チャットは机の上で寝ていただけだが)の小会議は終わった。ぐだぐだの果てに出た結論としては、まあ、ヒロもかつてないほど幸せそうだし、そっとしとこうや。壺とか絵とか、怪しげなノウハウとか売りつけられそうになるまでは、放っておいていいんじゃね、といったところに落ち着いたのであった。

26

俺だって今や、決してヒマではない。

〈ご案内〉によれば、簡易郵便局の局長になるためには、およそ半年ほどかかるとのことだった。だが、小さく〈個別事情により期間は変わります〉と添え書きしてあったとおり、俺の場合、事態は全体に巻き気味で進んでいた。これに関しては、サユリばあちゃんが〈島民の苦境〉を切々と訴えたことが大きい。俺自身、ばあちゃんが、電話でどこぞの担当者に向かい、『――島の人たちが本当に困ってて……何しろ年寄りばかりでしょう？　寝たり起きたりの人たちだっているのに、お金を下ろすのに船に乗らなくてはいけないんですよ？　船代も移動の負担も、本当に大変で……みんな年金を切り詰めてギリギリの生活なんです……私だって、うちの人が亡くなって、お給料も頂けなくなって……病院代だって馬鹿になりませんのに、このままじゃ、いつ飢え死にするか』と、おいおい泣きながら訴えていたのを聞いたことがある。

聞きながら思わずもらい泣きしていた俺だったが、受話器を置いてくるりと振り返ったばあちゃんの眼には、一滴の涙も出ていなかった。それどころか満面の笑みを浮かべ、

『あら、来てたのねー、ばあちゃんが作ったあわゆきかん、食べて行きなー』と言ったので、ずっこけそうになった。

ちなみに現状、島には〈寝たり起きたり〉なお年寄りはいない。皆、元気いっぱいに働いているので、生活費が年金オンリーという人もあまりいないと思われる。魚介は格安だったりタダだったり、野菜や果物もそれぞれの畑の収穫物を融通し合っているので、なかなか飢え死にもしそうにない。つまりばあちゃんの言葉はほとんど口から出まかせだ。

人を陥れたり傷つけたりするわけじゃないなら、嘘も嘘泣きも、どんとこい、だ。サユリばあちゃんだけでなく、島のじいちゃんばあちゃんたちはみんな結構な演技派だし、言い方は悪いが悪知恵も回る。時に法律をも凌駕《りょうが》する、島ルールの中で生きている。亀の甲より年の劫《こう》、これが経験を積み重ねた人間ならではの、世の中の渡り方なのだろう。

ちょっとしたアクシデントに立ちすくみ、一歩も動けなくなってしまう俺からしたら、ただただ眩しいばかりなのだ。

どん詰まりの行く手しか、見えていなかった。将来なんて、真っ暗闇だった。

じいちゃんばあちゃん達の生きてきた、七十年とか八十年なんて途方もない時間。

ニートで自堕落に過ごそうが、日々を誠実に、勤勉に過ごそうが、時間だけは誰にも等しく経過する。

いつの日か俺も、サユリばあちゃん達みたいになれるのだろうか。したたかで、しなやかで、食えなくて、でもとびきり優しくて朗らかな年寄りに。

道のりははるか遠いなあと一人苦笑いしていると、そのサユリばあちゃんがわくわく顔で聞いてきた。

「ねえねえ、ヒロくんの恋のお相手は、どんな方だったの？」

その言葉に、俺はもう一つ苦笑を重ねる。

「あー、それなんですけど、どんな人か全然わからないんですよー。なんとゲームのプレイヤーでした」

相手はあからさまに首を傾げたが、これは俺が悪い。

「あ、いや、えっと……パソコンでゲームとか、できるんですけど、世界中の人とつながることができて、で、チャットっていって、相手と文章でやり取りできるんですけど、当然相手の顔とか歳とかはわからないわけで、でもそれでもその相手のことが好きなんだそうです、ヒロのやつ」

性別さえわからない、とは敢えて言わずにいた。あんまり呆れられてしまったら、ヒロが可哀そうだから。

けれどサユリばあちゃんは少しも呆れた様子を見せず、にこにこと笑った。

「まあー、そうなのー。今の若い人はそうなのねー。私の若い頃もね、文通でやり取りしていた方と恋に落ちて、遠くに嫁いで行ったお友達がいたものよー。子供もたくさん生まれて、とっても幸せにやってるわー」

「え、それって、実際に相手に会う前に好きになっちゃったってことですか？」

「そうよー。今も昔も、そういう人たちはいるってことよねー」

なるほどなあと思う。

ばあちゃんによると、昔は仲人の紹介で、会ってすぐに結婚、なんてこともよくあったらしい。

「それに比べたら、お相手のお人柄をじっくり知る時間があるわけでしょう？　素敵なことじゃないのー」

そうも言われ、またなるほどなあと思った。ヒロにも、【タピオカ】さんに好意を持つに至った積み重ねがあるのだろう。彼女（？）にも、ヒロが恋をするだけの何かがあるのかもしれない。

水を差すような事ばっかり言っちゃって、悪かったかなあ。

そう反省し、ヒロの恋を応援とまではいかずとも、話くらいは聞いてやろうじゃんと思った。それで館に帰ってから、ヒロに【タピオカ】さんの話を振ってみた。最初は拗《す》ねていたヒロだったが、色々なだめているうちに、いきなり煮崩れるみたいにして態度が軟化した。

「あの、刹那さん。タピオカさんに会うには、どうしたらいいと思いますか?」

真剣な顔でそう聞いてくる。一応、会いたいと伝えたそうなのだが(それも驚きだ)、はぐらかされてしまったのだと言う。

「どういう風にお願いしたら、デートしてくれるでしょう?」

重ねて問われ、俺はぐうっとうつむいた。

そんなん、俺にとってはレース編みのやり方を教えてくださいとか、スキージャンプのコツってなんですかとか、聞かれたのと変わりない。まるっきり経験のないことに対して師事を乞われても困る。はっきりそう言ったのに、でも、こんな相談、刹那さんにしかできないんですと、全力で縋《すが》り付いてくる。

困り果てて、俺の知っている唯一の、女にモテそうな男に相談をもちかけた。もちろんゲームのチャットで、相手はあのイケメン【カイン】さんである。彼は二百十番館の客としてしばらく一緒に過ごしているから、チャットの文面も余裕で本人の口調や声で再生可能だ。

〈女の子といきなり一対一で会おうとしても、警戒されるだけだよ。島に招待とかされても怖いだけだろうしね。相手の地元に押しかけていくのも嫌がられるだろうし。やっぱ最初は第三者の目がある店とかで、みんなでオフ会やろうよーって感じで話を持ってくべきじゃない?〉

〈さすがですねー〉

本気で感心してしまう。

〈それと、ヒロくんをもう少し落ち着かせた方がいいだろうね。いきなり付き合ってください、とか重い感じじゃなくってさ、まずはお友達から始めてみるのもいいんじゃない？　それくらいライトな方が、後々の為にも……〉

そう濁す【カイン】さんは、【タピオカ】さんのことを男だと疑っているんだった。

〈……確かにその方が、いざという時にヒロの傷が浅くて済み……ますかね？〉

もはやそんなレベルじゃない重症のような気もする。

〈さあ、どうだろうねー。彼女が男なら、オフ会誘っても絶対に来ないだろうし、そうじゃなくてもリアルで会うのは勘弁って人も多いよね、きっと。何回か誘って断られたら、ヒロくんも諦めるんじゃない？〉

〈それで諦めそうもない感じなのが、ちょっとヤバイっすね〉

〈もしオフ会が実現するようなら俺も行くよー。面白そうだし〉

完全に楽しんでいる。そして相変わらずフットワークが軽い。

〈ぜひお願いします。できればそんとき、他の女性プレイヤーに知り合いがいたら、声をかけてもらえませんか？　現状、男女バランス悪すぎだし〉

〈ああ、それ大事だよね。了解〉

いとも簡単に引き受けてくれる。俺の知り合いのプレイヤーで、女性だと公言しているのは【タピオカ】さんくらいなものなので、正直ありがたかった。

その時、他のプレイヤーから声がかかった。

〈おやー？　お二人で内緒話ですか？〉

【ラクダ】さんがログインしてきたのだ。

彼とはゲーム内のみではあったが、最初期からのかなり気安い関係だったし、ヒロとくれるかもしれないし、オフ会にも参加してくれるかもしれない。

【タピオカ】さんのことも知っていたから、事情を話しておくことにした。何か情報を
そう思ってオフ会にも誘ってみたのだが、あっさり断られてしまった。

〈いやー、そんな甘酸っぱいオフ会、すごく楽しそうだけど、仕事がねー〉

【ラクダ】さんの発言に、横から【カイン】さんが、

〈いやいや、甘酸っぱくなればいいけど、まずしょっぱいだけだと思いますよー。そもそも会自体、成立しないと俺は見た〉

などと、身も蓋もないことを言う。どうせ呼んでもこないよ、性別を偽っているんだから、ということなのだろう。俺は二人に向けて〈ですよねー〉と苦笑モードで書き込み、【ラクダ】さんには〈いやー、すみません〉と軽く謝った。確かに、無関係なプレイヤーにとってみればアホくさ過ぎるオフ会だ。

〈いやいや、こちらこそ。で、刹那さんにはないの、そういう浮いた話〉

いきなり【ラクダ】さんから水を向けられ、がっくりした。

〈そりゃもう、うっきうきですよ。今も茶髪の彼女が隣で寝てますよ〉

〈ああ、茶トラの猫ちゃんねー〉

〈何で知ってんすかー！〉

〈カインさんから聞いたよー。なんだっけ。チャトランだっけ？〉

〈チャットです。ええ、どうせ一ミリも浮いていませんよ。なんなら地面にへばりついていますよ〉

僻《ひが》みっぽく書き込んだら、

〈なんかゴメンね。傷をえぐっちゃったみたいで〉

と謝られてしまった。それはそれで、トホホな感じである。

実際、彼女いない歴イコール年齢のこの俺が、何だって他人の恋路のお手伝いをせにゃならんのだ。理不尽にもほどがあると思いつつ、ヒロにオフ会開催案を告げると、このところ曇りっぱなしだった彼の顔が一気にぱあっと晴れた。

「ありがとうございます、刹那さん。ほんと、ありがとうございます」と延々と礼を言われた。「やっぱ頼りになります、頼りにしてます」などとも言われ、悪い気はしない。

ヒロはゲーム内でこそチャラくて軽いが、リアルではおべっかだとか、心にもないことだとかは口にできないタイプなのだ。

二人で入念に打ち合わせをし、【BJ】さんの意見なども聞いた上で、俺たちは〈プロジェクトT〉をスタートさせたのだった。

27

その翌日、目を真っ赤にしたヒロが部屋に駆け込んできて、ひと言「ダメでした」と絞り出すように言った。

〈プロジェクトT〉のミッションは早くも失敗に終わったということだ（このTは言うまでもなく、【タピオカ】さんのイニシャルである）。

正直、この結果は意外でもなんでもなく、だろうなあとしか思わなかったけれど、わかりやすく憔悴《しょうすい》しきっているヒロに、心無いことは言えない。

「ああ、まあ、しょうがないよ。ネット上で知り合った人と、リアルでは会いたくないって人も多いしさ。俺だって、ここくる前まではそうだったし、ヒロだってそういうタイプだったろ？」

懸命に言葉を選びながら言ったが、ヒロはひたすらぶるぶると首を振っている。そのままひくひくと嗚咽し続けている。困り果てていると、【BJ】さんが「話は聞かせてもらったよ」と部屋に入ってきた。開けっ放しのドアから、色々丸聞こえだったらしい。

続いてサトシまで、のっそり入ってきた。

「おやおやあ？　皆さんお揃いで、何かありましたあ？」

白々しく聞いてくる。薄々気づいていたが、こいつはコイバナとか下世話な話とかが大好きだし、相当に物見高い。近所で事件とか火事とかがあったら、真っ先に見物に行くタイプだ。

「……あ、いや……」俺は返事どころじゃないといった様子のヒロの代わりに、もごもごと言った。「えと、あれだ。オフ会。タピオカさんを誘ったんだけど、断られたって……」

「あー、振られちゃいましたかー。ドンマイ」

【BJ】さんの言葉に、ヒロは「違うっ」と激しく首を振った。

「タピオカさんは……タピオカさんは病気なんだ。入院しなきゃいけなくて……だから行けないのって、すごくがっかりしていたんだ」

「病気？　なんの？」

【BJ】さんの目つきが、やや鋭くなる。

「わからない……教えてくれなくて……でも、たぶん重い病気で……彼女、一人で苦しんでるんだ、今も、きっと」

そう叫ぶなり、ベッドに突っ伏しておうおうと泣く。俺も散々泣き上戸だとからかわれたが、要所要所でのこいつの身も世もない泣き虫っぷりの方がだいぶヤバイぞと思う。それでも島に来たばかりのころの、諦めきったような無表情に比べれば、こちらの方が全然マシなのかもしれないけれど。

それはともかく、ヒロの言葉に俺たちは「あっ」と察するような思いで、互いに目配せし合った。

自称十九歳の女子大生、過剰なくらいに女の子らしくてお嬢様キャラ。そんな子が、相手がのぼせて会いたがった途端に、「実は私、重い病気なんです。だからあなたとは会えません、しくしく」ってか？

あまりにも、あからさまに、嘘っぽい。

おそらく、何でもかんでも信じちゃうヒロが面白くて、しばらく適当に遊んでいたけれど、いい加減ウザくなってきて切りにかかっている……といったところだろうか。この上「実は入院費が足りなくて」とかなんとか続かなかったのが幸い、くらいのものだと思う。

もちろん、当の本人にそんなことは言えない。

「あ、ああ、ちょっとタイミング悪かったけど、病気治ったらきっと会ってくれるよ」

必死に俺が言えば、【BJ】さんも、

「そうそう。元気になったらさ、快気祝いを兼ねてみんなで会えばいいんだよ」と続ける。さらに続くサトシは、

「まあそんなカンジでいんじゃね?」と、かなり雑だ。それでも、フォローしようという気があるだけ、こいつもだいぶ丸くなったなと思う。

ヒロは俺らの言葉にいちいち子供のようにうなずき、鼻をすすりながら自室に戻っていった。それは実に、情けなくも哀れな姿だった。

【タピオカ】さんという人も、つくづく罪なことをしてくれる。彼女(?)は、自分がどれほど残酷なことをしているのか、わかっているのだろうか?

頼むから、もう二度とこんなことはしてくれるなよ……。

祈るように、そう思う。

そしてその祈りは、拍子抜けするほどあっけなく、聞き届けられることとなった。

その日を境に、【タピオカ】さんは一切の行動をストップしたのだ——文字通りの意味で。

翌日から、ヒロはESにログインすると、【大草原】にポツンと生える大樹の元に向かうようになった。そこはよく【タピオカ】さんとの待ち合わせに使っていた場所で、モンスターも出てこないから雑談にももってこいのポイントだった。

木陰に、【タピオカ】さんが佇んでいる。ヒロはまず、チャットで呼びかけるが、返事はない。ヒロはそのまま、持参したアイテム、〈魔法の花の種〉を地面に埋める。すぐに芽が出てくるので、〈魔法のジョウロ〉を使って水をやる。

これは郵便局の局長さんが亡くなった頃、新たに実装された武器の素材となるものだった。この特別な武器は、プレイヤー一人につき、一度しか入手できない。俺は最速で手に入れたし、ヒロだってとうの昔に手に入れている。

だから、ヒロのこの行為にはなんの意味もない。〈魔法の花の種〉なんて、イベントクリア組には単なるゴミアイテムだ。手に入れたって、速攻捨ててしまうような。

それをヒロは大事にアイテムボックスに入れておき、こうして大樹の根元に植えていく。そして毎日、〈魔法のジョウロ〉で水をやる。

やがて大樹の周りには、七色の花弁を持つ魔法の花畑ができた。

その中心に、【タピオカ】さんの〈聖職者〉のアバターが佇んでいる。もうずっと、誰にも操作されることもなく。

ESに限らず他のオンラインゲームでも、しばしばこうした状態のアバターは見かける。大抵は、ちょっと手洗いに立つとか、飲み物や食べ物を取ってくるとか、そうしたわずかな時間の離席によるものだ。コンビニに行ってくる程度で、わざわざログアウトするのは面倒だという人もいる。いずれも大した時間ではない。〈ちょっと抜けるわー〉

〈トイレか？　大きい方か？〉などというやり取りで、皆気軽にパソコンの前から離れる。もちろん、モンスターが出ない安全区域でのことだ。

だが時には、仲間に予告せずに忽然《こつぜん》と消え、長時間戻って来ないプレイヤーもいる。嫁さんが突如号泣、とか、いきなり部屋に入ってきた親が激怒《げきおこ》り、とか、そういう止むにやまれぬ事情が後から判明することも多い。パソコンが突然クラッシュした、なんてことも。

壊れた、ならまだいい。ネトゲ廃人ぶりが家族の怒りを買い、パソコンをぶち壊された、ルーターを引っこ抜かれてモニターにぶん投げられた、なんてハードな話も聞いたことがある。

だから俺たちも、きっと何かそういう事情があるんだよと、ヒロを慰めた。ヒロが内心で恐れているであろうことを、遠回しに否定するつもりで。

そうですよねとヒロは言い、「彼女が戻ってきたら、周りが花だらけできっと驚きますよね」とほほ笑みさえした。

けれどそれからも毎日、ヒロはログインする度に【タピオカ】さんのところに出かけていく。彼女の周りに花を植え、水をやる。そして彼女に魔法をかけるのだ。

回復の魔法を。そして時には、復活の魔法を。何度も、何度も、繰り返し。

それは希望を込めたまじないのようでもあり、最悪の予感を打ち消すための儀式のようでもあった。

このことに関して、俺らは誰もヒロにかけてやれる言葉を見つけられなかった。そろいもそろってポンコツな俺らにできることと言えば、たまに入手した〈魔法の花の種〉を、そっとヒロに渡してやることくらいなのだった。

オンラインゲームという仮想空間の、文字通り薄っぺらな二次元の世界。そこで動き回るたくさんのアバター達は、決して操作するプレイヤーそのものではない。現身《うつしみ》ではありえない、中身の善悪も判然としない、ただかりそめの化身でしかない。

いつかサトシが言っていたように、ただのアニメ絵の人形《ひとがた》であり、偽物の草木であり、すべてが嘘の光景だ。

けれど、それでも……。

背景に溶け込むように動かずにいる、お姫様のような【タピオカ】さんと、彼女に捧げられた七色の花畑は、この上なく美しいのだった……胸が痛くなるほどに。

俺はゲーム内の神様に、そっと祈った。

——どうかタピオカさんの中身が、ゲームに飽きて半端に放り出しただけの、タチの悪いネカマでありますように。

重い病気に苦しむリアルの女の子なんて、この世のどこにもいませんように。

ずっと元気のないヒロのことは気になったが、俺は俺で、郵便局長になるために、やるべきことがあった。

28

研修を終え、次なる関門は銀行代理業の許可申請だの、委託契約の締結だの、件名だけで頭が痛くなるような書類関係との格闘だった。

たぶん、普通ならただ単に、面倒くさいくらいのものだろう。だが、俺はそもそもが、根っこからの駄目ニートなのだ。この手のお堅い書類を見ていると発作的に、うおーっと叫んで破り捨てたくなる。受験の願書だの、就職のエントリーシートだののトラウマが、一気に蘇ってくるのだ。

走っても走っても、一向にゴールは見えてこなくて。己の駄目さ加減を思い知り、誰にも求められない現実を突きつけられ、地の底にめり込むほどに落ち込んで……。

自分が積み上げてきた経歴や経験が、いかにカスみたいなものかを思い知らされて。望みをどんどんささやかなものに下方修正して。これなら分《ぶん》をわきまえていると言えるだろうと思っても、一度は見えたゴールテープは近づいた途端に遠ざかる。どんなに頑張ったつもりでも、それは〈つもり〉でしかなく、他の人たちは俺の何倍も頑張っていて、俺の努力なんてゴミでしかなかったのだと、否応なく思い知らされる……そんな、あの日々。

いろんな事が一時に蘇り、あの頃の気持ちをまざまざと思い出す。痛いような緊張と期待の中で開いたスマホの画面で、不合格だったりお祈りされたりする文面を見せられる度、呼吸が苦しくなり、心臓は石のように重くなり、ひび割れていく。すべてのことが、一気にどうでもよくなってしまう……。

どうせ無理だし。駄目だし。俺だし。

自分以外の他の連中は、みんなうまくやっていて、SNSでお洒落なレストランの料理とか、イケてるスポットでのインスタ映えな画像だとかを、これ見よがしにアップする。

俺だけが、何も持っていない。何か秀でたものも、成功体験も、何ひとつ持っていない。親から捨てられてやってきたこの島でさえ、そうだ。同じ境遇であるはずの他の連中だって、ヒロにはT大卒というブランド、【BJ】さんは医師免許、サトシには鍛え上げた男らしい体がある。やっぱり俺だけが、何ひとつ持っていないのだ。

逃げても逃げても、劣等感に塗れたあの頃は、こうして容易《たやす》く追いついて、「やあ」とばかりに背中を叩く。

書類がシワになる勢いで机に突っ伏し、うめき声をあげる俺の顔の脇で、「にゃあ」と耳たぶを撫でるような声がした。もちろん、チャットだ。

ひび割れた心に、ほんの一滴だけど甘い蜜を垂らされた気がした。

つくづく、猫とは不思議な生き物だと思う。いつもは気ままで、人間のことなんて知らんぷりで、構うとウザそうに逃げて、好き勝手に生きているのに、こうして俺が凹んだり、落ち込んでいる時には傍に来て、何となく慰めるような態度をとるのだ。

「チャット……」とつぶやき、抱き寄せようと顔を上げて、思わずのけぞる。

目の前に、【BJ】さんの面積の広い顔があった。心配そうに、俺の顔を覗き込んでいる。

「どしたん？　顔色、どす黒いよ？　体調でも悪い？」

【BJ】さんもまた、チャットと同じく、人の顔色を読むことに長《た》けているのであった。しかも彼はとても賢い。〈リビング〉の長机に散らばった書類をちらりと見て、あらかた察してくれたようだった。

「ああ、こーゆーのはめんどいよねー。大丈夫だよ。〈ご案内〉にも、書類作成サポートしてくれるって書いてあったでしょ？　遠慮なくサポートしてもらえばいいんだよ。向こうだってさ、田舎のじいちゃんばあちゃん相手に説明するのは慣れっこでしょ。懇切丁寧に説明して、やっと電話を切ったと思ったら、次の日にまた最初から説明する羽目になったりさ。それに比べりゃ、刹那さんなんてダントツで優等生だと思うよ？　ほら、わかんないことをメモにまとめて、どんどん問い合わせちゃいなー」

そう言いながら、自分でも書類を眺めては、「ここはこういうことじゃない？」などとアドバイスしてくれる。チャットはチャットで、しっぽをゆらゆら揺らして、同意を示すように「ニャー」と鳴く。

二人（？）の優しさに、思わず泣きそうになった。

落ち着いて考えれば、たかだか書類作成ごときでパニックに陥りかけていた自分が恥ずかしい。いつまでたっても、俺は同じことを繰り返している。ちっとも成長していない。

入試の願書や就活のエントリーシートが怖いのは、その先に待ち受ける選別のプレッシャーが耐えがたい苦しみだからだ。今も、各種申請書類を苦心の末に提出できたとして、審査をおとなしく待った後、待っているのは二週間の実地研修だ。本物の仕事の現場に放り込まれて、使えねーとか、気が利《き》かねーとか、心を削られるような罵倒の日々が始まってしまう……という確信がある。ネガティブな想像をさせたら、俺はピカイチなのだ。そして忌々《いまいま》しいことに、そうしたロクでもない予測ないし予感は、まずたいてい当たる。言霊《ことだま》の成就みたいなことなのか、それともはなから決まっていた運命みたいなものなのか。どっちにしても、俺なんかにはどうしようもなかったのだと、諦め、目を背け、逃げ続けてきた……今に至るまで、ずっと。

「――一個一個、行きましょう、刹那さん」

ふいに【BJ】さんが、やわらかな、けれど断固たる声で言った。「一個一個です。強力な武器も装備も、日々の素材集めからでしょ。今できることを、一つずつ、確実にクリアしていけばいいんです」

そう言われ、はっとした。

以前にも、似たようなことを言われたのだ。

『そんなに焦って、パニックになるんじゃない、どうせ何もかも足りてないんだから、確実にできることからすればいい』

『一歩一歩、少しずつでも確実に前に進んでいけばいいのよ。立ち止まってちゃ、目的地どころか、近くのコンビニにだってたどり着けないわよ』

立ちすくみ、ぐるぐるしていた俺に、両親がかけてきた言葉だ。様々な局面で、言葉を換え、けれど似たようなことを言われ続けてきた。クソの役にも立たない説教だと思った。うるせえよ、人の気も知らないでとも思った。

二人そろっていい大学を出てて、上り調子の好景気の中で当たり前のように就職して、ばりばり働いてて。そんな連中に、俺の気持ちなんてわかってたまるかよと思っていた。頭の良さとか根気とか社交性とか、彼らが当たり前みたいに備えているものを、ひとかけらも俺に受け継がせてくれなかったと、駄々をこねるように思っていた。

ほんと、俺って駄目だな……。

他の皆が軽快に駆け抜ける道を、俺は地をはいずるようにダラダラ進む。そればかりか、終いにはその場から梃子でも動かず、その辺の草をただ、もぐもぐやっていた。いくら周りから、「あっちに行けば、もっと美味しい草も、水場もあるよ」と言われても、その場にとどまり続けていた。ここにいれば安全なのだと、怖ろしい敵には遭遇しないのだと、愚かにも思っていた。思いたがっていた。

気が付けば周囲は、ただの荒れ地になっていた。僅《わず》かな草は、俺が全部食べてしまった。だから夢の世界に逃げ込んで、そこに生い茂る青々とした草に、満たされたつもりになっていた。

俺は、馬鹿だ。大間抜けだ。

もし景色を少しでも変えたいと願うなら、自分から動かなきゃならなかったのに。そんなことは、わかり切っていたのに。

今、【ＢＪ】さんが俺に向けてくれる言葉なら、真っすぐ素直に受け止めることができる。本当にそうだよなあと、思う。そしてかつて似たような言葉をかけられたとき、なぜ同じように思えなかったのだと、過去の自分に腹が立つ。悔やんでも今更、どうにもならないことだけど。

俺にとって人生は何ひとつ思いどおりにならず、行く手を阻む難問がゴロゴロ転がっている。ぶっちゃけハズレの人生だ。だけど……。

どんな悪路もすいすい行ける、オフロード車にでも乗ってるみたいな連中を羨んでも仕方のないことだ。それを俺は、持っていないのだから。この貧弱な体一つで、一個一個、邪魔な石をどけていくしかない。どんなにへっぴり腰で、みっともなかろうが、一歩一歩進んでいくしかない。

俺は【ＢＪ】さんに大きくうなずき返し、チャットの背をそっと撫で、再び書類に向き合った。

——一歩一歩、少しでも、前へ。

29

思えばその日は、朝から何とはなしに不穏な空気が漂っていた。チャリで坂道を降りていると、道端の背の高い草が一斉に頭を垂れ、無数の葉や茎で俺のむき出しの脛《すね》をひっかいていく。強い風が吹いていた。

俺がこの島に来たばかりの頃、館から続くこの道には、アスファルトのひび割れから夏草が勢いよく噴き出していた。それが、二百十番館の住人四人が日々、チャリで行きつ戻りつするうちに、草はタイヤに引きつぶされて通りやすくなっていた。道とはそこを通る人間あってこそだなと、しみじみ思う。だが、道路脇の雑草までは、さすがにどうにもならない。

風の音がごうっと響く。

もう十月も終わろうというのに、遅れて来た台風が近づいているのだ。

台風の備えには人手がいるということで、俺らは手分けして集落の手伝いに駆り出されていた。畑や果樹園の前倒しの収穫や、飛ばされそうなものの固定や移動、漁船の固定など、やることはいくらでもある。

頼まれて海老名商店に買い出しに行ったら、海老名のばあちゃんにさっそく嚙みつかれた。

「おーやーまー、ずいぶん前に見た、うらなり顔じゃーないのさー。さてまあ、困ったよー、うちみたいなチンケな店にあんたみたいな若い人が気に入る品があるかねー、聞いてるよー、あんたたち、わざわざ母島の方に買い物に行ってるんだってねー？　あーあー、島の人間が増えたからって頑張って仕入れた品がみんな、棚ざらしさねー。あーあー、困ったもんだよー、最近の若いのは、相身互いってものを知らないのかねー」

息つく間もないような早口で、そう畳みかけてくる。

「あ、あの、それはこの店に……」

置いていない品物を買っているんですと言いかけたが、ぴしゃりと遮《さえぎ》られた。

「あんたたちだけならまだしもさー、集落の人間の買い物まで頼まれてるそうじゃないか。まったく商売の邪魔ばっかりしてくれるんじゃないよ。それでなくてもこんな小さな島で店をやるなんてボランティアみたいなもんだってのに、このままじゃ持ち出しの、大赤字さねー、食べ物なんて売れなきゃ全部無駄になるねー、あーあー、お迎えが来る前に、あんたたちのせいで首を吊らないといけなくなるんかねー」

「あ、ごめ……すみません」

思わず謝ってしまう。

この店は、食料品や日用雑貨から、農作業関連の品まで、雑多に何でも売っている。全体に「いくら島価格っつっても、ぼりすぎじゃね？」というくらいに割高だ。集落の皆は、それでも定期船に乗って買いに行くくらいならと、海老名商店で購入している。

食品に関しては、日持ちのする瓶詰や缶詰、袋めんや乾麺、乾物などは割合豊富に置いてある。魚は干物などの加工品のみ（新鮮な魚は安康さんから入手できるので）、肉は冷凍品のみを置いていて、生鮮食品は集落で必要なギリギリの分量しか仕入れていないはずだった。だから俺らがあまり買いに行かずとも、無駄になった食品はほぼないと思われる。

それはわかっているのだが、面と向かって責められると反射的に謝ってしまうのが、俺の気弱なところだ。それをいいことに、海老名のばあちゃんはいつも言いたい放題なのである。

ヒロなんかはこの店のいいカモで、買い物に出すとばあちゃんの言いなりに、ぼったくり価格の余計な品を買わされてくる。サトシは数度訪れただけで、「あのヤベーな商店の因業《いんごう》ババア」と蛇蝎《だかつ》のごとく忌み嫌い、店に寄り付かなくなってしまった。海老名のばあちゃんが【BJ】さんにだけはしおらしいのが、なおさら腹が立つらしい。医者なんてどこへ行っても地位が高いものだが、こんな島ではもう生き神様も同然なのだろう（閉店休業の神様だけど）。

それで商店での買い物は、極力【BJ】さんに行ってもらい、こうして島の人たちのお使いで来るときには、自分の金は持っていない体で通すことにしている。実際、郵便局もない今、子島で現金を持ち歩く必要はほとんどないのだ。ただそのせいで、海老名のばあちゃんからの扱いがいっそう悪くなっているのだが。

島の人たちから預かってきた買い物メモを見せると、ばあちゃんはふんと鼻で笑った。

「まあまあ皆さん、別段お急ぎでもないものをねー」と、小馬鹿にするように言う。おすそ分けの果物や野菜も持ってきたのに（俺ももらった）、あんまりな言い草だ。

品物を出してもらい、支払いを済ませてさっさと行こうとしたら、「ちょっと待ちなー」と呼び止められた。「ちょうどいいから、少し手伝って行きなー。もう今日は最終の船も欠航が決まったし、新しく入ってくる品物はないから、店を閉めようと思ってね。表に積んである商品を、全部中に入れとくれ」

えーっと思ったのが顔に出たのか、

「嫌な顔をするんじゃないよ。手伝ってくれたら、肉あげるから、肉」

そう言われて、「そんなら」と手伝いだしたら、「ほんとに現金な子だねえ」と聞こえよがしに言われた。ドケチの因業ババアには言われたくないセリフだ。

海老名商店で小一時間ほど汗だくになって働き（少し、なんてもんじゃない労働量だった）、集落に買い物を届けてから、ようやく館へ戻った。意外なことに、謝礼の肉は結構な量をもらえてホクホクだった（ばあちゃんは、「冷凍焼け寸前だけど、あんたらなら腹も壊さんでしょう」と憎まれ口っぽく言っていたが）。

館に戻って野郎どもに戦利品を見せると、特に冷凍肉に「おーっ」と喜びの声が上がった。魚が極端に安い（雑魚ならタダ！）この島に於いて、肉は贅沢品だ。

「今日はまだ、ヒロくんがもらってきた魚があるから、これはこのまま冷凍しといて、近いうちにブタはトンカツに、鶏もも肉は唐揚げにしましょう」と【ＢＪ】さんが即座にメニューを決め、皆がいいねえとうなずく。すっかりお母さんポジションだ。

二百十番館の台風の備えは、先に帰った皆がやってくれていた。ちゃんと雨水タンクの水を風呂に移してくれていて、ヒロがいつぞやのことを覚えていてくれたのだと嬉しくなる。自転車を始め、外回りの飛びそうなものもきちんと屋内に移動してあって、こういう時、人手があるってありがたいなと思う。

「みんなー、ありがとなー。完璧じゃん」と皆をねぎらって、あと他にやっておくことは……と考え、そうだ、〈ラーメン転送システム〉からカゴを外しておかないとと気づく。強風でぶん回されたら、カゴが外れて飛んでいくか、滑車が壊れるかしてしまいそうだ。

外に出ると、まだ雨は降っていないが、風がますます強くなっている。転送システムの支柱代わりに使っている木が、大きくしなっていた。

転送システムのワイヤーは、ちょうど〈へその緒《お》〉に沿うように張られている。もちろん今は海の上の道は影も形もない。遠浅の海で、高くなった波があちこちで荒々しくぶつかり、弾けて、消えていた。

海面からカゴの方に視線をやり、ふと、途中で妙な物を見た気がした。くすんだ灰色の岩や、風雨にさらされた流木や、打ち上げられた海藻などの中で、場違いなまでに鮮やかな、赤。

俺はメガネのポジションを調整し、まじまじとそちらを見やる。

全体に丸みを帯びたフォルム。風にたなびく赤い布。そして同じく風に翻弄される、髪の毛。漆黒の、長い髪……。

それは、この島に来てから、未だ観測したことのない存在だった。この島に生息していないはずの生き物。

――真っ赤なワンピースを着た若い女性が、うずくまるようにして、海辺の岩の上にいる。

30

とっさに「え、死体?」と思い、「いやまさか、マネキンかなんかだろ」と考え、そして眼下の物体がもぞりと動いてようやく「生きた本物の女の人だ」と脳が把握した。

いやそれは最初から明らかだったわけだが、いつかのイノシシ騒動のときもそうだったけれど、あり得ない場所であり得ない存在に出くわすと、頭の中が見事に真っ白になり、体もろとも思考もフリーズしてしまうのが、俺の俺たる所以である。

無言でまじまじとかの一点を凝視し、赤い服を着た女性が普通の状態ではないことに気付いた。そして、どうやらろくに動けずにいることも。

ようやく脳みそが解凍され、脳内にはシミュレーションゲームの選択肢のごとく、いくつかの案が浮かんだ。
一　今いる高台から、声をかける。
二　下まで降りて行って、様子を見る。
三　何も見なかったことにする。
さすがに三番目の選択は鬼畜《きちく》過ぎると却下し、おれは四番目の案をひねり出し実行した。

即、二百十番館に取って返し、玄関から声を限りに叫んだのである。

「大変だーっ、若い女の人が倒れてる！」

秘技《ひぎ》、〈責任の所在を皆に分散〉作戦だ。

〈リビング〉で茶を飲んでいたヒロと【ＢＪ】さんはもちろん、自室にいたらしいサトシまでが、ドタバタと駆け出してきた。確かに、二百十番館始まって以来最もインパクトのあるニュースには違いない。

　女性のいた場所に降りるには、坂道を下って大きく迂回《うかい》する必要があった。ここは最初に降りた時には大小の岩がゴロゴロしていて、その隙間に流木だの漂着物だのが引っかかっているような、道とも呼べないような代物だった。今では俺らがしょっちゅう母島に渡るため、少しは歩き易いように整備している。それでもやはり、足元に油断のできない歩きにくい道だ。そこを、俺たち四人はどやどやと降りていく。

　岩陰から、水に広がる藻のような黒髪と、赤い服地の一部が見えた。いち早く駆け寄って、「大丈夫ですか？」と声をかけたのは、なんとサトシだった。おまえ、女が嫌いじゃなかったのかよと内心で突っ込みつつ、残る俺らもその場に追いつく。

　岩に縋《すが》りつくようにうずくまっていた女性は、怯えたような白い顔を上げた。雨はまだ降り始めていないのに、黒髪が濡れたように額や首筋に細い束になって貼りついている。ひどい汗をかいていた。

　女性を助け起こそうとしたサトシが、いきなり硬直《こうちょく》した。そして背後から、【BJ】さんの呻《うめ》くような声が聞こえた。そして彼は、今まで聞いたこともないような厳しい口調で言った。

「破水しましたか？」

全体にほっそりした印象の女性だったが、その腹部ははちきれそうに膨らんでいた。そのことは、上から見下ろした時に何となく気づいていた。だが、敢えて先に言わなかった。今、サトシは鼻白んでいるし、【ＢＪ】さんは明らかにいら立っている。この二人のこうした様子を、俺は半ば予期していたのだ（ちなみにヒロは少し離れたところで、茫然と棒立ちだ……そうだろうなと思った通りに）。

女性は声を出そうとして咳き込み、それから小さく首を振った。

「予定日まではまだ二週間以上あるの。石に足を取られて転んで……足を捻《ひね》っちゃって……あと、お腹も……」

そこまで言って、女性は痛みのせいか大きく顔を歪《ゆが》めた。うずくまっていた場所から想像はついていたが、彼女は〈へその緒〉を通って母島から子島に渡ってきたのだ。台風が今にも来そうな中、足元の悪い道を、大きなお腹を抱えて。

何か事情があるのかもしれないが、とんでもない向こう見ずな行動だ。母島に戻ろうにも、〈アンビリカルケーブル〉は、とうに切れてしまっている。満汐《みちしお》に転じて、島間を繋ぐ細い道をすっかり覆いつくした海面は、暴れまくる高い波でそこかしこが白く泡立っている。彼女を連れて無理やり渡るには、あまりにも危険だった。

「早く定期便に乗せないと」【ＢＪ】さんが早口に言った。「まだ最終便に間に合うよね？」

「あ、いや……」どこか申し訳なさそうな様子で、ヒロが首を振った。「今日の船はもう欠航だって。安康さんの漁船も、とっくに引き上げて固定済みだし、港の方の波は少し前の時点でだいぶ高かったし、危なくってもう出せないよ……」

「いっそラーメン転送システムで……」

そう言いかけて、さすがに無理だと思ったのか【BJ】さんは天を仰ぐようなジェスチャーをした。

「とにかくここもじきに潮が上がってくるし、早く上に運ばないと」

「田井さんに電話して、診療所から担架《たんか》を持ってきてもらおうか」

俺の提案に、【BJ】さんは首を振る。

「この岩場じゃ、担架も却って危険でしょ。おんぶもお腹に悪いしな……サトシ君、この人をお姫様抱っこ、できるかな？　あ、もちろんみんなで補助するから」

「補助なんかいらねーよ」

見くびられたとでも思ったのか、サトシは語気も荒く言い放ち、いきなり女の人を軽々と抱き上げた。なるほど、いつも熱心に鍛え上げている筋肉は、見掛け倒しじゃないというわけだ。

「けど、どこに連れてく？」

まさかニートの館に連れていけるはずもない。一応掃除はしているつもりだが、素人仕事のネット配線や延長コードがそこらじゅうをのたうっているわ、茶トラの猫が我が物顔に毛をまき散らしているわで、とてもじゃないが女性を、それも妊婦さんを招き入れられる環境ではないのだ。

「診療所しかないでしょ」

【BJ】さんの口調は、常とは打って変わって素っ気なく刺々しい。

だがその診療所は名ばかりで、最低限の医療器具と、緊急時、ネットを通じて遠隔地にいる医師の診断を受けられる設備があるばかりだ。今回の場合、それが役に立つとも思えない……【BJ】さんがすっぱり腹をくくって、自ら動かない限りは。

けれど【BJ】さんの事情を知っている俺らには、それをしろなんてむごいことは到底言えない。サトシが今、抱き抱えているのは、【BJ】さんが必死に忘れようとしているトラウマそのものだ。

一人その事情を知らないサトシは、筋肉にものを言わせてずんずん歩いていき、残る三人が慌てて追いかけ、万一に備えて両側を固める。抱えられた当の本人は、怯えるような、ほっとしたような複雑な表情で、それもすぐに苦痛にゆがむ。途中、不安定な足元に一度だけ、サトシの体がぐらりと揺れた。あっと手を出して支えた女の人の体は、生々しく温かでどきりとする。口をわざとのようにへの字に引き結んでいるサトシは、今、何を思っているのだろうか。

斜面を上がっていった先には、田井さんの軽トラが停まっていた。ヒロがスマホで先に連絡しておいたのだ。とはいえ田井さんも口をあんぐり開けていて、反応は俺らと大差ない。この島の人たちはもうニートの野郎どもには慣れっこだが、若い女性なんて確かにレア中のレア、ウルトラレアキャラもいいとこだ。

女性をそっと助手席に乗せ、田井さんの「お前らも一緒に来てくれー」との声に、俺らもぞろぞろと荷台に乗った。【BJ】さんはいかにも渋々といった体で、最後にのっそりと乗り込む。荷台がみしりと揺れた。

田井さんは「非常時の手は多いほどいいんだよー」と言ったが、【BJ】さんと女性運搬係のサトシはともかく、俺とヒロは何のために同行するんだと言う感じだ。もしかして田井さんもこの事態に戸惑い、途方に暮れているのかもしれない……俺と同じように。

いつもよりさらにノロノロの安全運転で集落にさしかかると、既に話を聞いているらしい島民たちがわらわらと集まってきた。停車するのを待ちかねたように、一人が進み出て助手席を覗き込む。元からいた島民では最年少の白須さんだった（と言っても五十代後半だけど）。

彼は女の人を見るなり、あちゃーというように手で顔を覆った。

「やっぱり若奥さんだったよー」

どうやら女性の身元が判明したらしい。

後から聞いたところによると、彼女は笠後《かさご》愛生《あき》さんという名で、白須さんが勤めているホテルオーナーの息子のお嫁さんだった。臨月だというのに盛大な夫婦喧嘩をやらかして、実家に帰ろうと港に向かったものの、そこには島の名士一族であるダンナの手が回っていて船に乗せてもらえない。それで以前聞いた〈へその緒〉のことを思い出し、循環バスに飛び乗った、という流れらしい。たまたま〈へその緒〉がギリギリ渡れる状態だったのは、引きが強いと言うべきか、運が悪いと言うべきか……。

狭い島の中じゃ逃げられっこないと安心していた若旦那も、あまりに身重の妻が帰ってこないのと、台風が接近してしまったので心配になり、島内を車でぐるぐる回ってみたが見つからない。愛生さんのスマホは自宅に置きっぱなしだった。それで父親に泣きついて、従業員に一斉メールで妻の捜索を依頼することになった。そのメールはもちろん、非番だった白須さんにも届いていた、というわけだ。

俺たちが軽トラの荷台から降りようとしたまさにその時、ぽたりと大粒の雨が降ってきた。見上げた空には、水分をたっぷり含んだ雲が、分厚く重苦しく垂れこめている。

31

診療所のベッドに愛生さんを寝かせてしまうと、俺らにはもうなすすべがない。第一発見者という責任だけでついてきてしまったものの、この場では役に立たないどころか邪魔なだけだ。

傍らで焦った様子の白須さんが診療所の電話でどこかへ連絡しかけたが、愛生さんが「ダメー、ダンナに連絡しちゃダメー」と金切り声を上げ、その場の男全員がびくりとした。何かよほどの事情があるのかもしれないが、なまじきれいな人なだけに、その必死の形相が怖かった。

「いやー、大丈夫だよー、若奥さんの主治医に連絡を取るだけだからー」

白須さんは機嫌を取るような口調で言い、母島病院の救急の番号へかけた。それ自体はすぐに繋がったものの、産科の主治医は休暇中で、当直の医師は内科医だという。目下、母島で臨月を迎えているのは愛生さんだけで、それも予定日まではまだ余裕があるし、直前の診察でも問題なしということで、今のうちにと遅すぎる夏休みを取得したらしい。

担当医をウェブカメラの前に引っ張り出すまでには、まだだいぶかかりそうだった。所在無い俺らがぼそぼそと、「もうこれで帰ろうか……」などと、誰にともなくつぶやいていると、【BJ】さんがはっきりと、「俺も帰りたい……」と言った。返事をしかねていると、いきなり診療所のドアが勢いよく開いた。

「子供が産まれそうだって?」

飛び込んできたのは、海老名商店のばあちゃんだった。慣れた仕草で両手を消毒すると、「どれ、診てやろうかね。まずは母子手帳を出して」と愛生さんに近づいた。

「え？　診るって何を？」

俺が声を上げると、海老名のばあちゃんは、置物がいきなり口をきいたとでもいうような、うろん気な目つきを寄こした。

「馬鹿言ってるねー、あたしゃ元産婆だよ？　母島で若いころからやってて、この島に嫁いできてからだって、何人も赤ん坊を取り上げたもんさ」

「おお」

皆の声が重なった。傍らに立つ【ＢＪ】さんの輪郭が、ふいに柔らかくなった気がした。思わず俺も、ほっと息をつく、

「ほら、むさっくるしい男どもは離れた離れた」

じゃけんな仕草でしっしっとやってから、ばあちゃんはベッド脇のカーテンをシャーッと閉めた。

「まあー、汗びっしょりねー。初産だよね？　今までの経過は順調そのもの……で、どこらへんが痛むの？　いつから？　どんな感じで？　ありゃー、お腹を打ったのかい。それはまずいねー」

荒っぽい問診の合間に、切れ切れの細い声が聞こえる。かなり痛みがひどいらしく、

うめき声を上げている時間の方が長い。

「ほら、きれいなタオル。近所で借りて来な！」

カーテンの中から、明らかに俺らに向けての命令が飛び、俺は慌ててサユリばあちゃんの家に駆けこんだ。用件を告げると、ばあちゃんは半ばわくわくしたような面持ちで、

「聞いたわよー、赤ちゃんが産まれるのね？　きれいなタオル？　はいはい、あるわよー、使ってない新品が。保険に入ってくれた人用の粗品が、いっぱい余ってるのよー。他に何をすればいい？　もう産湯を沸かした方がいいかしらね？　言ってくれれば何でもするよー」とやたらと興奮している。確かに長いこと、赤ん坊どころか子供の影さえなかったこの島では、とてつもない大事件には違いない。

取りあえず、まだ産湯の段階じゃなさそうだと伝え、ビニールで個包装されたタオルをいくつか握りしめて診療所に戻った。

それだけのわずかな時間で、室内の空気は悪い方に一変していた。愛生さんの、痛みに苦しむ声がより大きくなっている。そして海老名のばあちゃんが手を洗いつつ、状況を説明していた。

「困ったねー、これは陣痛じゃないよ。出血もしているけど、生まれる様子はないの。痛み方もおかしい。昔、こんな状態だった妊婦さんを何人か見たけど、全員、助けられなかったよ……お母さんも、赤ちゃんも」

赤い服のせいで気づかなかったが、どうやら俺らが発見した時から既に出血は始まっていたらしい。

ばあちゃんの縋るような視線の先には、真っ青になった【BJ】さんがいた。

海老名のばあちゃんだって、あの歓迎会の場にいたのだから、【BJ】さんの事情は知っている。だが、この場を何とか出来るのは、【BJ】さんしかいないのは事実だ。

「先生、若奥さんを診てやってもらえませんか?」

そう言ったのは、白須さんだった。彼にしてみれば見知った若い女性だし、心配もひとしおなのだろう。

全員の視線を一身に受けて、【BJ】さんは低い唸り声を上げた。それから黙って手を洗い、消毒をする。そして一言も発しないまま、カーテンの向こうに消えた。海老名のばあちゃんも後に続く。ぼそぼそとした問診の声に、それに辛うじて答える苦し気な声。いたたまれないような思いで、役立たずの俺たちはただ待った。

ほどなくしてカーテンが開き、硬い表情の【BJ】さんが出てきた。

「常位胎盤早期剝離《じょういたいばんそうきはくり》、だと思う」

「何、それ? ヤバイの?」

俺の問いに、【BJ】さんは口元を歪めた。「相当に、ヤバイ。転んだときに岩でお腹を強く打ったらしいから、たぶん、そのせい。胎盤がはがれかかってる可能性が高いんだ。出血もそこからでしょ。これ以上剝離が進んだら、大量出血して、母子ともに危険な状態になる。こうなっちゃうともう、緊急帝王切開するしか手はないんだ。船が出せないってんなら、一刻も早く、ドクターヘリを呼ばないと」

「それが……」と白須さんが顔を曇らせた。「病院の方に確認してもらったんだけど、近隣のヘリは出動済みで、しかもこれから風が強くなる一方だから、かなり難しいって……」

それを聞き、【BJ】さんの顔が白須さん以上に曇る。

その時、診療所の電話が鳴った。白須さんが受話器を持ち上げた途端、かけてきた相手が何やらがなり立てているのがわかった。相当に大声で話しているのだろう。

「はい、はい、若奥さんはこちらの診療所におられます……そちらにお運びする方法がなくて……船もヘリも、仮に出せても事故の危険性が高いですし、そもそも台風で……こちらにいらっしゃる産婦人科のお医者様がおっしゃるには、すぐに手術をしないと危ないということで……え？　あ、いや、無理ですよ……この島にはそんな設備はありませんし……あ、ええ……少しお待ちください」

そう言い置いて白須さんは【BJ】さんを振り返り、おずおずと受話器を差し出した。【BJ】さんが受け取ろうとしないので、仕方なく電話をスピーカー通話に切り替える。

その途端、室内に響き渡ったのは、愛生さんの旦那さんの声であるらしかった。

「先生ーっ、あなたお医者なんですよね？　産婦人科医なんですよね？　だったら嫁を……愛生を助けてくださいっ。お願いしますっ、最悪、子供は諦めます。だから、愛生を、愛生を、助けてください」

その叫びは悲痛だったが、反応したのはカーテンの向こうの愛生さんだった。

「何言ってんのよー、馬鹿じゃないの？　赤ちゃんが第一に決まってるでしょーが」

「愛生ーっ、そこにいるのか？　大丈夫なのか？　先生ーっ、何とか、お願いします。嫁を助けてくださいーっ」

「馬鹿馬鹿、あー痛い、痛い、痛い、痛いよーっ！」

部屋の中は、まさにカオスだった。

「だから無理だって言ってるでしょー」いつも穏やかな【ＢＪ】さんが、別人のように声を荒らげる。「何にもないんですからっ！　麻酔キットも、カイザーキットも、器具も何ひとつ揃っていないんですよ？　アシスタントをしてくれる看護師だっていない。設備だってお粗末。大出血しても輸血さえできない。こんな有様で、どうしろって言うんですか。刺身包丁でお腹を切って、裁縫用の針と糸で縫いますか？　確実に奥さんとお子さんは亡くなりますよっ！」

その言葉に、室内はしんと静まり返る。

一番傷ついたのは、それを発した当人だったらしく、【ＢＪ】さんはそのまま大きな両の手で顔を覆ってしまった。

皆が言葉を失い、風と雨の音ばかりが聞こえてくる中、俺は恐る恐る切り出した。

「その、なんちゃらキットがあれば、いけるんですね？」

その場の全員が俺に注目し、内心大いにうろたえたが、思い切って続けた。

「必要なものは全部、母島病院にありますよね？　なら、俺らが運びます」

「……どうやって？」

そう尋ねたのは、白須さんだった。だが、二百十番館の面々は、すぐに気づいたはずだ。何より、表情が一変した【ＢＪ】さんの顔が、それを物語っていた。

自分を守るための攻撃的な怒りから、逃れようのない恐れへ。

【ＢＪ】さんの気持ちは痛いほど伝わってくる。彼には心底申し訳ないと思う。だが、言わないわけにはいかない。

俺は【ＢＪ】さんから目をそらしつつ、静かに告げた。

「……〈ラーメン転送システム〉を使って、俺らが必要な器具を運んできます」

32

俺はヒロやサトシと共に、使い捨てのレインコートを着て台風の中に飛び出した。明らかに百均で売っているようなレインコートは、海老名のばあちゃんが店の商品を二百円で売ってくれた。

既に日が暮れていた。田井さんが運転するトラックの荷台の上で（助手席にはサトシがさっさと乗り込みやがった）、ヒロが少しためらってから、話しかけてきた。

「……あの、ＢＪさんが可哀想じゃないですか？」

ワンテンポ遅れて、俺はうなずく。

「うん、可哀想だな。俺はＢＪさんに、ひどいことをしてる。あの人のトラウマスイッチを連打したみたいなもんだよ。多分、俺はすごく恨まれてるだろうな」

「なら、なんで……」

ヒロの声は、風の音にかき消されそうに細い。だが、聞こえなかったふりもできなかった。

「……だってさ、あの女の人と赤ちゃんを助けられるのは、ＢＪさんだけだろ？　そんでさ、ＢＪさんのおかげで無事に産まれましたってことになったらさ、きっとＢＪさんは立ち直れるよ。あの人はさ、俺らとは……いや、俺とは違うんだよ。ちゃんと仕事をしてきて、人を救って、人から感謝されて……そんな人が、こんなとこで腐ってていいわけないじゃん？　立ち直れたら、ここから出て行っちゃうだろうけど、それは寂しいし色々痛いけど、でも、それでも、ＢＪさんの為にはそれが一番いいんだよ、絶対」

【ＢＪ】さんは温和でいい人で、気が合って、すごく頼りになって……ゲームの世界で、顔も合わせていない頃から彼のことは好きだった。だからこそ、俺は【BJ】さんの背中を押さなきゃならない。

「……でももし、BJさんが無理して頑張っても、あの女の人も、赤ちゃんも死んでしまったら？」

泣きそうな顔で、ヒロが言う。そう、ヒロはやっぱり頭がいい。一番ヤバイ点を、的確に突いてくる。

「そうだな、それこそ最悪だ。BJさんが何もかも捨ててまで逃れたがっていたトラウマの上塗りだ……わかってるよ、俺がひどいことをやらせようとしているってことは……だけど、だけどさ、ヒロだってわかるだろう？　ほんとにほんとの最悪はさ、BJさんにとって一番辛い状況はやっぱ、BJさんがなんにもしないまま、むざむざ目の前でお母さんと赤ちゃんが死んじゃうことなんだよ。いつだったか、BJさんが言ってたろ？　一番やっちゃいけないのは、何もしないことだって。ほんと、その通りなんだよ。絶対、一生、引きずって、後悔するに決まってんだよ。ヒロ、お前はそんなBJさんを見ていたいか？　俺はやだよ……だからさ、たとえあの人に嫌われちゃっても、憎まれても……」ここで涙がぶわっとこみ上げる。雨のおかげで、ヒロには気づかれていないと思いたい。「……そうしなきゃならないんだ。俺があぁ言わなきゃ、いけなかったんだ」

ヒロは何も言わず、ただ子供のようにこっくりとうなずいた。

懐中電灯の頼りない灯りの中に、闇へと延びていく細いワイヤーがあった。

危惧《きぐ》していた通り、〈ラーメン転送システム〉のカゴは、強風にあおられてぐるぐる回転し、ワイヤーと滑車に取り付けたロープとが、ねじれて絡まってしまっていた。しかもカゴがあるのは、どうやっても手が届かない位置である。こちら側の木の幹に結んでいた方のロープが、緩んでほどけてしまったらしい。ワイヤーに巻き取られたロープは、カゴの手前で団子状になっていた。

「あれー。壊れた？　直せそう？」

軽トラの助手席から降りてきたサトシが言った。完全に他人事である。

カゴがあるのは崖の縁から三メートルほど先だった。懐中電灯を手に、恐る恐る際まで行って眼下を照らすと、高さは二階建ての屋根くらい。しかも眼下にあるのはごつごつした岩場だ。落ちたら良くて骨折、最悪は……大怪我で済めば幸い、といったところか。

「もうじき、対岸に救急車が来るよー」

母島病院と連絡を取っていた田井さんが、運転席から叫んだ。俺はヒロと顔を見合わせた。事態は一刻を争う。ぼんやりしている時間はない。

「あっれー？　もしかして二人とも、高いところが怖い系？　なら俺が行っちゃおうっかなー」

非常にむかつく口調でサトシに煽られ、はいはいじゃあお願いしますよと言いかけたが、ヒロが珍しく大声を上げた。

「ダメ。体重オーバー。ワイヤーはともかく、枝の方が持たないよ」

そうだった。サトシはムキムキに鍛えている分、体重は八十キロを超えている。ワイヤー自体が切れずとも、留め具や支柱代わりの木の枝が持たない可能性は高い。

「やっぱり僕が行くしかないよね」

青白い顔で、ヒロが言う。確かに重さ制限の数字上は、一番安全なのは小柄で瘦せたヒロだろう。だが、俺は知っている。ヒロはおそらく高所恐怖症だ。二百十番館の屋上の手すりには絶対近寄らないし、そもそも二人で〈転送システム〉を取り付けようとした時にも、あまりにも震えるものだから、見かねて俺が木に登ったのだ。

「――俺が行くよ。ヒロが計算した〈上限五十キロ〉は、安全の為の余裕込みだったろ？　俺でもギリ、大丈夫だって」

十キロほどのオーバーが大丈夫かどうかは、実のところ確信はない。何しろ今までラーメンの重量しか支えたことのないワイヤーと滑車だし。

そして本当のことを言えば、俺だって怖い。高いところがって訳じゃなく、失敗して落ちるのが怖いのだ。肝心な時に、ヘマばかりしてきた俺なのだから。チャレンジしては落ちるって経験を、飽きるほど積み上げてきた俺なのだから。

「ほんとに、シャレにならねーな」

口の中だけで、そっとつぶやく。

そもそもさ、このシステムで人間を運ぶのは危険だって話から始まったのに、今、俺がそのワイヤーに命を預ける形になるとか、ほんと、本末転倒にもほどがあるだろ……。

ぐちぐちぶつぶつと、小声で愚痴を垂れ流す。

だけどここは、俺が行くしかない。【BJ】さんが心底逃げたがっているものに、無理やり直面させようとしているのは俺なんだから。

意を決して支柱の木に登ろうとしたとき、田井さんが「ほら、これでしっかり命綱《いのちづな》を付けとけー」とロープを投げてよこした。今度は別な誰かと通話中みたいで、「わかってるよー、今、やってるとこだからー」などと繰り返しているところを見ると、愛生さんの旦那さんなのかもしれない。何度通話を打ち切ってもすぐにかかってくるようで、温厚な田井さんもさすがに少し苛立った様子だった。

ヒロはまだ何か言いたそうだったが、一つ首を振るとロープを受け取って先端を輪にし、風が吹く中、見事一発でワイヤーに引っ掛けた。安康さんの漁船で鍛えられたヒロは、ロープや網の扱いには慣れているのだ。

滑りそうなレインコートは脱ぎ捨て、腰の位置でしっかり命綱を結んでもらうと、俺はそろそろと木に登って行った。手には田井さんの運転席から借りた軍手をはめている。その手でえいやとワイヤーに体重を移すと、枝が大きくしなってワイヤーがぐっと沈んだ。

雨粒はもう、むき出しの手足を痛いくらいに叩いている。風が、海を鳴らし、ワイヤーや木々の枝を弦にして、恐ろし気な音をかき鳴らす。波しぶきはどうかすると、この高さにまで到達してしまいそうだ。

頭を母島に向け、足もワイヤーに絡めて進んでいったが、やはりレスキュー隊員みたいなわけにはいかない。たかだか数メートルが、果てしなく遠かった。体重を支えている脚にワイヤーが食い込んで、既にもう痛い。ロング丈のジーパンを穿いてくるべきだったと後悔するが、もう今更だ。イモムシよりも遅いスピードで、ようやくカゴの手前まで到達したが、さてこの先どうしたものかと当惑する。この装置は滑車に取り付けたロープを向こうとこっちで引っ張るシンプルな造りだ。幸い向こうがわのロープはほどけていないが、カゴの回転のせいでワイヤーと共に縄状に捻じれてしまっている。解消するには根気よくカゴを逆回転させるしかない。だが、今の体勢ではなかなか難しそうだった。

しばしのフリーズの末、うんせうんせと体を動かし、ワイヤーが腹の下にある状態にまでもってくる。現状、干された布団みたいな有様だ。ガキの頃、鉄棒だけはまあまあ得意だった……今はあの頃のように前転後転ができるものか、相当に覚束《おぼつか》ないけれど。

とにかく、腹に食い込むワイヤーに「ぐえー」となりながら、片手でカゴを回転させたり絡まったロープをほぐしたりして、少しずつ元の状態に戻していった。思えば小学生の頃は、鉄棒の上に腰掛けるなんてマネもしていたものだ。あの体勢ならもう少しは楽にことを運べたかもしれないが、体重は倍近く増えている上に、筋肉は少な目、しかも鉄棒とは程遠い不安定なワイヤーが支えだ。強い風で俺自身の体も大きく揺れる中、吐き気を堪えながら遅々として進まない作業を続けた。遠目には、ダラダフ益体《やくたい》もなく遊ぶナマケモノ、といったところだろうか。

これがゲームのイベントだったら、俺は苦も無くパソコンのキーを操作して、あっという間にクリアして見せるのに。現実は、こんなにもかっこ悪くてままならない。あまりにもたついている俺に、見ている奴らはさぞかしイライラしていることだろう。ああもう、しんどいばっかりだ。腕が疲れたし、頭に血が上ったし、あちこち痛い。ワイヤーは切腹ばりに腹に食い込んでくるし、足も多分、どっか切ってる。何で今、こんな拷問《ごうもん》みたいなことやらされているんだっけ……？

遠くから、サイレンの音が聞こえてきた。対岸に救急車が着いたのだ。急かされる思いで、俺は懸命にカゴを回転させ、絡まったロープをほどいていく。

「ガンバレーッ」

ふいに野太い声が飛んだ。

「ガンバレー、もう少しだー、落ちるなー」

……サトシさあ。おまえ、そういうとこだぞ。俺がそういう体育会系的な応援を喜ぶタイプかどうか、そろそろ気づいてて欲しかったぞ。ヒロまでがつられた様に、「刹那さん、ガンバレー」なんて応援を重ねてくる。そこで空気読んじゃうのがヒロだよな……。でも止めろよな、おまえら。いたたまれないんだよ、そういうの……。

身を縮める思いでいたら、さらに追い打ちがかかった。母島の方から、マイクを通した大声が響き渡ったのだ。

「ガンバレー、局長さーん。こちらからも応援していますー」

どうやら田井さんが、対岸の救急隊員に現状を伝え、声援を要請したらしい。あっちは完全に体育会系らしく、全力で熱い応援の声を届けてくれる。しかもこちらの軽トラと、対岸の救急車とで、示し合わせたようにヘッドライトで俺のことを煌々《こうこう》と照らし出した。ヒロが照らしてくれてる懐中電灯の灯りだけで、全然大丈夫だったというのに。

両手が自由であったなら、羞恥《しゅうち》のあまり顔を覆っているところだった。

ライトアップされ、皆の熱い声援を受けるのは、ワイヤーに無様に引っかかった、小汚い島ニート一人。

ヤメテ……お願いだから……。俺まだ、局長じゃないんです。ただのニートなんです。できれば暗がりに、ひっそりのんびり生きていたいんです。ガンバレって言葉は、むしろ呪いに聞こえるゲーオタなんです。応援されて注目されるのは、かえって萎縮《いしゅく》しちゃって逆効果になるんです……。

蜘蛛《くも》の巣にかかった芋虫のごとく身もだえしながら、俺はひたすら、地味で痛くてしんどい作業をもたもたと続行したのであった。

33

「――なんちゃらキット、間違いなく持ってきたぞ」

俺は強めの口調で、しかし目を合わせずに、【BJ】さんに荷物を差し出した。苦労の末、何とか再稼働させた〈ラーメン転送システム〉を、何往復もさせて手に入れた医療用具の山である。

【BJ】さんは大きくため息をついてから、「ふん」と鼻を鳴らした。

「結局こーなんのはわかってたんだよ、バカ共が」

その言葉にはっとする。

「ルーキーズ！　新庄のセリフですね」

【BJ】さん文庫にあった名作コミックのセリフに思わず顔を上げると、苦笑いみたいな【BJ】さんの顔がそこにあった。

ほんとどうしてなんだろうな、と思う。俺も、そしておそらくは【BJ】さんも、スポーツとはとんと無縁で、暴力や非行なんてものとはてんで縁がない人生だったのに。なのに、不良少年たちが一生懸命甲子園を目指す、みたいな物語に、心が震え、胸が熱くなったりするのは、どうしてなんだろう？　そこに登場するセリフを聞いた途端、いきなり共感が芽生えて、軋《きし》んでいた空気が嘘みたいに溶けてしまったりするこの現象は、一体何なんだろうな……。

漫画もアニメもゲームでも。結局一番楽しい瞬間ってのは、最高の作品に出合えた後で、誰かと「すげえな」とか「面白かったな」とか、素直な感想を共有できた時なんじゃないだろうか。だから今期一押しのアニメを見た後で、わざわざまとめサイトを巡って皆の感想に目を通したりするんだろう。

ああそうか、といきなり腑《ふ》に落ちた。

だから俺はオンラインゲームが好きなんだろう。「面白い」「楽しい」「スカッとする」「感動する」まさにその時間を、リアルタイムで仲間と共に味わえ、共有できるのだから。現実では負け続けの俺が、仲間たちと共に力を合わせ、強大な敵を打ち倒せるのだから。

俺が場違いな感慨に耽《ふけ》る中、【BJ】さんは静かに箱の中身を医療用ワゴンに移し、カーテンの向こうに運んで行った。海老名のばあちゃんも、神妙な面持ちで付き従い、【BJ】さんの指示を受けている。

これでもう、俺にできることは本当に何もなくなってしまった。おかしな高揚感が去った後、気づいてみると診療所の中ではひと際大きくなった痛みの声が響き渡っていた。酷く苦しんでいる様子が、カーテン越しに生々しく伝わってくる。事態はいよいよ、逼《ひっ》迫《ぱく》しているらしかった。

今のところ、母島病院との連絡は白須さんが引き受けてくれているので、後で代わりますと言いおいて、俺たちは診療所を後にした。ビショビショでドロドロの男どもがいたら、何よりも大切な清潔という点で大いに問題がある、というのがまず一つ。そしてそもそも、狭い診療所にはそんなに大勢がぞろぞろいられる場所がないのだ。

とはいえ、このまま重責を【BJ】さんにおっつけたままで帰るのも忍びない。しかも外は既に強い雨風のただなかだ。

診療所の軒下で、お互い顔を見合わせたところで声をかけられた。

「そんなとこにいないで、早くおいでー」

サユリばあちゃんだった。きれいな花柄のレインコートを身にまとっていて、まるでお洒落なラッピングペーパーで作ったてるてる坊主みたいだと思った。

ばあちゃんはやたらと俺をねぎらってくれた。俺の奮闘はどうやら田井さんによって集落の皆にも実況中継されていたらしい。仕事し過ぎである。後ろには、なぜかスマコばあちゃんと鈴木のじいちゃんがいた。

「まだ何があるかわかんないしねー、台風も来てるしー、みんな近くにいた方がいいでしょー？　全員うちでも良かったんだけど、狭いし、この二人が『独り占めするなー』って言ってるのー。だから今夜はみんな、ばらけて泊まっていきなー」

目尻に皺をいっぱい寄せて、すごく優しくサユリばあちゃんは笑った。


郵便局に着くなり、泥やら何やらで酷い有様の俺は、既に沸かしてあった風呂に叩き込まれた。洗い場で己のハダカをまじまじ見てみると、これまた酷い有様だった。あちこち擦り傷ができ血がにじんでいるし、腹には見事真一文字に痣《あざ》ができていて、非常に無残《むざん》と言うか、むごたらしい。不思議なもので、それと意識した途端に、やけに痛くなってきた。傷に石鹸が沁みて「アイタタ、アイタタ」と呻きながら体を洗っていると、脱衣所から「着替え、おいとくねー」とサユリばあちゃんの声がした。ひゃい、と間抜けな返事をして、ざぶりと湯船に浸かり、ゆっくり二十数えてから出た。脱衣籠《かご》に入れておいた服は消えていて、代わりに男ものの浴衣と新品らしい下着が入っていた。洗濯機が回っているから、俺の服はたぶんそこだろう。

「おやまあ、もっとゆっくり浸かっていればいいのに」

テレビの画面から振り返り、サユリばあちゃんが言った。

「あ、いや、人に大変な……辛いことをやらせちゃってる俺が、自分だけそんなのんびりしてちゃ、バチが当たるって言うか……」

「……坊やは優しくて、責任感が強いねー」

そう言いながら、ばあちゃんは無造作に俺の帯に手をかけ、するりとほどいた。

「そんなこと言われたことな……ちょ、何してんですか？」

「前合わせが逆だよー」朗らかに言ってばあちゃんは目を落とし「あらまあ、可哀想に」と俺の腹の痣をそっと撫でた。

「ちょっと待ってなー、湿布してやるからー」と言いながら薬箱をガサゴソし、やたらと匂いのきついシップを横一列に貼ってくれた。それから擦り傷にはやっぱり恐ろしく臭い薬を塗ってくれ、丁寧に包帯を巻いてくれた。ひとつひとつの仕草がとても優しくて、幼い頃、転んで擦りむいた膝小僧《ひざこぞう》を、こんな風に手当てしてもらったことを思い出し、無性に泣きたくなった。それをぐっとこらえて腰を上げる。

「ありがとうございました。おかげで清潔になったから、また診療所に行ってきます」

「あらもう？　もう少しゆっくりしてったらいいのにー」

「あ、でも、白須さんも疲れているだろうし、病院に連絡とったりするの、代わろうと思って」

「あら、白須さんはまだ若いから、大丈夫でしょー」とばあちゃんは五十代後半の白須さんを若者扱いだ。俺が坊や扱いされてしまうのも、致し方なし、である。

「ちょっと手伝って欲しいことがあるのよー」と言いながら、ばあちゃんは炊飯器の蓋を上げた。もうもうと白い湯気が立ち上る。「まだまだ長丁場になりそうでしょう? 先生たちに食べてもらうおにぎりをこさえようと思って、いっぱい炊いといたの。でもねー、さっき坊やに薬を塗っちゃったでしょ? おにぎりに匂いが付いちゃうと思ってねー」

「あ、そういうときは、ラップで握るといいですよ。うちの親はそうしてました。そのまま包んで、弁当にしたり」

「それはグッドアイデアねー」笑いながら、ばあちゃんは台所からラップの箱を持ってきた。「そんなら、二人でちゃちゃっと握っちゃいましょう」

そう言いながら、ばあちゃんはおにぎりの具を手早く用意する。種を抜いて叩いた梅干し、昆布の佃煮《つくだに》、軽く炒めて味醂《みりん》と醬油で甘辛く味付けしたツナ。

「これはねー、いつもは焼き魚をほぐして作るけど、今日は新鮮なお魚は手に入らなかったからねー」

確かにこの島じゃ、ツナ缶は非常時用なのだろう。最初に握ったツナおにぎりを、「ほら、お食べ」と差し出され、食べてみたらすごく美味かった。騒動で、夕飯も食べ損ねているからひとしおである。

二人でアチアチ言いながらラップ越しに握っていると、ばあちゃんが妙にしみじみした口調で言い出した。

「昔、子供らに散々言われたもんだよー、お母さん、お願いだから薬とかニベアとか塗った手でおにぎり握らないでーって。冬場なんて、灯油の匂いがするって怒られてねー。こんなの食べられないって言われてさー。あの頃は、ラップなんて便利なもんはなかったからー。ちゃんと洗ったつもりでも、なかなか臭いって落ちなくてねー」

「……子供ってのは、感謝もしないで文句ばっか言う生き物ですからね」

まさしく俺がそうだったように。

普段はろくに会話もしないで、口を開ければ文句や不満を垂れ流していた。普段親からガミガミ言われていることへの報復でもするみたいに。

ふと、思い出す。既にニートだった俺が、珍しく家族で食卓を囲んだ際のことだ。両親が神妙な顔をしていたので、あ、これは例の説教が来るなと察していた。それで父親が、『おまえ、しょ』と言い出した時、俺は『あーっ』とでかい声で遮った。将来についてどう考えているんだなんてセリフ、聞きたくもなかったから。そしてその直前、俺は絶好のタイミングで見つけていたのだ……目の前のポトフの皿に沈む、一本の髪の毛を。

俺は根元の白いその髪の毛を摘まみ出し、ことさら大仰にわめきたてた。

『うぇー、ババアの半白髪入りとか、キッモー。食欲なくしたわー』

そう言いながらそそくさと席を立ち、自室でポテチを貪《むさぼ》り食った。うまいこと説教をかわしてやったぜと、その時は思っていた。父と、そしてとりわけ母の、哀しみと怒りが混ざった表情なんて、気にも留めていなかった。

「子供なんて、そんなもんだよー」とばあちゃんは笑うが、きっと思い浮かべているのは小中学生か、せいぜい高校生くらいまでの子供だろう。よもやこんなおっさんみたいな年齢の、しかも無職の男は想定外に決まっている。

何しろこれは、昨年のちょうど今頃の話なのだから。

おそらくあの瞬間、両親は俺という〈子供〉を見限ったのだろう。

ばあちゃんの子供がポイと投げ出したおにぎり。俺が手も付けなかったポトフ。そりゃ、しょうがないよな。変な匂いがしたり、キモかったりする食べ物なんて、打ち捨てられても仕方がない。おんなじように、俺みたいな駄目駄目で最低な奴、親から見捨てられて当然なんだ……。

しょんぼりとおにぎりを握る俺を見て、何かを察したのか、ばあちゃんが慰めるように言った。

「今日は痛い思いをして、よく頑張ったねー」

ばあちゃんの優しさが、むしろ今の俺には辛かった。

「いや、俺なんてなんも……見てるみんながハラハラして一生懸命応援してくれるような情けない感じだったし、あの装置を作ったのはヒロだから、風のせいで壊れかけていた部分をぱぱっと修理してくれたし、サトシは馬鹿力で滑車のロープを引いてくれたし、何より一番大変な思いをしてっのはBJさんだし、そもそもそれをやらせちゃったのは俺なわけで……ほんと俺なんて、駄目な奴で……」

サユリばあちゃんなら、『そんなことないよー』と言ってくれると、どこかで俺は甘え、期待していたんだと思う。だが、ばあちゃんはちょっとおかしそうな顔をして、俺に別な言葉をくれた。

「ほんと、あんたたちは、いい仲間だねー」

34

「産湯をたっぷり沸かしておくからねー」とばあちゃんに送り出され、俺は裾《すそ》をたくし上げた浴衣の上にレインコートという謎ファッションで診療所に舞い戻った。ドアを開けると奥のカーテンは相変わらず閉まったままだった。疲れた顔の白須さんが振り返り、「ああ、助かった」と言った。

「お疲れ様です……俺、何を代わればいいんですか?」

ネット医療の設備は使われている様子がない。

「いやもう、手術前から若旦那からの電話攻撃がすごくてさあー、何かあったらすぐに知らせるって言ってるのに、引っ切り無しにかかってくるんだよー。今もやっと、何とか切ったとこだよー」

「あ、おにぎりとお茶、持ってきました」

「ありがとー、喉、カラカラだよー」隅の戸棚から嬉し気に湯飲みを取り出しつつ、白須さんは声のトーンを上げた。「海老名さーん、先生にお茶、持って行きますかー？」

「今は無理。後で」

海老名のばあちゃんの、ぴしりと短い返事があった。

そのとき診療所の電話が鳴り、白須さんがびくりと跳ねあがった。

「わっ、また来ちゃったよー……悪いけど出てくれない？　俺今、手が離せない感じで……」

例の旦那さんからなのだろう。とっさにうげっ、知らない人と話すの嫌だなあと思ったものの、仕方なく電話に出た。出るなり相手は何やら叫んでいて、うへえと思う。

「あ、あの、今、白須さんは手が離せなくて……」

相手が息継ぎをした隙に、ようやくそれだけ言うと、少しトーンの落ちた声で「誰？」と言われた。

「……子島の郵便局長になる者です」

色々浮かんだうちで、最良と思える自己紹介をする。相手は少しだけ押し黙ったが、やがてまたすぐに辛抱しきれなくなったらしく、会ったこともない俺を相手に何やらぐだぐだ言い始めた。もしかしたら、酒をあおっているのかもしれない。そして彼が言っていることは要するに、「俺って悪くないよね？　何があっても俺のせいじゃないよね？」ということなのだった。

あ、こいつ駄目な奴だ、と思った。てめえの嫁さんや赤ちゃんの命が危ないかもしれないというときに、言うことがよりによってそれかよ。愛生さんが臨月のお腹を抱えてこの島にやってきたのって、夫婦喧嘩のせいだろ？　原因は、絶対こいつに決まっている……。

ほんの少し前、俺は自分の駄目さ加減をつくづく思い知り（いや、前からわかっていたけれども、以前にもまして、だ）、気持ちはだいぶんささくれ立っていた。俺は最低の人間で、優しさなんてものはカケラも持ち合わせちゃいない。だから、もしかして俺よりも最低かもしれない電話相手に、適当に相槌を打ってやったり、慰めてやったりするような親切心はもちろん皆無だった。

俺はスマホの録音アプリを起動した。しばらく相手をしてやった後、己の最低発言を延々とリピートして聞かせてやろうという肚《はら》である。準備ができたら電話をスピーカー状態にし、相手の手前勝手な言い分をひとしきり録音した。それからやおら、〈尋問〉を開始した。

「そもそもさあ、喧嘩の原因って、なんなの？　奥さん超怒ってたけど」

わざとぞんざいな口調で言ってやったら、相手はやや怯《ひる》んだらしかった。

「……それは……その、愛生が実家近くの病院で産むっていうのを俺が反対して、無理やりこの島で産ませることにしたから……」

「なんで反対したんだよ。普通だろ、里帰り出産なんて」

「いやだって、その病院って無痛分娩を推奨《すいしよう》しててさ」

「それがなんか問題でも？」

「いやだって駄目じゃん、無痛分娩とか。女は痛い思いをして子供を産むから、母性が生まれるんだし」

「そんなの、何か科学的な根拠でもあるわけ？　無痛分娩で産んだ人にすげー失礼じゃね？」

「だってオフクロがそう言って……」

「お前のオフクロさん、お前を無痛分娩で産んで母性が生まれなかったってわけ？」

「いや、そんなわけないだろ。俺はちゃんと……」

「ならさ、なんでそんなことを断言できるんだよ。たんなる偏見じゃね？　痛い思いをするのは嫁さんなんだし、好きにさせてやりゃいいじゃん」

「いやだってさ、ずるいじゃん」

　思いがけない言葉が飛び出し、本気で首を傾げた。

「ずるい？　何が？」

「だってさ、女の人は男には耐えられないような痛みをこらえて子供を産むわけでさ、だから尊敬していたし、大事にもしてたのに、一番肝心なとこで楽しようって、それはおかしくないって話」

　俺は口をあんぐり開けてしまった。

　――思った以上に最低だ、こいつ。

　いや、それでも俺とはどっこいどっこいなんだろう。俺だって、最低の駄目人間だ。だから奥さんの危機に動転している気の毒な旦那さんを、ねちっこく、嫌味ったらしく、言葉でちくちく攻撃したりできるんだ。

「へ？　楽って何？　痛い思いしないと、尊敬できないし、大事にもできないの？　なんで？　もしかしてドS？」

「……別に、そういうわけじゃ」

「なら、なんで？　そんならさ、お前が手術するときにはもちろん、麻酔なんてしないんだよね？　痛みをこらえたらみんなからさ、尊敬されて大事にされるんだからさ」

「それとこれとは……」

「え、なんで？　お前が言ってたのって、つまりそういうことだよね？」

必殺、〈なんでなんで攻撃〉だ。主に小学生男子の得意技である。相手が黙ったので、俺はさらに続けた。

「てかさー、なんで自分は悪くないとか痛くないのはずるいとか、そんな最低なことばっか言えるわけ？　こっちは……特にうちの先生は、おまえの妻子を救うために大変な思いをしてんだぞ？　今さ、おまえの奥さんと赤ちゃんは、命がけで闘ってんだぞ？奥さん、ものすごく痛がって、苦しんでるんだぞ？　中の人だって苦しがってるんだぞ？　なのに当のおまえは、心配するどころか、自分の正当化に必死になっちゃってるって、なんなの？　そもそもさー、おまえがすげー偏見と狭い料簡《りょうけん》で奥さんの里帰りを阻んでさー、定期船乗り場に手をまわして、島から出られないようにしたわけじゃん？だから奥さんは危険を冒《おか》してこっちの島に渡ってきたわけじゃん？　今、こんな事態になっちゃってるのって、全部おまえのせいじゃん。そのせいで奥さんは今、普通のお産よりもむしろ痛い目に遭って苦しんでんじゃん。良かったなー、おまえの望み通りだぞ」と調子に乗って言っているうちに、やっと気付く。「ああ、そうか。おまえ、自分がやらかした自覚はあるんだな？　だから必死こいて自己正当化に励んでるわけか。うわー、ひくわー」

おいおい、俺ってこんなキャラじゃねーだろ。そう自分に突っ込みたくなるくらい、ぺらぺらつるつると言葉が滑り出てくる。自分が最低だと凹んでいるとこに、お仲間を見つけて大はしゃぎってか？　マジ下衆《げす》いなー、俺ってば。

「……だって、しょうがねえじゃん」ようやく相手が絞り出すように言った。ぷるぷる震えているのがわかるような声だった。「だってさ、実家に……本土に帰したら、二度と戻ってくれなくなりそうで、怖かったんだよっ」

——俺の八つ当たり攻撃が、図らずも彼の本音を引き出したようだった。

少しだけ優しい気持ちになって、わかるよ、自信がなかったんだな、とかなんとか慰めの言葉をかけそうになったその時。

狭い診療所内に、赤ん坊の泣き声が響き渡った。少し遅れて海老名のばあちゃんの、興奮したような声が続く。

「男の子よーっ。元気ないい子だーっ」

35

白須さんが集落の皆に連絡し、診療所には瞬く間に沸かしたてのお湯と、ベビーバスと、産着や清潔なタオルやガーゼが集められた。ベビーバスや産着は、スマコばあちゃんの娘さんのお産の時のを引っ張り出して、ヒロと一緒に徹底的に消毒したり、洗ってアイロンをかけたりしたそうだ。

カーテンの向こうから、医療用エプロンを血で汚した海老名のばあちゃんが出てきて、ばあちゃん達に赤ん坊を託してまた引っ込んでいった。お母さんの方の処置がまだ残っているのだ。

診療所は狭いから、応援に残ったのはスマコばあちゃんとサユリばあちゃんの二人だけだ。二人で赤ん坊を産湯に浸す様子をスマホで動画撮影し、旦那に送ってやった。つながったままになっていた電話のスピーカーから、嗚咽交じりのお礼の言葉が聞こえてきた。

「嬉しいねえ、この島で何十年ぶりかの赤ん坊だー」

サユリばあちゃんが天気雨のような涙をこぼし、つられて俺も、ほんの少し泣いた。


やがてすべての処置を終えた【BJ】さんが出てきて、「お母さんの方も、もう大丈夫でしょ」と言うなり、精根尽き果てたように坐り込んだ。一緒に出てきた海老名のばあちゃんも、腰が抜けたみたいにへたへたとしゃがみ込む。慌てて二人の身づくろいを手伝い、椅子に座らせた。

二人が落ち着いた頃、恐る恐る声をかけてみる。

「その、あの、お疲れ様でした……あの、無理強いするみたいになっちゃって、すみませんでした」

【ＢＪ】さんに深々と頭を下げる。【ＢＪ】さんは無言でお茶をすすりながら、俺をジトっと見上げた。

「……ほんと、まいりましたよ。患者さんを見た瞬間から、わかってたんですよ、ヤバイ状態だってこと。何でだよ、ふざけんなよ、この島なら、もう二度とあんな思いをしなくて済むって安心してたのに、何で危険な妊婦がいきなり飛び込んでくるんだよ……そう思いましたよ、正直ね。よりによって台風の日にさあ。その上刹那さんは、余計なこと言ってくれやがりますしね」

「ほんと、すみません。俺ってほんと最低のゴミクズ野郎です。わかってんですよ。こんなヒドイ奴、謝ったくらいで許してもらえるわけないって、ちゃんと、わかってます」

それでも、頭を下げ続けるしかない。【ＢＪ】さんは心底呆れたという顔をした。

「ほんとにこの人は、隙あらば自分を卑下しだしますね……いや、これは俺が苛《いじ》めたせいか」

【ＢＪ】さんは盆の上のおにぎりに手を伸ばしながら、ふっと笑った。

「さっきの若旦那への煽り、最高でしたよ。メスを使ってる最中だってのに、危うく噴き出すところでしたよ」

くらいだ」

「まったくだね」海老名のばあちゃんまでが言った。「もっと言ってやりゃあ良かった

そして二人して、思い出したように声を立てて笑い出した。若旦那や病院への連絡を終えた白須さんまでが笑い、皆の笑い声に驚いたのか赤ん坊が泣きだし、ばあちゃん達が慌ててあやし……そんな賑やかさの中で、俺もいつの間にか笑っていた。

台風一過の翌朝、通常の時刻よりもだいぶん早く定期船がやって来た。【BJ】さんが、産婦は麻酔から覚めて特に問題もないと思われるが、母子ともになるべく早く病院で検査するべしと伝えた結果である。まだ波も高いのに、無理を言って船を出させたらしい。さすが母島の権力者一家である。

迎えに来た若旦那とそのご両親は、【BJ】さんに「先生のおかげです」と涙ながらに頭を下げては礼を言っていた。それへ穏やかな笑みを浮かべつつ、【BJ】さんは言った。

「危ないところでしたが、なんとかお救い出来て、良かったですよ。本当に、お産は何が起こるかわかりませんから。私の母も、私を産んですぐに亡くなりましたしね……」

「それは……」という相手を手で制し、「ところで」と【BJ】さんは言った。「皆さんはどうも無痛分娩に否定的だと伺いました。未だ偏見も多いようですが、無痛分娩には

母体の回復が早いというメリットもあるんですよ。もちろん、デメリットもありますが、その中に母性が生まれない、といった類のものはありません。通常の分娩だろうと、無痛分娩や帝王切開だろうと、子供を捨てる親もいれば、虐待する親もいます。当然の話ですが、母性も、そして父性も、その差異は個々人の資質と自覚の問題に過ぎません」完全に医師の顔になって、【BJ】さんは言った。そして「これは私見ですが」と前置きして続けた。「誰だって、辛い思いや痛い思いなんて、しないで済むならしない方がいいんです」

笠後家の人たちは、神妙な顔をしてこくこくうなずいていた。

その後、彼らは持参した車椅子に、赤ん坊をしっかり抱いた愛生さんを乗せ、そろりそろりと小さな診療所を後にした。愛生さんはさすがにやつれて弱々しくはあったけれども、笑顔で「ありがとうございましたー、また来まーす」と言い置いて去っていった。

俺の後ろではサトシが、「なんだよ、愛生さん普通に帰るのかよ、あんなダンナ捨てりゃあいいじゃん」と、ぼそぼそつぶやいていた。若旦那が優男風のイケメンなのが気に食わないらしい。そのサトシは昨夜は鈴木のじいちゃんと猟のことで盛り上がり、カモメの肉は生臭くてまずいとか、やっぱり食うなら草食だなとか、そういう話をしていたそうだ。

それから二百十番館に朝帰りした俺たちは、台風の中で一晩ほったらかしにしてしまったチャットを探し回る羽目になった。ようやく空き部屋のベッドの下で発見し、「おお、かわいちょかわいちょ、一人で怖かったでちゅねー」と猫なで声で言いながら引っ張り出そうとしたら、毛を逆立てて飛びずさった挙句、ものすごい勢いで逃げられた。嫌われてしまったかとしょげていたら、【BJ】さんが丸っこい鼻をくんくんさせて言った。

「たぶん、そのシップのせいじゃね？　強烈な匂いさせてるよ、刹那さん」

――とまあ、そんな感じで、終わりよければなんとやら、だ。二百十番館始まって以来のシリアスな大事件は、子島の平均年齢を瞬間的に大きく下げるという結果をもたらし、そしてややコミカルに幕を下ろしたのであった。

36

「上からリク、カイ、ソラ。仲良くしてやってね」
緑《みどり》さんは朗らかに言って、ホラ、挨拶なさいなと子供たちの背中を叩いた。三人は、上目遣いに俺を見ながら、ひょこひょこっと頭を下げる。こんちわとか、どうもとか、主に上の二人が何か言っていた。それへ返す俺の挨拶もどっこいだ。子島に住んで五ヶ月弱、島内のじいちゃんばあちゃん相手ならもう慣れたもんだが、子供はまだまだ未知の生物だ。向こうにとってもニートなんて初めて見る生き物だろう。好奇心に満ちた六個の瞳が、俺をじっと見定めている。転校生にでもなった気分だった。

今日から二週間、俺はこの山中《やまなか》家にお世話になる。一家の主である山中茂《しげる》さんは、とんでもない山奥にある集落で、簡易郵便局の局長をしていた。無人駅に降り立って、改札前に一人仁王《におう》立ちしている茂さんに気付いたとき、正直俺はオシッコをちびるかと思った。筋肉ムキムキの大男で、しかも顔が恐い。そして恐ろしく無口で、村に着くまでの車中がひたすら長い。この人から二週間マンツーマンで指導を受けるのかと思ったら、気が遠のきそうだった。

俺はニートなんだぞ？　中途半端なオタクで、毎日ゲームばっかりやってんだぞ？　昔っから、このままじゃいけない、自分を変えようと、色んな事を始めては、すべて投げ出してきた、根気もなけりゃ覇気《はき》もない男なんだぞ？　当然ながら、すげー人見知りだし（ヒロほどじゃないにしても）、強く叱られたり、怒鳴られたりしようもんなら、そのまま首吊って死にたくなるような豆腐メンタルなんだぞ？

山奥の集落に、宿泊施設なんてものはない。あったとしても、二週間も宿をとる金なんて、俺にはない。だから研修中、局長さんの自宅に泊めてくれるという申し出は、非常にありがたかった。他人の家に世話になるというのはだいぶん気づまりなものの、きっと局長夫婦はじいちゃんばあちゃんだろうし、それなら今の俺なら何とかなるだろうという希望があった。

だが、いざ現地に着いてみたら、待っていたのは仁王像みたいに厳めしい顔の大男だった。年のころは四十代くらいだろうか。彼の車の助手席で俺はずっと、鬼に引き立てられて閻魔大王《えんまだいおう》の元に向かう亡者のような思いで、終《しま》いには胃がキリキリ痛み出すありさまだった。空腹が限界まで達していたのと（駅前にはコンビニも何もなかった）、カーブの多い山道を走ったのとで、ようやく着いた時にはそれこそボロボロヨレヨレの亡者のようになっていた。

迎えてくれた緑さんは茂さんの奥さんで、細身で顔は整っている方なんだろうけど、やたらと眼光が鋭い人だった。きれいな額を全部出して、長い黒髪をきっぱりと首の後ろで縛《しば》っている。しゃべり方もはきはきしていて、正直怖いと思った。てきぱきと子供たちを紹介して、「お腹すいたでしょ、今夜は鶏鍋よ」と宣言し、家族を動員して夕飯の支度にとりかかった。朝一番の定期船で島を出たのに、もうこんな時間になっている。同じ時間で、飛行機だったらどこまで行けるだろう。日本なんてちっぽけで狭いのに、ここはこんなにも、島から遠い。

おかしなもんだと思う。親からあの島に捨てられた当初、あんなにも家に帰りたいと思っていたのに。

今じゃあの島に早く帰りたいと思っている。初日から、まるでホームシックみたいな気持ちになっている。

「あの、これ……島の土産っす」と差し出した紙袋を、「なになに?」と覗き込んだのは年長の男子二人だった。うわっ、なまぐせーと顔をしかめる彼らに、俺はそっと言う。

「これは島の……海の匂いだよ」

「あらー、ありがと。まあ、お魚の干物ね。嬉しいわあ」

緑さんが本当に嬉し気に言ってくれる。山奥だったらきっとこういうのが喜ばれるよーというサユリばあちゃんのアドバイスはばっちりだった。

「あ、アジとサバと金目です。それと乾燥ワカメとアオサ。味噌汁とか酢の物でどうぞ」

慌てて早口に説明する。

「悪いわねえ、こんなにたくさん」

笑顔でそう言った緑さんは、もうそんなに怖くなかった。最初に仁王みたいだとビビった茂さんも、子供たちに接する様子は普通のいいお父さんという感じで、とりわけ末っ子のソラに対する態度は本当に優しげだった。

夕食時、その茂さんが「ほら、いっぱい食え。うまいぞ」とよそってくれた鶏鍋は、熱々で、よく煮込まれたぶつ切りの鶏肉はほろほろと柔らかく、本当にすごくうまかった。

二百十番館の皆にも食べさせてやりたいと思った。

翌朝、子供たちが学校に行った後、さっそく仕事の指導が始まった。恐れていたようなマンツーマンのシゴキじゃなくて、主に緑さんがてきぱきとわかりやすく教えてくれた。一生懸命メモを取っている姿勢を褒めてくれたし、三日後には「君、優秀だねー。もう教えること、ほとんどないんじゃない?」と笑って言ってもらえ、腰が抜けるほど安堵《あんど》した。あらかじめ、サユリばあちゃんから局の仕事を教わっていたおかげである。

俺の人生において、これほど真剣に予習をしたことはない（そう言い切るのもトホホな感じだが……）。その予習の甲斐《かい》あったと言うか、ほぼサユリばあちゃんのお蔭と言うか、茂さんも緑さんも、俺のことを「こいつ使えねー」という目で見ることはなく、もちろん怒鳴り散らされるようなこともまったくなかった。それどころか、四日目くらいには陽気な緑さんはもちろん、無口な茂さんとも打ち解けて話ができるようになっていた。

まさに、案ずるより産むが易しだな、と考えて一人首を振る。いや、そうじゃない。産むことは決して易くはないのだった。確かに言えるのは、うずくまってただおろおろと案じていたって、結局何ひとつ産まれはしないってことなんだろう。

子供たちとも、少しずつ距離が近くなっていった。

子供は苦手だと、ずっと思っていた。あんな、お日様の下で駆け回っているような生き物に、俺はいったいどう見えているのだろうと思うと、どうにもいたたまれなかった。だが、山中家の男子たちは、特に上の二人はまったく物おじせずに、興味津々で近づいてきた。しかも目下《もっか》の俺は「おじさん何やってんのー？」とずけずけ聞かれても、堂々と「研修中」と返せる身の上である。苦手の克服には、何よりもこちらの在り様を変えることこそが必須だったのだと、つくづく思い知った。

陸と海は二卵性双生児《にらんせいそうせいじ》である。中学二年生だ。どちらも母親に似たのかはきはきと、思いつくままに質問を重ねてくる。末っ子の空は小学五年生で、本当におとなしい。子供たちが皆学校に行っているとき、空くんはきっと茂さんに似たんですねと言ったら、当の茂さんの顔がふと曇《くも》った。思いがけない反応に戸惑っていたら、傍らから緑さんが言った。

「あー、空はね、前はもっと元気で甘ったれな末っ子だったのよ……だけどいじめにあってね……学校に行けなくなっちゃったのよ。いじめっ子だけじゃなくって、兄ちゃんたち以外の子供がみんな怖いって感じになっちゃって。学校にも、いじめっ子の親にも散々掛け合ったけど、何にもならなかった。いじめだなんて大げさだってさ。空はずうっと辛い思いをしてるのにね。そんな時、この村に住んでる親戚から、ここの簡易郵便局の後継者が決まらないって話を聞いたの。それだけじゃなくて、このままじゃ、小中学校の存続が難しいって話も。来年度には先生方のお子さんが二人入ってくるけど、どのみち一度小学生がゼロになった時点で先生はよそに赴任《ふにん》しちゃうでしょ？　だけどうちが一家でここで郵便局やれば、村のみんなは助かるし、小中学校も続けられる、そして空のクラスは小学生はあの子一人だけ、お兄ちゃんたちも一緒……色んな事がうまくいくってことで、思い切って街から越してきたの。一年位前のことよ」

「……そんな最近のことだったんですか……本当に大変でしたね。それに本当に、よく思い切りましたね」

「だってあのままだと、いじめっ子を絞《し》め殺しかねなかったからなあ」

しみじみとした口調で茂さんが言い、ぎょっとしたところに緑さんが笑って引きとった。

「そうそ、あたしがね。でね、茂さんも局長になるにあたってお世話になった簡易郵便局の人に感謝したら、そこのおじいちゃん局長さんに言われたんだって。『なあに、こういうのは順送りだから、今度はおまえさんが次の局長候補を世話してやるといいよ』って」

「おお、カッケー」

「ほんと、カッケーよね。でもまさか、こんなに早く機会が回ってくるとは思わなかった」そう言って、緑さんはカラカラ笑った。それから、「そうそう」と俺を手招きした。

「あなたに聞きたいと思ってたのよ。パソコン得意って言ってたよね？」

「得意ってか、まあ普通には……」

「やー助かる。あたしら、からっきし苦手でさーこういうの」

誘《いざな》われて覗き込んだ物入の中には、パソコンとディスプレイの箱があった。

「お兄ちゃんたちも空本人も納得ずくのこととは言えさあ、ここ、あまりにも娯楽に乏しいでしょ？　テレビもＮＨＫの他は民放一局しか映らないし、他に友達がいるわけでもないしさあ。おもちゃだの本だのＤＶＤだの次々買ってやれるほど余裕もないし。そう友達に話したら、家で余ってるパソコンを譲ってくれることになって。パソコンは娯楽の塊だからって。それでつい先走って先月回線の工事してもらっちゃったんだけど、設定の仕方とかが全然わかんなくって。電話で教えてもらっても、埒《らち》が明かないのよ。子供たちに我慢ばっかりさせちゃってるからさ、やらせてあげたいんだよねえ、ゲームとか」

最後の言葉で俺はかっと目を見開いた。

「お任せください。速攻でやりますよ！」

37

〈おお、やってるね、利那さん。そんでそちらの中の人は、陸海空のうちどなたなの？〉

隣室でログインしてきた【ＢＪ】さんに尋ねられ、俺が返事を打ち込むより早く【陸海空】が答えた。

〈空です。こんにちは、ＢＪさん〉

ちゃんと挨拶もできてて、ばっちりだ。しかもごく短期間で恐ろしくタイピング速度が上がっている。

山中家のネット環境を整え、ゲームができると知った子供たちの喜びようはすごかった。選んだのはもちろん我らがESだ。パソコンは一台だけだし、ESはやり込み型のゲームだから、兄弟三人交代で同じアバターを育てた方が効率がいいと判断し、ハンドルネームは彼らと相談した結果、【陸海空】となった。そのまんまズバリである。ストーリーが動くときだけ三人が集まり、それ以外は好き勝手にプレイする（ちなみに俺のハンドルネームは、中二の双子からは『カッケー』と大好評だった……）。

こうしたプレイヤーチェンジはわりとよくある話だ。たとえば夫婦で同じアバターを使って、旦那さんは会社から帰って夜にインし、奥さんは昼間、内助《ないじょ》の功《こう》よろしく経験値稼ぎとか素材集め、なんて話も聞いたことがある（正直、心底羨ましいと思った）。山中家では一人当たりのゲーム時間が決められ、ゲームをしていい時間帯の制限や、課金は絶対禁止のルールもできた。それとは別に、ゲーム内でのマナーを、あらかじめ嫌というほど叩き込んでおいた。サトシでの苦い経験を生かした形である。その甲斐あって、【陸海空】は他のプレイヤーからも可愛がられているらしかった。とりわけ【ラクダ】さんなんかは、

〈いやー、小学生かー。若いねー。まぶしいなー、羨ましいなー〉

〈中学生かー、人生これからだね、おじさん、羨ましいよ〉

とかなんとか、じじむさいことをよく言っている。そう言う【ラクダ】さんだって、

おそらくまだ二十代だと思われるのだが（そしておそらく真っ当な社会人だと、インしている時刻や曜日が物語っている）。

ともあれそうした〈真っ当さ〉に怯んでしまうのも、もうあとわずかだ。

二週間の研修期間を和やかに終えた俺は、見事子島の簡易郵便局長となることが決定した。万歳！ 脱ニート成功である。人生でもそうそうなかった成功体験を、今俺は、スルメのようにしつこく嚙みしめていた。

そして俺が正式に局に赴任するのは年明けだ。つまり年内はたいへんにヒマである。平日の真昼間にプレイできるのも今のうち、ということで、毎日せっせと陸や海や空の〈養殖〉、すなわちレベル上げの手伝いをしてやった。彼らとチャットで話していると、時々緑さんや茂さんが混ざってくることがあった。アバター同士でのやり取りは、メールやラインとはまた違った楽しさがある。遠く離れた場所に住む一家と、こんな形でつながっていることが、なんだか不思議で、すごく楽しかった。

〈いつか、皆で子島に来てください〉

俺は、俺と同じく剣士の姿をしたアバターにそう伝えた。〈何もないけど、海はきれいだから。あと美味い魚もあるよ〉。

〈絶対行く。夏に行く〉

間髪《かんはつ》を入れずそう書き込んだのは、【陸海空】の、たぶん空だ。

子島の空は、遥か山中家の人たちの頭上の空につながっている。

俺がいない二週間、二百十番館は特に問題もなく回っていたそうだ。少々複雑である。ただ、俺にとっては大問題があった。寒くなってきて、せっかく俺と一緒に寝てくれるようになっていたチャットが、【BJ】さんの腹の上にすっかり定住を決め込んでしまっていたのだ。ドアを締め切っても、爪でカリカリやって出て行きたい意思を表明され、俺はいたく傷ついた。

肉布団としての優秀さでは到底かなわない俺は、湯たんぽを導入したり、餌を使ったり、あれこれ努力の末になんとか元通りの関係性を取り戻した。まるで油断も隙も無い浮気性の彼女を、再び振り向かせたような満足感があった……まあ、そんな実体験はないのだけれども。

まったくこの世に冬場の猫ほど最高な生き物はないと思う。他のどの季節でも、チャットはとんでもなく可愛いのだが。

こうして、師走《しわす》とは思えないほど満ち足りて、のんびりとした日々を送っていた俺だったが、ある晩、その報せは入った。

突然、何事かをわめき散らしながら、血相を変えたヒロが俺の部屋に駆け込んできたのだ。どうやらお母さんがどうとか言っているらしいが、泣いたり叫んだりばかりでほとんど日本語になっていない。懸命に落ち着かせようとしていると、何事かと他の二人も様子を見に来た。

とにかく落ち着け、そこに座れとヒロをなだめてなんとか聞き出したのは、彼にとってあまりにも残酷な報せだった。つい今しがた、ヒロのお姉さんから電話があったのだ。

ヒロの母親が亡くなった、と。

あまりにも急な話で、しかもあれだけ密着していた母子である。動転するなという方が無理だろう。たしかヒロの父親は、ヒロの成人を待たずに事故で亡くなったと聞いているからなおのことだ。

泣き崩れるヒロに、サトシがぼそりと言った。

「……どうせヒロさんのこと捨てた親じゃん」

俺はサトシを軽くはたき、ヒロにそっと声をかけた。

「今はそうやって泣いてろ。だけど朝までにはしゃんとしろよ……朝一の船で、おまえんちに帰るんだ」

「刹那さん……」

嗚咽交じりにヒロが俺を見上げる。

「お前のお姉さん、今、一人で心細い思いしてんだろ？　お前が行って、少しでも手助けしないと。早く駆け付けてやらなきゃ、可哀そうだよ。大丈夫、俺も一緒に行って手伝うから」

そう言って胸を叩いたら、小さくうなずきながら聞いていたヒロが、またぽろぽろと涙を流した。

「大丈夫？　俺も行こうか？」

「まあー、同じ屋根の下に住む同士のよしみっつうかー」

心配そうに声をかけてくる【BJ】さんたちに、俺は首を振った。

「いや、そんな大勢でぞろぞろ行ける感じでもないでしょ。交通費もそれなりだし。ここは二百十番館を代表して、俺が行きます……それに俺ら、同郷なんすよ。土地勘もあるんで、大丈夫です」

二百十番館の面々は、俺がそれぞれ異なるルートで集めたメンバーだ。【BJ】さんはESを通じての勧誘。サトシは弁護士さん経由の紹介。そしてヒロは、美容師の奈菜ちゃんにお願いして店に置いてもらったパンフレットが、ヒロのお母さんの目に留まったのがきっかけだった。その美容院は俺の家から徒歩圏にある。要するに、ヒロと俺とは地元が同じだ。こっちに来た今となっては、あんまり意識したことはなかったけれど。

思いがけない形で故郷に帰ることになったわけだが、特に感慨はなかった。ヒロのところとは違って、俺の実家はもうない。研修中にもしみじみ思ったが、今や俺にとって帰る家とは二百十番館になっている。

翌日、朝一の便で俺たちは島を出た。船の中でヒロの顔は、絶望そのものの色をしていた……初めてこの島に来た時のように。

あの日、ヒロを捨てて行くんですねと嫌味を言った俺に、彼の母親は言っていた。『……親は自分が死んだ後までは面倒を見られませんからね』と。その妙に思わせぶりな物言いに、俺はあれ、ひょっとして？　と思ったものだ。もしやこの人、病気で長くないから、ニートの息子を無理やり自立させようとしてるんじゃ、と。もっともそれは、後にヒロからあっさり否定されたのだが。

だが、突然のこの訃報である。やはり俺の想像は、当たっていたのかもしれない。

ポンコツな俺は道中ヒロにかけてやれる言葉もなく、ただ影のように付き従っていた。暗くうち沈んだヒロと、まるで影法師《かげぼうし》二人の道行なのだった。

斎場《さいじょう》がたまたま空いていたとかで、通夜は待ったなしの今夜である。例によって移動に時間がかかり過ぎる為、俺たちは直接斎場に向かうことになった。慣れ親しんだ地からはひと駅手前の立地で、俺は内心ほっとしていた。

ヒロのお姉さんは、ヒロによく似た面差しの小柄な女性だった。こちらを見るなり胸を詰まらせたように「ヒロ……お母さんの顔を見てやって」と言った。安置された棺を覗き込み、ヒロはそのまま腰が抜けたように坐り込んでしまった。それから顔を覆い、声を上げて泣いた。その背をそっと撫でるのは、彼のお姉さんだ。諸々のことは彼女とその婚約者が、ほぼ済ませてしまっていた。部外者の俺が手伝えることなんて何もない。はるばる島からやってきて、ここでもまた、俺は役立たずなのだった。

ひっそりとした通夜が終わり、俺らはヒロの実家に泊めてもらえることになった。俺はネカフェに泊まるつもりでいたのだが、お姉さんから「わざわざ来て下さったのに、そんなわけにいかないでしょう」と半ば強引に連れていかれた。

ヒロはほとんど何も言わない。魂の抜けたような白い顔で、ただただ、置物のようにそこにいる。通夜振舞いの席でも何も口にしていなかった。余ったものを折りに詰めて持ち帰っていたのだが、それを目の前に出して食べろと勧めても、喉を通らないようだった。

お姉さんと俺の視線が合い、そして互いに目をそらす。簡単な自己紹介を済ませてしまうと、話すことなんて何もなかった。決して広いとは言えない居間の中で、一人他人で部外者の俺は、どうにもいたたまれない。きょときょとと落ち着きなく目をさまよわせ、ふと、片隅にあるパソコンに注目した。

「……あのパソコンは、お姉さんのですか？」

「いいえ」同じく沈黙が気づまりだったのか、かすかに微笑んで彼女は首を振った。

「母のです。九月頃だったかしら、お友達から頂いたそうで、設定や何かを手伝ってもらったのって嬉しそうでした」

「起動したままになっていますね」

パソコン本体には、それを示すランプが灯っている。それが気になって、質問したのだ。俺は出かける時にはきっちりシャットダウンする派だから（チャットがキーボードの上に乗ったりイタズラしたりするから必須なのだ）。

俺の言葉に、お姉さんは居間の隅に置かれたパソコンラックに目をやった。

「あら、ほんと。私はパソコン使わないから、気づかなかったわ」

確かに今は、大抵のことはスマホでできる。家族が持っていても使わない人も多いのだろう。

「お母さん、パソコンで何をしていたんですか？」

「それがね」とお姉さんは少し笑いを含んだ声で言い、立ち上がった。そしてポンとエンターキーを押す。

「なんとゲームをしていたのよ。娯楽の少ない人だったから、良かったなあって思ってたの……病気がもう、痛みを少しでも抑える治療しかできない段階だったし、最後に少しでも楽しめたのなら、良かったなあって」

俺は言葉もなく、目の前のディスプレイを見つめていた。

スリープモードから目覚めたパソコン画面に映っていたのは、虹色の花畑に佇む、

【タピオカ1103】さんだった。

38

翌朝、俺は美容院に立ち寄った。子島に渡る直前に、髪を切ってもらったところである。昨夜のうちに、予約を入れておいた。やる気に満ちた笑顔で迎えてくれたのは、あの時と同じ奈菜ちゃんである。もっともこれは偶然じゃなくて、人生で初めて美容師を指名したのだ。

「あの、これからお葬式なんで、きちんとした感じに切って下さい」とオーダーしたら、

「それはお気の毒です」と鏡の中の奈菜ちゃんが顔を曇らせる。

「あ、いや、友達のお母さんなんだけどね……確かにお気の毒なんだけど。でさ、頭ボサボサで、ちゃんとしなきゃって」

既にそのボサボサ頭で通夜には参列してしまったのだが。

だが、真昼間の葬儀で、明らかに真っ当な社会人ではない頭のまま会葬し、ヒロに恥をかかせるわけにはいかない……というのがまず一つ。

それから、これが主な目的だったのだが、奈菜ちゃんに確認しておきたいことがあった。

どう切り出そうかと言葉を選んでいると、ふいに奈菜ちゃんがハサミの手を止めた。

「あっ、もしかしてお客さん、山籠もりの後、島に行った人？」

そんなこと言ったっけ、と思ったけれど、一応覚えていてくれたらしい。

「そうそう、島に行って、それでここにパンフレット置いてもらったでしょ？　島へ移住してくれる人を募集する感じの。おかげで一人来てくれてさ、そのお礼を言いたくて」

「そんなあ、いいですよお、お礼なんて」

「いや、ほんと助かったよ、ありがとね……それでさ、そのパンフレットに興味持ってたおばさんのこと、覚えてるかな？　ちょっと貫禄ある感じの人なんだけど」

「ああ、えっと、ほんとめっちゃ興味持ったみたいで、しばらく真剣に読んでたんですけど、急に聞かれたんですよ。これを置いて行ったのはどんな人かって。だから、すごくいい人そうでしたよって、答えたんです」

「そっ、それはどうも……それで、そのおばさんの連絡先とか、誰かに聞かれたり教えたりしましたか？」

そう尋ねたら、鏡の中の奈菜ちゃんは不本意そうに口を尖らせた。

「えー、そんなこと話しませんよー。お客さんの個人情報じゃないですかー」

「あ、ですよねー」

慌てて愛想笑いを浮かべ、考える。これで、このルートからの可能性は消えた。そもそもそれだけじゃ説明がつかないことが多すぎる。

昨夜、ヒロんちの居間に突如流れた、慣れ親しんだ音楽。壮大なESのテーマ曲が流れた瞬間、ヒロはまるで再起動したみたいに体を震わせた。そしてモニター画面に映る【タピオカ】さんを見た瞬間、まるで獣の咆哮《ほうこう》みたいな叫び声をあげた。

当然ながらお姉さんは驚き、急にどうしたのと、どちらへともなく尋ねた。だが、俺もヒロも、答えることができなかった……二人とも、今、目にしたことの意味が、まったく理解できていなかったのだ。

ゲーム画面を見て思わず『タピオカさん……』とつぶやくと、お姉さんはキャラクターの上に表示されたプレイヤー名を読み取ったのだと解釈したのだろう。

『ああ、その名前ね、母の旧姓は滝岡なんだけど、学生時代のあだ名が〈タピオカちゃん〉だったんですって。もちろん、タピオカミルクティなんてものが流行る前の話よ。テレビで人気店の行列なんかが紹介されたとき、母が笑ってそう言ってたわ』

『1103っていうのは、お誕生日ですか？』そう尋ねたら、彼女は首を振った。

『そっちは名前の語呂合わせね。一、十、三でヒトミ。つまり母の旧姓の滝岡仁美ってわけ』

姉の言葉を、ヒロはどんな思いで聞いていたのだろう。

未だに信じられないが、結論は明らかだ。

【タピオカ】さんは、ヒロのお母さんだった。それはもう、間違いない。だが、なぜそうなったのかがわからない。たまたまパソコンをもらって、たまたまゲームを始めて、たまたまそのゲームがESで、サーバーもたまたま同じで、そこでたまたま実の息子と巡り会う……一体どんな奇跡だよ、と思う。そんなことは、天地がひっくり返っても起こりっこない——第三者が、そうなるように仕向けでもしない限りは。

これだけの偶然が重なるとすればそれは、誰かの明確な意思による必然だ。問題はそれが誰か、ということ。

考え込んでいる間にも、奈菜ちゃんはせっせとハサミを動かして、気が付いたら鏡の中には就活生みたいな頭をした俺がいた。思わず笑いそうになりながら奈菜ちゃんに礼を言い、支払いを済ませて店を出る。

足は勝手に、慣れ親しんだ方へと進んでいた。

そこに着いた時、俺は小さく息をついた。驚きはさほどなかった。

もしかして、とは考えていた。だから、やっぱり、と思った。

かつて俺が両親と共に暮らしていた家には、以前と同じ表札が掲《かか》げられていた。カーポートに停車しているのは、紛れもなく親父の車だ。

俺の両親は、とんでもない嘘つきだった。俺には散々、嘘をつくのは悪いことだと教え諭《さと》していたくせに。

親父もお袋も、引っ越しなんてしちゃいなかった。普通に、俺がいた時と同じように、同じ家で今も暮らしていた……ただ俺一人だけを切り離して。

今日は平日だから、働き者の彼らは今、それぞれの職場で職務に励んでいるのだろう。呼び鈴を押したって無駄だし、押す気もない。

今となってはこの家に、両親が住んでいようがいまいが関係ない。おれの帰る場所は、もうここじゃないのだから。

俺はそのまま踵《きびす》を返し、駅に向かって歩き出した。


斎場に着いたのは、葬儀が始まる三十分前だった。お姉さんと、その婚約者さんの姿はあったが、ヒロが見当たらない。きょろきょろする俺に、お姉さんが近づいてきた。

「連日、ありがとうございます。あの子ったら、熱を出してしまって……今、控室に寝かせています。ほんとに昔から、肝心な時に役に立たないんですよね。まあ、あの子はほんとマザコンだったから、それだけショックも大きいんでしょうけど」

柔らかな物言いなだけに、そこに潜んだ小さなトゲが気になってしまう。もしかしたらお姉さんは、ヒロとお母さんの共依存にも似た過剰な関係からは、一人弾《はじ》かれた存在であったのかもしれない。

お姉さんに教えてもらった遺族控室は、ヒロの親戚らしき人たちで溢れていた。そのうちの中年の男性が不審げにじろじろ見てきたので、慌てて「あ、俺はヒロ君の友人です」と前置きして名乗ってから、「ヒロ君が熱を出したって聞いて、心配で」

「ああ、弟さんのお友達。すると君も、T大卒?」

「いや、俺は違いますが……ご親族の方ですか?」

「これからそうなる予定だよ。長男が、ヒロ君のお姉さんと婚約していてね」

なるほど、そういう関係か。

俺は自分が散髪したてであることに、心からほっとした。就活用とは言え、黒スーツも着ている。途中のコンビニで調達した黒ネクタイも締めている。少なくとも今の見た目は、底辺ニートじゃない。

俺は静かに息を吸い、背筋をぐっと伸ばした。

「俺、いや、私は、子島というところで郵便局長をしています。その島にあるマンションのオーナーでもあります」はったりだろうが若干のフライングだろうが、大きく出た者勝ちである。「ヒロ君は最初の入居者でして、とてもいい関係を続けさせてもらっています」

「へえ、その若さでマンション一棟持ちとは、大したもんだ」

「いえいえ、伯父からの相続ですので、そんな大したもんじゃないですよ。辺鄙《へんぴ》なとこですしね」と謙遜《けんそん》してから、少し声を強めた。「大した男なのはヒロ君です。彼は魚介類の毒性についての研究を続けていまして、そのフィールドワークの為にうちの島に来たのですが、実際頭が下がりますね。近隣の水産大学の教授からは、彼のあまりの優秀さに招へいされるほどだと聞きますし、貝毒研究所や微生物研究会でも熱心に勉強をしています。しかも自ら漁船に乗り込んで、生の現場での研究もしょっちゅうです。気難しかった船長も、今じゃすっかりヒロ君のことがお気に入りですよ」

努めて豪快っぽく見えるよう、俺はカラカラと笑った。

いつだったか、ゲームのチャットでヒロは言っていた。

〈姉の結婚が決まりそうなんで、ニートの弟が家にいるとかまずいってんで、追っ払われただけなんすよー。なんか？　T大卒で学者バカの弟は、一人離れ小島で研究に励んでるって設定らしいっすよー。ぼく、何の研究してるんすかねー〉と。

病気のことは大前提として、ヒロを島に捨てた理由の一つは、確かにそれなのだろう。息子のことが、娘の結婚の障りとなることを恐れた。破談になったり、嫁いでから婚家で軽んじられることを恐れた。息子が馬鹿にされ、疎んじられることを恐れた。それによってヒロが傷つけられることを恐れた。

いったいどういう方法でかは不明だが、ヒロの母親は慣れないオンラインゲームの世界で息子を見つけ、交流した。かつての母子関係よろしく、濃すぎる関係性を築き上げ、ヒロを褒めたたえ、有頂天にさせた。離れて暮らすヒロのことが、心配だったのだろう。

様子が知りたかったのだろう。そのやり方が正しいかどうかなんて俺にはわからない。ただ、紛れもなくその行動の裏には、子供たちに対する深い愛情があった。絶対にあった。

だから俺は今、全力でヒロを持ち上げる。ヒロやお姉さんの為に。亡きヒロのお母さんが望んでいた通りに。

俺の言葉は多少大げさではあっても、嘘でもはったりでもない。お母さんの口から出た出まかせは、今やおおむね真実になろうとしている。

「ヒロは、ほんとにすごい奴なんです。彼の発案で、島と島の間に物資の輸送システムを構築したんですが、それがあったおかげで、人ひとり……いや、二人だな。命が救えたんです。島の有力者のお嫁さんとその赤ちゃんの命がです。本当に、彼がいなかったらどうなっていたことか……」

懸命に言い募るうちに、なんだか感極まってきた。

ヒロだけじゃない。【BJ】さんはもちろん、俺も、サトシも、誰一人が欠けても、ああも迅速に愛生さんと赤ちゃんを救うことはできなかったのだと、強く思う。俺たちが二百十番館にいたことには、ちゃんと意味があったのだと。

もしかしたら目が潤んでいたかもしれない俺の勢いに、目の前のおっさんは気圧《けお》されたらしかった。

「あ、ああ、そうなんですか……いやーそれは素晴らしい」

そう言いながら、じりじり背後に退いている。

そこへお姉さんカップルが「そろそろ移動を……」と呼びに来て、おっさんも他の人たちもぞろぞろと出ていった。肝心のヒロの様子は、と振り返ると、まるで蘇ったゾンビみたいに立ち上がり、ふらふらと近づいてくるところだった。

「大丈夫か、ヒロ……」と聞くのにかぶせるように、ヒロが言った。

「刹那さん……ありがとうございます。ほんとに、ありがとうございます……あの島に行って、良かった。刹那さんと出会えて、ほんとに良かった……」

そうしてまるで幼子のように、おいおいと泣くのだった。

39

〈――ねえねえ刹那さん、お花畑のお姫様、いなくなっちゃったんだよ、知ってる?〉

ログインするなり、そう声をかけてきたのは【陸海空】だった。タイピングのスピードや言葉遣いから、これはたぶん空だなと見当をつける。

〈うん、知ってた。空か?〉

〈うん、空〉

空たちには、山中家にいた頃からすでに、『この花畑の花は、絶対に荒らしちゃ駄目だぞ』と教えてあった。病気で入院した大事な友達への見舞いの花畑なんだから、と。

七色の花畑についての事情は、プレイヤーの間では結構口コミで広まっていた。新規のプレイヤーで、例の武器を作ろうと思っている時に偶然花畑を見つけ、「ラッキー」とばかり摘んでいってしまう人は何人もいた。だが、それ以上に新たに魔法の花の種を埋めたり、せっせと水をやりに通ってくれるプレイヤーもいて、花畑は消えることなくそこに存在し続けている。

タピオカさんが消えたのは、俺が二百十番館に戻って間もなくのことだった。「落ち着いたら帰ります」と姉と共に実家に残ったヒロが、断腸の思いでログアウトしたのだろう。花を捧げるべき人を喪《うしな》い、ESの花畑もやがて消えるのかもしれなかった。

ゲームなんて所詮、データでしかない。どれだけ時間を費やし、経験値を積み上げようと、ひとたび運営が配信停止を決めてしまえば、あっさりすべてが無に帰してしまう。プレイヤー同士のつながりも、様々な思いも、全部消えてしまうのだ。

やるせない思いに浸っている俺をせっつくように、空が発言した。

〈ねえ、刹那さん。クリスマスイベントのタスクが難しくてできないから、一緒にやってよ〉

〈あー、悪いな。今ちょっと、人を待ってるとこでさ。今度埋め合わせするから、他の人を誘ってくれや〉

〈あーあ、ざんねーん〉と去っていく空を、〈ごめんなー〉と見送りつつ、俺はただひたすら、待った。

ヒロのお母さんの葬儀の後、島に帰るまでの長い道のりで、俺はずっと考えていた。

おそらく余命宣告されていたであろうヒロのお母さんが、いったいなぜ、どうやってESの世界に現れたのだろう、と。

誰かがいたはずだ。二百十番館のヒロと、お母さんとの間を繋いだ誰かが。

ヒロがESをやっていることを知っていて、サーバーまで把握している者。ヒロの素性とハンドルネームの両方を知る者、あるいは知る機会のあった者。

にわかには信じがたいけれども。どう考えても、それは二百十番館に住む誰かでしかありえない。ヒロがオンラインゲームを始めたのは、この島に来てからなのだから。

俺自身は、まず除外される。あれだけ驚いていたヒロの自作自演なんてことも、まずありえないだろう。サトシがやってきたのは、タピオカさんが現れた直後のことだから、やはり除外。

消去法で行くと、残るのは【BJ】さんただ一人となる。

もちろん【BJ】さんのことだから、何か事情があるに違いない。俺らに内緒にしていた理由もあるんだろうが、こうして俺が気づいたことを伝えれば、案外あっさりとその事情を教えてくれるかもしれない。

そう思い、【BJ】さんにヒロの家で見たことと、俺の考えを聞いてもらった。

『ふんふん、なーるほど、そんなことが』とうなずいていた【BJ】さんは、ふと、にやっと笑って言った。『あー、それで刹那探偵は、BJめ、おまえが犯人だ、とこう言いたいわけですな、要するに』

『いや、犯人って、そんな……』

もごもごする俺に、【BJ】さんは再びにやりと笑った。

『でもねえ、悪いけど刹那さんの推理、だいぶ雑ですよ？　大穴がぽこぽこですよ？　サトシ君はともかく、ヒロ君の自作自演説は消去できないでしょ、心情的にはともかく論理的にはね。それに刹那さんだってそうだよね。ミステリなら、語り手の第二人格が犯人、みたいなメタなパターンまで疑わなきゃ』

『いや、何の話すか』

『あとね、刹那探偵は、肝心なことを忘れているよ。容疑者ならもう一人いるでしょうが。夏の間、俺らと楽しく暮らしてた、五人目のメンバーが』

『……あ、カインさんか』あのイケメン槍使いのことを完全に忘れていた俺は、少々慌てた。『で、でもさ、カインさんは単なるお客さんって言うか、部外者じゃん？　ヒロの実家とか、お母さんのこととか、知るわけないし』

『そんなの、俺やサトシ君だって知らないよ……だけど、知る手段はあるよね？　ヒロ君の部屋で、私物を漁《あさ》りゃいい。何かしら、個人情報が書かれたものは見つかるでしょ』

確かに、ヒロがこの島に来てからしばらく、お母さんから何やかやと荷物が届いていた。その箱はヒロの部屋に無造作に置かれていたし、貼り付けられたままの送り状も見た覚えがある。

『……え、でも、カインさんがヒロの部屋を漁るチャンスとかあったっけ？　全員がいなくなることなんて、滅多になくない？』

『そりゃ、俺がお試しでいた時にはなかったかもだけど、俺が一度帰ってさ、二人になったときがあったでしょ？　釣りとかしてみたいからまだ残るってカインさん言ってたよ、確か』

釣り、という言葉で俺は『あーっ』と叫んだ。『そう言や、ＢＪさんが帰った後で、カインさんが大量の魚を釣ってきてくれて、海鮮丼が食べたいとか言われて、俺とヒロでばあちゃんたちに捌き方を教えてもらいに出かけた……』

『その間、カインさんは？』

『シャワー浴びて、それから屋上で甲羅干ししたって……』

『二百十番館に一人でね』

俺はううむと唸った。

確かに、【カイン】さんなら、ヒロのお母さんをESに誘うことはできただろう。

『え、でも、どうして？　何の為に？』

ほとんどひとり言のようなものだったのだが、【BJ】さんは少し厳しい顔をして、

『それを聞く相手は俺じゃないでしょ』と言った。

まったくもってその通りだ。

それで早速【カイン】さんにラインを送ってみたのだが、一向に既読にならない。メールも送ってみたが、やはり返信が来ない。それで仕方なく、ただひたすらESにログインして、【カイン】さんを待つことにした。彼もけっこうマメにログインする方だったから、すぐに会えると思っていたら、その日はもちろん翌日も会えなかった。さらに次の日にようやくインしてきたから、

〈ごぶさたー、カインさん。やっと会えたよ〉

とチャットで話しかけたら、

〈そりゃね、イブとクリスマスはね、何かと忙しいからね〉

と返された。イケメンリア充の【カイン】さんならさもありなんである。と言うか、無関係過ぎてクリスマスとか完全にスルーしていた（ゲーム内イベントを除く）。

〈にしてもメールもラインも無視とかさあ……〉

〈ごめんね。彼女にスマホの電源切られちゃってさ。他の人と連絡とっちゃダメだって言うんだよ。結構束縛きつい系でさあ、まいるよね〉

〈お、おおう……〉

リアルが充実しまくった人の攻撃力は、無慈悲なほどに高い。

〈それでさ、刹那さんが用があるなら、こっちで話そうと思ってさ〉

そう言われ、頭が真っ白になっていた俺は、やっと目的を思い出した。

とは言え、いきなりヒロの部屋を漁ったかなどとは聞きにくい。それで考え考え、

〈ところでさあ、カインさんって、どうしてそういう名前にしたの？　カインとアベルにしても、槍使いのアレにしてもさ……〉

と遠回しに切り出してみた。

即座に返事が打ち込まれる。

〈裏切り者のイメージ？〉

文字だけのやり取りは、相手が気を悪くしているかどうかがわかりにくくて結構怖い。

〈いや、まあ……〉

〈俺さ、真っ当な熱血ヒーローよりも、屈折した裏切りキャラの方が好きなんだよね。アナキンとかうちは兄弟とかさ〉

〈あー、わりと人気出がちだよね、そういうクール系闇落ちキャラって。

でさ、話変わるんだけどさ、そんでもってちょっと聞き辛いんだけどさ、ヒロのことなんだけど、まあ、全然見当違いだったら聞き流して欲しいんだけどさ、誰かにあいつの個人情報とかを教えたりした？〉

するとと返信が画面上に並ぶまでに、少し間が空いた。そして、

〈あれ？　何かあった？〉

質問に対して、質問が返ってくる。

〈ヒロのお母さんが亡くなった。そんで、タピオカさんはヒロのお母さんだった〉

チャットの流れが、また止まる。ややあって、返事があった。

〈ああ、そういうこと、ね。うーん、どうしよっかなあ。俺にとっては刹那さんもあの人も、大事なゲーム仲間なんだよね。俺がばらすのも、なんかフェアじゃない気がするし〉

〈あの人？〉

〈俺さ、その人に頼まれたんだよね、軽いバイト的な感じで〉

〈だからその人って誰なんだよ！　バイトってなんだよ〉

〈うん、だからさ、詳しいことは俺からは言えないから、直接聞いて〉

そう前置きして【カイン】さんが画面上に打ち出した名前は、思いがけない人物のものだった……。

待ち人がやっとログインしてきたのは、さらに翌々日のことだった。

御用納めの日の翌日。官公庁だけじゃなく、世間一般のサラリーマンの多くが、年内の仕事を終えて休みに入った日。

いつものように吟遊詩人の姿をした〈彼〉は、いつものように〈やあ、刹那さん。お元気？〉と挨拶してきた。

俺は挨拶もそこそこに、〈彼〉にチャットで話しかけた。

〈待ってましたよ、ラクダさん〉

そして、少し迷ってからこう付け加える。

〈……いや、親父とお袋の、どっちか、だよね？〉

40

しばらく画面はフリーズしたみたいに固まっていた。ＢＧＭのＥＳのテーマだけが、ひたすら流れている。いい加減イライラしてきた頃、ようやく文字列が現れた。

〈あれえ、どうしてバレたのかなー？〉

その気が抜けるような言い方に、ピンとくる。

〈今は親父かよ〉

〈うん、今、母さんに聞いたら、バレちゃったんならもういいでしょって〉

妙に長い間は、それだったのか。にわかに腹が立ってきた。

〈あのさ、あんたら二人して、何やってるの？　あんだけ俺にゲーム止めろって言ってたのに、なんで自分らがやってるわけ？〉

〈別に止めろなんて言ってないぞ。ゲームだけやってるような生活を改めろって言ってたんだぞ、俺たちは。それでまあ、元気でやってるかなって生存確認的な意味で、時々覗きに来てたんだよ。親の愛だぞ、感謝しろよな〉

愛って、と俺は苦笑する。

〈島に流して、捨てたくせに〉

〈捨ててない、送り出したんだ〉

〈口じゃどうとでも言えるよな〉

〈おまえは口でキーボードを叩いているのか、器用だな。俺は手で打っているぞ〉

拗《す》ねた子供のような俺の言葉に、力が抜けるようなこの返信。そうだよ、こういうとぼけた奴だったよ、俺の親父は。

〈この間、ヒロのお母さんが亡くなったんだ。あいつがあんまり取り乱すから、心配で俺もついて行ってお通夜にも出て……ヒロの家に泊めてもらった。そんで、お母さんのパソコンが起動したまんまでさ、知っちゃったんだよ、タピオカさんのこと〉

少し待ってみたが、返信はない。だから続けた。

〈親父たちが、ヒロのお母さんに連絡したんだろ？　カインさんが言ってたよ。ラクダさんに頼まれて、ヒロのことを調べたって。意味わかんないんだけど、なんで？〉

〈そりゃおまえ、いきなりどこからともなく人様の息子さんを連れてきたみたいだったから、親としては心配にもなるだろう？　だからカインさんがおまえのところに遊びに行くという話だったから、こっそり偵察を頼んだんだよ。旅費や滞在費は全部こっちで持つからって。そうしたらヒロくんは地元の青年だってことじゃないか。そりゃあ、元からの知り合いだったのかとか、親御さんはご存じかってことも気になってくる。捨てられたとは言ってたけど、それもホントかどうかはわからないしね。それで、親御さんに連絡を取ったんだよ。そうしたら〉

そこで文章は途切れたが、その先は何となくわかった。

〈お母さんの……仁美さんの事情を聞いたんだね〉

〈あんまり息子さんのことを心配していたから、現地に行かなくても陰ながら見守る方法がありますよって教えたんだよ。パソコンも贈らせてもらった。ご病気のことも気の毒だったし、なんだか他人事じゃなかったしね〉

同じニートの息子を持つ親同士ってわけかよ……と、力なく思う。

〈あれのどこが陰ながら見守る、だよ〉

やりたい。

〈あれもまた、親の愛なんだろうなあ〉

妙に感慨深げだが、その親の愛がヒロのことをとんでもなく傷つけたんだぞと言って

だが、今は他に尋ねるべきことがあった。

〈あのさ、もう一人いたよね、ラクダさんの中の人〉

【ラクダ】さんは俺や【BJ】さんに次ぐ古参のプレイヤーだ。当初は平日の真昼間からインしてくれるありがたい存在で、密かにニート仲間だと認定していた。それがあるときから急に、夜に少しと、休日にしかプレイしなくなっていた。それを俺は、学生が社会人になったせいだと解釈していたのだが……。

その中の人が俺の両親だと判明した今、大きな疑問が生まれる。彼らには、平日のあんな時間にゲームなんて絶対できない。そもそもあれだけやり込むような時間の余裕もない。

【ラクダ】さんが好んで使っているキャラクターは、吟遊詩人である。攻撃を担うアタッカー、回復役のヒーラーなどとある中で、ワイルド——特殊役に分類される職業だ。主に味方の支援や、敵に不利益な効果を与えたりする役目である。聖職者同様、かなりレベルが上がらないと強力な攻撃手段が得られず、また場面や敵に応じて様々な〈歌〉を使い分けねばならず、上級者向けの職業と言える。配信当初はその奇妙なキャラクタ

ーデザインと相まって、斧使いと同じくあまり人気がなかった。ところがラストダンジョンを攻略するためには七種の職業すべてをそろえたパーティを組まねばならないことが判明し、俺たちはだいぶ右往左往させられた。そんな折、声をかけてくれたのが【ラクダ】さんだった。以来、ゲーム内ではいたって気安い関係を続けてきた、はずだった……。

余談ながらＥＳの吟遊詩人は仮面キャラである。ミステリーなんかだと、顔を隠した登場人物が出てきた時点で「ははあ、これは入れ替わりトリックだな」と読者は疑うだろう。だが、吟遊詩人パートで明らかになる事実は、単純な入れ替わりトリックとは少し違っていた。

ここでネタばらししてしまうと、吟遊詩人パートはとある希少民族が悲願を達成しようとする物語だ。彼らの秘宝である仮面には、特別な魔法が込められていて、かぶると各種魔法が使えるようになる他、機械的な同じ声となる。そして仮面をかぶっていた者が道半ばで死んでしまうと、一族の村の祭壇に再び魔法の仮面が現れる。そして次の者が任務とレベルを引き継いでいく。もこもこした衣装なので、体格の違いはわからない。そして仮面が訪れた場所にはワープできるから、今までいたパーティに何食わぬ顔をして（仮面だから表情はわからないのだが）加わり共に行動することとなる。こうしてリレーしていくこと合計六回。全部で七人の少年少女がゲーム内で吟遊詩人となっていた。

いわば七人一役である。彼らは魔法の通信でマメに連絡を入れていて、情報共有はなされていたのだが、さすがに命を落とす直前の出来事や、ごくプライベートなやり取りなどは伝えられず、そのため不自然な言動が幾度かあり、それが伏線となっていた。その見事さに、俺は何度唸ったことか。

吟遊詩人は単体では戦えない。防御力も弱く、それ故死にやすい。だから、悲願達成のためにはどうしても、剣士や斧使い、槍使い、弓使いなどの戦えるメンバーの揃ったパーティに潜り込む必要があった。そうしたキャラクターの設定が、きちんとストーリーの中で生かされている。本当によくできた物語だ。

そして泣かせるのが、仮面をかぶる前の彼らがサポート役として要所要所に出現していたということ。例えば剣士といい感じになりかけていた女の子が、小さな約束を前に、行方をくらませてしまうエピソードがあった。それが吟遊詩人パートで、その時〈仮面の引き継ぎ〉が行われたことが判明する。〈彼女〉は、剣士が魔法使いの女の子と再会し、急速に仲良くなっていく様子を、ただ傍らで見ているしかなかった。そして誰にも知られないまま、仮面は次の者に引き継がれていく。その最初の仕事は〈先代〉の遺体の始末であるという事実の過酷さ。七人のうちの一人が、斧使いが探し続けていた生き別れの我が子だったという号泣エピソードもあった。数奇な運命の末、その村で育てられていたのだ。こうした様々なネタバレや驚きどころ、泣かせどころが満載なのが吟遊詩人パートだ。

【陸海空】がそうであるように、オンラインゲームの世界では、複数人が一つのアカウントでプレイしているなんてことは割とある（逆に一人が複数アカウントを所持していることだってあるあるだ）。ましてそのキャラクターが吟遊詩人なら、中の人が両親だけじゃなく、別の人間が混ざっていたってそう驚くことじゃない。いや、むしろ第三者の存在抜きには、説明がつかないことが多すぎる。

そしてそれが誰なのか、という点において、はなから心当たりがあった。だから、親父のとろくさい入力を待たずにこちらから言う。

〈わかってるよ、伯父さん、だよね〉

むしろ、彼以外に誰がいるんだという状況だ。

俺に二百十番館をくれた人。今はもう、この世にはいない人。

〈そう、兄さんよ〉

いきなり、書き手が母に交代したらしい。見慣れた【ラクダ】さんが、お袋の口調で語り始めるのは、なんだかやけにシュールだった。

〈何年前だったかしら。普段ろくに連絡も寄こさなかった兄さんが、電話してきたことがあったのよ。元気してるかーって。気まぐれというのか、昔からそんな感じだったわ。それでね、思わず息子がニートで困ってるって返したの。仕事にも就かずにオンラインゲームにうつつを抜かしているってね。兄さんたら、相変わらずとぼけた感じで、そうかー、じゃ、ちょいと様子を見に行くかって。てっきり家に来るのかと思ったら、ゲームの世界にって話だったの。覚えてる？　父さんが、取引先のお子さんがお勧めのオンラインゲームを知りたがってるって話をして、あなた、けっこう機嫌よく教えてくれたでしょ。ESのこととか、サーバーのこととか。ハンドルネームはあなたのプレイ中に、お父さんが覗き見してくれたわ〉

確かに、それだけの情報があれば、殊にESでは特定の個人に辿り着くことは可能だ。

〈伯父さんは、俺のことなんて？〉

〈褒めてたわよ。面倒なタスクも黙々とこなして、地味な経験値上げもこつこつやって、だから強くて頼りがいがあって、ゲームの知識も豊富だし、礼儀正しいのに大らかでユーモアもあって、仲間をとても大切にする、いいやつだって〉

〈ゲーム内の話だよ〉

苦笑しながら書き込むと、鼻で笑うような返事があった。

〈ほんと、誰の事って感じよね〉

少し間があってから、〈でもね〉と続く。

〈兄さんは言ってたわよ。これが、本来のあいつなんだろうなって。少なくとも、こうありたいっていう理想の姿なんだろうなって〉

ゲームの中で出会ったばかりの頃、【ラクダ】さんは言っていた。

〈楽しいは、楽だ〉と。

どうしてラクダなの？　という問いに対する返事である。

〈楽しいのは、楽だよなあ。ほんと、気楽だ。だけど不思議なんだけど、楽なのが必ず楽しいかっつうと、そうでもないんだよなあ〉

煙に巻かれたような思いで、俺はただ、〈ふうん〉とかなんとか答えたような気がする。

ニートでいるのは、そりゃ楽だった。

諸々の責任だの義務だのめんどくさいことをすべてまるっと放り投げ、ゲームの世界に没頭しているのは、そりゃ楽で、楽しかった。

だけどその楽しさには、どうしようもない重苦しさが常に貼りついていた。

俺がいたのは、いつ壊れてもおかしくないようなぼろっちいシェルターで。ヘビー級の〈リアル〉に体当たりされたら、あっという間に消し飛んでしまうこの仮想空間で。終りの時は数年後か、それとも数日後か。その際もろともに俺も砕け散るならば、きっとそれはまだマシで。たぶん、絶対、その後も、耐えられないような苦痛と恥辱《ちじょく》にまみれた日常は続いてしまう。

不安で不安で不安で不安で……どうしようもなく怖かった。

ただただ、恐ろしかった。

〈こうも言ってたわ〉と母は続ける。〈あいつが自分につけた名前は、こんな状態が長くは続かないことを、自分で承知している証拠だよって〉

刹那――ほんのわずかの時間、だ。

俺は脱力し、だらりと体を椅子に預けた。まるで首根っこをつかまれた猫だ。

〈その後、兄さんから話があるって呼び出されて。病気のことを聞いたの。どうやら俺も年貢の納め時らしいって。それで後のこととかお金のこととか色々頼まれて、最後に言われたわ。あいつに俺の大切な不動産をやろうと思う。資産的価値はむしろマイナスだが、あいつにとっては意味のあるものになるはずだって。それから、私たちにはラクダを託すって。今までのチャットのログを渡すから、せいぜいそれらしく演じてごらん、きっと息子の違った一面が見えてくるよ、ですって〉

必要なことはすべて言い終えたのか、文字列はそれ以上増えることはなかった。俺はどう返していいかわからず、ただ、茫然とパソコンの画面を見つめていた。

そこへ、新たなプレイヤーがログインしてきた。

〈刹那さん、ラクダさん、こんにちは〉

現れたアバターを見て、息をのむ。

ピンクのフリフリドレスを身にまとった【タピオカ】さんだった。

〈ヒロか？〉

〈はい。刹那さん、心配かけてすみません。一緒に来てくれて、本当にありがとうございました。母のパソコン、形見分けでもらったから、そっちに送りますね。年明け、姉の仕事が始まるまでに全部片づけて、島に戻ります〉

〈そうか。帰ってくるか〉

もしかしたら、もう戻って来ないいんじゃないかと心配していた。

【タピオカ】さんの発言に、笑顔のマークがつく。

〈もちろん。僕が帰る場所は、二百十番館の二号室です〉

俺は少し泣きそうになった。

目の前にいる、【ラクダ】さんと【タピオカ１１０３】さん。奇妙な仮面の吟遊詩人に、お姫様ドレスを着た聖職者。どちらのアバターも、かつて操作していた人はもう、この世にいない。

ヒロに対してお悔みめいた発言を残し、【ラクダ】さんはログアウトしていった。お袋らしい、ドライな去り方だと思った。ひとしきり報告をしたヒロも、〈それじゃあ、まだ片付けがあるので〉と去っていった。

開けっ放しのドアから、どたどたとサトシが駆け込んでくる。

「ヤバいっすよー、ＢＪさんがケーキ焼いてくれたんすよー」

「ケーキ？　マジで？」

「マジマジ。俺がクリスマスケーキ食べたかったってぼやいたら、そんなら焼いてあげるよってホットケーキミックスで」

「それ、ホットケーキじゃね？」

「でも生クリームとかフルーツとかで超絶うまそうになってるんすよ。ほらほら、早く早く。みんな揃わないと食えないじゃないすかー」

「わかったわかった」

　俺は苦笑し、膝に飛び乗ってきたチャットを抱き上げた。そしてチャットの妨害にあいながらマウスを操作し、静かにログアウトしたのだった。

エピローグ

年が明け、御用始めの日付けをもって、俺はめでたく子島簡易郵便局長に就任した。何と言うか、実に感無量である。

その初日、俺はサユリばあちゃんから一通の手紙を渡された。

「これねー、ずっと局留めになっていたの。前局長の最後のお仕事よー」

表には俺の名が書かれ、裏を返すと差し出し人は伯父さんだった。

「あなたが一人立ちしたら渡してくれって頼まれててー。私が生きている間に渡せて、本当に良かったわー」

ばあちゃんはほこほこと笑う。

「さあさあ、局長の椅子でゆっくりお読みなさいなー」

背中を押されて辿り着いた古い事務椅子には、サユリばあちゃんの心遣いなのだろう、真新しいカバーのかかった座布団が敷いてあった。

ありがたく掛けさせてもらい、ハサミで封筒の封を切る。便箋には初めて見る伯父の、豪快で癖の強い文字が並んでいた。

始めましてと言うべきか、何というべきか。俺とお前は顔を合わせたこともないし、伯父と甥としての交流も一切なかったから、ここではなじみ深い刹那さんと呼ばせてもらおうと思う。俺はラクダの伯父さんだ。どうだ、驚いたか？　それともう、気づいちゃっていたかな？

刹那さんは覚えているだろうか。一度、何でそんな名前なんだと聞かれたことがあったな。あの時答えたことも、もちろん嘘ではないのだが、実はもう一つ理由がある。知っているかどうか、落語の中に『らくだ』という噺《はなし》があるんだよ。これがまたユニークな噺で、らくだというのは登場人物の名前なんだが、これが出てきたときから死んでいるんだ。笑っちゃうだろ？　刹那さんが島で生活を始めた時、既に死んでいるであろう男、それがラクダさんこと俺様だ。

刹那さんは不思議に思っているだろうな。どうして会ったこともない伯父が、おまえに研修センターを遺したりしたのか。あれの価値を知ったら、むしろ迷惑に思って、恨んだかもしれないな。しかもわざわざゲームの中で近づいたりしてな。不思議っつうか、不気味だな、我ながら。

理由はいくつかあるんだが、まずは妹、刹那さんの母親のことだな。俺は本当にちゃらんぽらんな男で、家のこととか、親のこととか、全部あれに任せっきりにしていた。

またあれはやたらと良くできた、しっかり者だったからな。ああいう母親を持つと大変だろうなと、少し同情する。

それでまあ、迷惑かけた妹に対するせめてもの罪滅ぼしってな意味がまず一つ。あいつが俺に相談するなんて、よっぽどのことだしな。

もう一つは、俺は昔、子島にいた時期があるんだが、その頃の俺に、刹那さんを重ねたというか、少し気持ちがわかるというか、まあそんな感じだな。あの頃、俺は自暴自棄《じぼうじき》になっていた。やりたかった仕事には就けず、糞《くそ》みたいな奴の下で働く羽目になり、心底好きになった女は俺のことを好きになってくれないわ、おまけにどでかいしくじりをしちまうわで、すべてに嫌気がさしていたんだ。それで地の果てにでも行っちまおうと、旅に出た。まあようするに、逃げ出したんだな。ままならない人生やら何やらから、だ。それで無一文の状態でたどり着いたのが、子島だった。正直、生きてても何にもいいことないし、死んじまってもいいかもなあ、くらいに思っていたよ。

けど、島の人たちの恩情で、なんだかんだ生き延びちまってさ。本当に、あの人たちには感謝しかないよ。それで色々思うところあって、また再スタートできたわけだ。がむしゃらに働いて、それなりには成功したけど、あくまでそれなり、だ。小百合さんには、「立身出世して」なんて褒めたたえられたけど、そこまでのものじゃなかったな。大成功ならぬ、小成功って感じ。島に戻って、研修センターを建てて、島の人たちは喜んでくれたけどね。全然大したことはできなかったし、それを持続させることもできなかった。

だから三つ目の理由ってのは、刹那さんへのお願いだ。

俺はこの手紙を、刹那さんが自立したら渡してくれるようにと局長さんに託すつもりでいる。今、もしかしたらお前は島を出ていこうとしているかもしれない。自立の意味にもよるけど、子島では難しいかもしれないからな。だから、お願いだ。

どうか、島の人たちのことを忘れないでやって欲しい。時々は、様子を見に行ってやって欲しい。それだけで、喜んでくれるはずだから。彼らは刹那さんにすごく良くしてくれただろう？　ラクダの伯父さんが、よーく頼んでおいたから。俺の甥っ子を、どうぞよろしくお願いしますってね。刹那さんが今、自立できているということは、きっと彼らがおまえの助けになってくれたんだろうから。

だから、くれぐれもよろしく頼む。身勝手で傍迷惑な伯父からの、これが刹那さんへの遺言です。

ラクダ

読み終えて、俺は笑いたいような、泣きたいような気持になった。そうして振り向いた先に、サユリばあちゃんの笑顔があった。

「伯父さん、なんだってー、局長さん？」

「あ、島の人たちをよろしく頼むって。とても感謝しているって」

「まあまあ、こちらこそ感謝よねー。この島に、新しい局長さんを呼んでくれたのだから。おかげで、他のみんなも来てくれたのだから。ねえ、局長さん？」

サユリばあちゃんの眼はとても真摯《しんし》で暖かい。そして気づけばばあちゃんは、俺のことを〈坊や〉とは呼ばなくなっていたのだった。


やがて子島に夏が訪れた。

俺が島流しにされてから、丸一年が過ぎたことになる。

あの頃と今とでは、島の状況も色々変わった。

一番目につく変化は、〈ラーメン転送システム〉の大幅なバージョンアップだろう。

あの〈あいなまタン出産事件〉（【ＢＪ】さん命名）の後で、俺たちは子島の住民を巻き込んで、とある要望書を役場に出した。子島母島間に、しっかりとした搬送装置を設置するべく運動を開始したのだ。もちろん橋を造るような予算はないだろう。だが、観光地にあるようなジップラインなら、比較的低予算で安全かつスピーディに人も物も運べる。嵐の際、病院のない子島で急病人が出た時の搬送手段として、最も合理的でコストパフォーマンスも素晴らしい――人の命を盾に取る勢いで、俺たちは全力でそう主張した。

　愛生さんの件はもちろん母島の役場でも把握していた。その功労と、俺が郵便局長に就任してちょっぴり発言力が増したこと、そして愛生さんの旦那さんの後押しもあって、あれよあれよという間に実現の運びとなった。

　ちなみに愛生さんの旦那さんは最初は面倒そうに話を聞いていたものの、事件の夜に〈記念に〉録音しておいた音声を聞かせたら、打って変わって協力的になってくれた。もちろん、子育て真っ最中の愛生さんには何ひとつ余計な告げ口はしていない。

　最終的に役場の背中を押したのは、【カイン】さんの、〈どうせなら、観光にも活かして利用料を取っちゃえば？〉というアイデアだった。そういえば、最初にジップラインという名称を教えてくれたのも彼だった。

　おかげで夏前には、子島と母島の双方に、しっかりとした鉄柱が二本ずつ建っていた。高低差を生かして楽に移動できるワイヤーが、往復用の二本張られ、常時母と子とはつながることになった。これは歴史的大事件と言えるだろう。おかげで俺たちはいつでも母島に遊びに行けるようになったし、急病にも怯えなくて良くなった（いざという時には、専用の担架が取り付けられるようになっている）。もちろん、母島と子島の住民は年間登録料のみで使用できる。白須さんは、これで天候が荒れても勤め先のホテルから子島のばあちゃんの家に帰れると、大喜びだった。

そしてこのジップラインは、夏の間訪れる観光客にも意外なほど好評だった。本土の定期船待合所や役場観光課のホームページ、ビーチの海の家やホテルなどで告知した結果、二百十番館にはしょっちゅう問い合わせの電話が入ることになった。

母島子島間ジップラインの利用料は、他の観光地に比べて格安な代わりに予約制だ。母島の循環バスのダイヤに合わせて予約を入れてもらい、バス停で待ち受けた俺らの一人が案内し、〈へその緒〉の説明をしたりしてからお客さんに安全ベルトを取り付ける。そして対岸の子島でも〈スタッフ〉が待ち受けていて、ベルトを外し、子島を案内する。

実は子島は今、〈猫島〉として地味ながら人気を集めているのだ。これは主に俺の島ブログの手柄であり、つまりはブログをいじってお洒落にしてくれた【カイン】さんの手柄である。そのおかげで島には夏の間、スマホを片手に猫を写メろうとする女子や、一眼レフのカメラを抱えたおっさんなんかがうろうろするようになった。お帰りは定期船でもいいし、またジップラインで戻ってもいい。行きか帰りに〈へその緒〉を通るプランは大人気だ。集落には島で初めての自動販売機が設置され、なかなかいい感じに売れているそうだ。海老名のばあちゃんは、そろばん片手に「こりゃー、アイスの販売機もいれるべきかねえー」とほくそ笑んでいた。二百十番館でも、レンタサイクルの導入を検討している（目下、俺らのを百円で提供している状態だ）。

このジップラインの設置をもっとも喜んでいるのはサトシだろう。彼は予約客が訪れる時間になると、張り切って出かけていき、まるでターザンみたいに雄々しく母島に着地する。そしてお客さんにスマイル全開で挨拶し、それは丁寧に安全ベルトを取り付けるのだ（注・ただし女性に限る）。そして子島側にいるときは、きゃあきゃあ言いながら滑り落ちてくるお客さんを、たくましい腕でがっしりと受け止める（ただし女性に限る）。毎日毎日、本当に幸せそうだ。ちゃっかりラインを交換したり、一緒に写メを撮ったりしている（ただし以下略）。あれほど言いまくっていた不平不満もすっかり影をひそめ、まるでさわやか好青年みたいになってしまった。

ちなみにジップラインの収益は、装置のメンテナンス代と保険代、その他諸経費を差っ引いた分がスタッフの収入となる。万歳！　もっとも俺は平日は手伝えないし、ヒロも島外に出かける用事が多いから、忙しい時には島のじいちゃんばあちゃんの手も借りることになる。皆は「小遣い稼ぎができるよー」と喜んでくれている。もちろんスタッフは皆、事前の安全講習が必須だ。

お盆の時期、何と山中一家が本当に子島に来てくれた。

「お言葉に甘えて来ちゃいましたー」と楽しそうに緑さんは言い、子供たちも海だ海だと大興奮で、招待した俺としては非常に嬉しかった。

翌日、ビーチに出かけるべく着替えてきた一家を見て、【ＢＪ】さんがぼそりと言った。

「これは……事案発生ですな、刹那さん」

前夜、風呂のチーム分けの時点で「あれ？」とは思っていたものの、俺はその場で言葉もなく固まっていた。

既に海パン一丁で、やる気満々の陸と海はいいとして……。

もじもじと緑さんの陰から出てきたのは、フリルとリボンの付いた、どう見ても女の子の水着を着た空だった。

俺の反応に緑さんがにやにや笑っているところを見ると、最初からこっちが勘違いすることを承知の上で、わざと訂正しなかったものらしい。その理由は考えずともわかる。

確かに、得体のしれない男相手に、わざわざ女の子だなんて教えてやる必要はないだろう。今日日、親御さんはそれくらい用心深くあるべきなのだろう。

だがしかし、そうは言ってもやっぱり、事前に言っておいて欲しかったと強く思った俺であった。俺が三兄弟のうちでとりわけ空と仲良くしていたことはゲーム仲間には周知の事実で、すっかりあらぬ誤解を受けてしまったのだ。【ＢＪ】さんからこしょこしょと、「刹那さん、刹那さん、秋アニメに良さそうなロリものがありますよ」などと耳打ちされる屈辱ときたら！（【ＢＪ】さんも、わかった上でからかっているのだと信じたい……）

何はともあれ、山中家の人たちに早速恩返しができたのは、大変喜ばしいことであった。

そういえば、【BJ】さんは今や、すっかりトラウマからは解放されたように見える。だが、立ち直ったからと言って元の生活に戻る気はさらさらないらしい。

「いやー、これだけゆるい感じに慣れちゃうとねえ、もうあの厳しい世界には戻れませんわー」と言っている。俺は「いいのかなあ」という思いと、安堵する思いとでやや複雑であった。だが、島の小さな無人診療所の設備や備品が以前よりも格段に充実したのは、【BJ】さんの働きによるものである。そして時々、〈散歩〉と称して集落を回っては、さりげなく島の人たちの健康診断をしている。その思いは充分伝わっているのか、【BJ】さんが散歩から帰ってくると、持ちきれないほどの食べ物を抱えているのが常だった。

「べ、別にお前らの健康が心配ってわけじゃないんだからねっ」とツンデレキャラみたいなセリフを吐きつつ、貰ってきた食品で栄養バランスの取れた食事を作ってくれたりする（冬場は鍋が多かった）。怪しい咳でもしようものなら、口をあーんと開けさせられて、じっくり喉の奥を見てくれる。名実ともに島のドクターであり、俺らのオカンだ。

一方ヒロは、色んな所に出入りして、色んなコネを築き上げ、誰だか偉い人に熱意を認められた形でついに念願を果たした。貝毒の検査技師（？）の立場を手に入れたのだ。あの人見知りでろくに人と話せなかったヒロがなあと、胸が熱くなる思いだった。この春からさっそく、仕事ができるようになった。貝が獲れるシーズンのみの、季節労働者みたいな恰好である。この時期は猫の手も借りたい多忙さで、ずいぶんありがたがられているようだ。ヒロ自身、すっかり研究が面白くなったらしく、今でも水産大学の研究室には通い続けている。

ヒロのおかげでこの春は、安全安心なアサリをたくさん食べることができた。タダ食材万歳である。ばあちゃんたちには、アサリ料理を色々教えてもらった。食いきれない分は、冷凍したり佃煮にしたりした。

安康さんからは、サトシと共に漁師の跡継ぎにならないかと勧誘を受けているとのことだ。サトシは結構その気になっていて、船舶免許の取得を真剣に考えているらしい。「免許取れたら親が船を買ってくれるかも」なんて言っている。とんでもないおぼっちゃまである。一度赤ん坊を連れて遊びに来た愛生さんから、旦那さんとの馴れ初めを聞き、「リゾート先で恋に落ちてそのまま結婚とか、都市伝説かと思ってたっすよー」と大興奮だった。以来、「俺にもそういうチャンスありますよね、ね」とうるさい。健闘を祈るばかりだ。

そして俺はと言えば、もちろんゲームは続けている。局長の仕事や館の家事を終えてからだけど。インできる時間はだいぶ減ったものの、どういうわけか以前よりずっと楽しい。

どういうわけか？

——もちろん、理由なんてわかり切っている。

【陸海空】の空は相変わらず、俺にまとわりついてくる。それで皆がからかってくるのも、もうお約束だ。【ラクダ】さんとも以前と同じように、

〈最近どうですか？〉

〈まあボチボチですよ〉

なんてどうでもいいチャットをしている。

たまに気が向いたら、

〈おかげさんで、わりかしちゃんとやれてますよ〉

なんて返したりもする。

そしてチャットと言えば、何と子猫を五匹も生んだ。広すぎる敷地に鶏小屋も建てたから、今や二百十番館は大所帯で、毎日どったんばったん大騒ぎだ。

動物ばかりではない。

ぽつぽつとだが、二百十番館への入居を希望する人からの連絡を受けるようになった。

短期で宿泊したいという問い合わせも多い。これまた【カイン】さんがいじくってくれたブログの効果らしい（俺の島日記もわりかし好評だと聞く）。その【カイン】さんは今年の夏もまたやってきて、「今回はスパイじゃないよ」と笑った。彼は相変わらずイケメンで、変わらずいいゲーム仲間だ。

「集落の空き家を改装して、移住者を募ってもいいよね。それなら女性も呼べるし」なんてナイスなアイデアも出してくれている。それに一番反応したのはもちろんサトシで、「それ、いいっすね。『こんな島でカフェとかやってみたいわ』って言ってた女の子、いましたよ！」と大はしゃぎだった。

それを単なる夢物語とは思わない。一年前の今頃、子島がこんな風になっている未来を、いったい誰が思い描いていただろうか。

――未来は、未だ誰もプレイしたことのないゲームみたいなものなのだから。

初見殺しの敵だって出現するだろう。ラスボスなんてとんでもなく強かったりするんだろう。プレイヤーの中にはタチの悪い奴も、ウザい奴もいるだろう。だけど、皆で力を合わせてミッションをコンプリートしたときの爽快感もまた、きっと、絶対、格別なのだ。

俺のアドレスには、今日もぽつりぽつりとメールが届く。猫目当てで、短期間安く宿泊したい人。かつての俺同様、親から見捨てられそうなニート本人。もしくはニートを何とかしたいと必死な親御さん。色んな事に疲れたり、嫌になったりして、どこかへ逃げ出したいと思っている人。

ここで念のために言っておく。この島は、魔法の島でも夢の島でもない。さらには二百十番館が、ニートの更生施設だなんて勘違いされても困るわけで。

短期のお客さんは別として、二百十番館の新住人となるには、以下の五か条を厳守してもらう必要がある。

その一、決められた家賃をきちんと支払うこと。まあ、これは当然。踏み倒したりしようものなら、専属のマッチョが容赦なく本土行きの定期船に放り込むと知れ。

その二、割り振られた家事をちゃんとこなすこと。共有スペースの掃除はもちろん、洗濯、食器洗い、猫や鶏の世話、家庭菜園の世話、買い出し等々。料理ができればなお良し。

その三、オーナーは常に節約節約と口うるさいが、それに対して嫌な顔をしてはならない。また、出された食事に文句を言ってはいけない。魚介類中心の食生活を覚悟しなければならない。

その四、島の先輩たるお年寄りには、礼儀正しく何かと手助けすべし。世間話にも愛想良く付き合うべし。

その五、挨拶はきちんと、マナーを守るべし。

さらに絶対条件として、動物に愛情を注げる温厚な人物に限らせてもらう。暴力沙汰なんてもってのほかだ。そしてこれは単なる希望だが、ゲームが好きだとけっこう嬉しい。

と、こう並べてみて、即座にどこからかこんな声が聞こえる。やなこった、そんなことができるくらいなら、ニートなんてしてねえよ。そんな苦行を強いられるくらいなら、死んでも子供部屋にしがみついてやるよ、と。

なんのことはない、かつての俺の心の声だ。

だが今の俺は知っている。できるかできないかは、結局のところやってみなければわからない。住めば都って言葉もあることだし。試しにとりあえず来てみるってのも、案外悪くないのかもしれない、と思う。

だから……。

送られてくるメールに、俺は極力こう返信しよう……まかり間違って、全部の部屋が埋まりでもしない限り。

——二百十番館にようこそ。俺たちは、いつでもお待ちしています、と。

解説

池澤春菜

〇〇バカ大集合ものが大好き。例えば、「特攻野郎Aチーム」とか「オーシャンズ11」とか「七人の侍」とか。一芸に秀でた、でもそれ以外はダメな人たちが集まって、チームとなった時にすごい力を発揮する、ってやっぱりロマンだと思うのです。

なので、この「二百十番館にようこそ」もそういうお話かしら、と思いながら読んだら……あれ、ちょっと違う。確かに【BJ】さんは元産婦人科医という経歴はあるけれど、でもそれ以外のみんなは、完璧でないどころか、むしろ足りているところが一つもないのでは……？

だけど、〇〇バカですらない普通のみんながかんばるさま、そして最終的にこの四人じゃなきゃだめなチームになっていくさまは、とても楽しかった。わたしが好きなのは、天才でも天才でなくても、歪な形を集め、へっこんでいるところやとんがっているところを合わせて、一つの形になっていくことなのかもしれない。

おそらく、この本を読んでいる殆どの人は、コンピュータやゲームの中でもう一人の自分に出会ったり、違う人生を歩んだ経験がある世代だと思います。

ファミコンが発売されたのが一九八三年。一九八六年にドラゴンクエスト、そして翌年に女神転生やファイナルファンタジーが発売になりました。

ロールプレイングゲーム、つまり仮想のゲームの中で別の自分になるゲームに、わたしも夢中になった一人。わずか六四KB、粗いドットで描かれただけの世界。でもドットの隙間を想像力で補えば、現実以上に色鮮やかで広い世界がそこにはありました。

二〇〇〇年代に入ってからはオンラインRPGが普及。わたしが最初にはまったMORPG（マルチプレイヤー・オンライン・ロールプレイングゲーム）はファンタシースターオンライン。

寝食を忘れるとはこのこと！　お仕事から帰ってきては毎晩ログインし、夜中二時三時まで夢中で潜ってクエストをこなす。SF的な設定、キャラメイキングの自由度、適度な難易度。でも何より夢中になったのは、誰かと一緒にプレイする楽しさ。同じダンジョンに何度潜っても、その度に違う経験ができる。そして自分ではない誰かになれる開放感。壊滅的に運動神経がないわたしでも、ゲームの中でなら凄腕のハンターにも可愛い魔法使いにも、遠距離武器の的中率抜群のアンドロイドにもなれる。性別も年齢も国籍も関係ない。

また明日の夜ね、と別れて、昼間の世界を生きて、夜になると別の世界に行く。

数ヶ月はまって、激やせ。あ、これはまずい、と思って、心を鬼にしてプレイ時間を制限し（自由業の大人って歯止めが利かなくてダメですね）、なんとか日常に復帰しました。

モンハンにはまった時は、数十人規模で丸一日狩り会を開催。イングレスでは、今見ている世界に別世界がレイヤーで重なる視点の変換に夢中になりました。コロナ禍で外出できない時は、外に行く代わりに、どうぶつの森がわたしのもう一つの世界。

孤独になりたくてゲームをする人はいません。少なくともわたしにとっては、ゲームはいつもコミュニケーションがあるからこそ楽しいものでした。

誰かと繋がりたかったり、自分ではない誰かになれる自由が欲しかったり、ままならない人生から少しだけ離れてみたかったり。

先日読んだ心理学の本に、『自傷的自己愛』という言葉がありました。自分自身の愛し方がわからなくなってしまい、自分のダメなところは自分が一番わかっていると捻れた自己愛を持ってしまうこと。「こうありたい」という気持ち＝プライドと、今の自分に対する肯定的感情＝自信のアンバランスさに身動きがとれなくなり、瘡蓋《かさぶた》を剝がすように自分自身を傷つけ続ける中で、【刹那】たちは、自分の認め方、愛し方がわからなくなってしまった。だけどオンラインゲームの中でなら、居場所があるし役割がある。

エンドレスストーリー（ES）の中で違う自分になって、違う人生を生き直すことで少しずつ立ち直っていく。

だけど最後の一歩は、やっぱり自分自身に戻ってこないといけない。

「ゲームでなら、頼れるアニキにも、面倒見のいいすごくいい人にも俺はなれる。だが、現実に目の前にいるこいつに対して、どうしていいか、わからない」

これは、島に来たばかりのヒロに【刹那】がESの手ほどきをした時の言葉。ゲームの中で意外な積極性と陽キャラっぷりを発揮したヒロから、思わぬ打ち明け話をされるけれど、【刹那】はどうしたらいいのかわからない。

目の前にいる人と向き合うこと。

今、ここにある問題に逃げずに立ち向かうこと。

自分自身のいいところもだめなところも受け止めること。

島の中で起きる様々なトラブルや人間関係に翻弄されて、もがきながら何とか解決しよう、前に進もうとする。だけど、そこにはちゃんとゲームの中で学んだことが反映されていたりする。

この現実とゲームの中を行き来しながら、みんなが自分の愛し方をもう一度学んでいく過程がとても好きでした。井戸に呼び水が必要なように、誰かが自分を愛してくれていることがわかったら、自分だって自分のことを愛せるようになるかもしれない。

友人や家族、そして島の人たち、それからチャット。色々な人（や猫）から小さな愛の欠片を受け取って、歪な二百十番館の住人たちの経験値が上がっていく。

カセットやソフト、物理的に容量制限のあるゲームと違ってMORPGの物語には終わりがない（まぁ、いつかサービス終了は来るけれど）。そこに人がいる限り、無限に新しい物語が生み出される。

もうこれって人生じゃん。

総務省によれば、二〇二一年の情報通信機器の世帯保有率は「モバイル端末全体」で九七・三％だそう。わたしはSFが好きで、テクノロジーオプティミストなので、きっとゲームだってバーチャルだって、本を読んだり、音楽を聴くのと同じように、わたしたちの人生を豊かにしてくれると信じています。

バーチャルとリアル、どちらもわたしたちの生きている世界だもの。


作者の加納朋子さんについて少し。

福岡県出身、一九九二年に「ななつのこ」で鮎川哲也賞を受賞してデビュー。日常の謎を中心としたミステリを数多く書かれています。

インタビューで加納さんは、地下鉄サリン事件にニアミスし、「日常はあっけなく壊れてしまうものかもしれない、だからこそ貴重なんだと強く感じ」たと語っています。

その日常が壊れてしまったとき、【刹那】はゲームの中に逃げこんだ。

「薬の飲み方と一緒で、〝逃避〟にも良し悪しがありますよね。引きこもってゲームばかりしていた主人公は、完全に悪い逃げ方をしていました。そのせいで崖っぷちに追い詰められてしまったわけですが、もちろん彼がオンラインゲームに逃げ場を見つけてなかったら、もっと早く、彼自身が壊れてしまっていたかもしれませんね。」

逃げる場所があるなら逃げこんでいい。ゲームの中だって、小さな島の温かな人間関係だって、シェルターだ。

「現代の若い方を見ていると、追い詰められた、もう終わりだ、となってしまうケースがあまりにも多いような気がしていて、そこは特に若い世代に伝えたいと考えて、以前から作品には盛り込むようにしています。もしかすると後ろ向きな解決だと思われるかもしれないですけど、現実的に起きていることを救うとすればありではないか、少なくとも選択肢の一つにはしてもらいたいと思っています。」

加納さんの小説を読んで、選択肢が一つ増える人がいるかもしれない。遠回りでも、世間的に正解でなくとも、自分の答えに辿り着ける人が一人でも増えますように。

できたら続編が読みたい。

まだまだみんなの人生は途中。もう少し、みんなのこれからを見ていたい。

例えば、すっかりこの島に馴染んだ【刹那】たちが、おじいちゃんおばあちゃんにESを手ほどきして、歴戦のニュービーが爆誕するお話とか。新しい住民でとうとう女子が来ちゃうお話とか（そしてサトシがキャラ変する）。チャットのお見合い話とか。二百十番館に起きる怪奇現象とか。【BJ】さんの島おこしラーメン開発記とか。貝毒の超有望若手研究者となったヒロ（あだ名はさかなクンならぬ、かいどクン）の学会発表をみんなでサポートする話とか。【刹那】が調理師免許を取って郵便局カフェを開いてお客さんが殺到するお話とか、読みたいです。

いつかまた、この島に戻ってこられますように。

（文筆家・声優）

【出典・参考文献】
https://eclat.hpplus.jp/article/91817
https://books.bunshun.jp/articles/-/5732
https://www.bungei.shueisha.co.jp/interview/sorawokoetenanasenokanata/
『「自傷的自己愛」の精神分析』斎藤環（角川新書）

初出　「オール讀物」二〇一九年二月号、五月号、七月号、九月・十月合併号、十一月号、二〇二〇年一月号、三月・四月合併号

単行本　二〇二〇年八月　文藝春秋刊

イラスト　十日町たけひろ

文春文庫

二《に》百《ひやく》十《じゆう》番館《ばんかん》にようこそ

定価はカバーに表示してあります

2023年8月10日　第1刷

著　者　加《か》納《のう》朋《とも》子《こ》
発行者　大沼貴之
発行所　株式会社 文藝春秋

東京都千代田区紀尾井町3-23　〒102-8008
TEL　03・3265・1211㈹
文藝春秋ホームページ　http://www.bunshun.co.jp

落丁、乱丁本は、お手数ですが小社製作部宛お送り下さい。送料小社負担でお取替致します。

印刷製本・凸版印刷

Printed in Japan
ISBN978-4-16-792081-4